非虚构文学 －想象一个真实的世界－

旷野系列

《盐之路：海边的1014公里》

《寂静的旷野：关于爱、疾病与自然的回忆录》

《大地之脉：坚持，你终将重启人生》

RAYNOR WINN

［英］雷诺·温恩
著

大地
Landlines
之脉

坚持，
你终将重启
人生

席　坤
姜思成
译/校

中国社会科学出版社

审图号：GS 京（2025）0115 号
图字：01-2023-4948 号
图书在版编目（CIP）数据

大地之脉：坚持，你终将重启人生／（英）雷诺·温恩著；席坤等译. -- 北京：中国社会科学出版社，2025. 7. --（鼓楼新悦）. -- ISBN 978-7-5227-5058-3

Ⅰ. I561.55

中国国家版本馆 CIP 数据核字第 2025F2D734 号

Copyright © Raynor Winn, 2022
First published as LANDLINES in 2022 by Michael Joseph. Michael Joseph is part of the Penguin Random House group of companies.
Simplified Chinese edition copyright © 2025 China Social Sciences Press.
All rights reserved.
No part of this book may be used or reproduced in any manner for the purpose of training artificial intelligence technologies or systems.

出 版 人	季为民
责任编辑	夏文钊
责任校对	杨　林
责任印制	郝美娜

出　　版		中国社会科学出版社
社　　址		北京鼓楼西大街甲 158 号
邮　　编		100720
网　　址		http://www.csspw.cn
发 行 部		010-84083685
门 市 部		010-84029450
经　　销		新华书店及其他书店

印刷装订		北京君升印刷有限公司
版　　次		2025 年 7 月第 1 版
印　　次		2025 年 7 月第 1 次印刷

开　　本		880×1230　1/32
印　　张		12
字　　数		280 千字
定　　价		69.00 元

凡购买中国社会科学出版社图书，如有质量问题请与本社营销中心联系调换
电话：010-84083683
版权所有　侵权必究

献给我的家人们

世界会向用双脚行遍它的人展露所有面貌。

——沃纳·赫尔佐格,德国导演

译序：他们和旷野

《大地之脉：坚持，你终将重启人生》是继《盐之路》《寂静的旷野》后，我第三次翻译雷诺·温恩的旅行书。所说的仍旧是主人公和旷野的故事。这一回，凭借由双脚串联起的关于苏格兰高地、奔宁山脉、英吉利海峡的温暖而坚韧的叙事，温恩再一次向我们展示了于"别处"重塑自我，以及借由"离家"重获归属感的可能性。在温恩的笔下，旅行不仅是穿越边界、新鲜见闻，也是折射自我与他者、本地与世界、机器与自然间持续对话的场域。它正如西川的那句诗——"你将看到我让出我自己，是为了在旷野上与冬日相遇"——是关乎灵魂与躯壳的破碎和重塑。

延续了《盐之路》和《寂静的旷野》的一贯风格，在《大地之脉：坚持，你终将重启人生》中，温恩仍旧采用了于"细碎"中建构"在远方"的叙事。她仍旧鲜少通过"全景"式的镜头提供关于在地知识的宏大叙事，更多是以特写镜头捕捉关于远方的日常。简而言之，温恩的书写是看似松散的紧凑，也是在断续中建构全貌与连贯的尝试，无论是否前往过当地的读者，都可以通过她的书写获得有关"远方"图景的体验。就我个人而言，由于在苏格兰生活过五年多的光景，在地理层面上，我对于温恩在前半部分描写的苏格兰并不陌生。而在阅读和翻译过程中，温恩的镜头仍然不止一次或是带给我关于旧地的新感知，或是帮我为那些已然有些模糊了的他乡记忆片段着色。在译到夫妻二人抵达尼斯湖的内容时，我本以为会是寻觅水怪的那类旧故事，可温恩将镜头对准尼斯湖周边不那么出名的湖泊——湖边散落着水獭美餐后留下的鱼骨头，湖对岸是被夕阳勾勒上金色边线的群山，"四散的云朵沾染上橘色的落日余晖，并将其投射到暗色的湖面"。

继续前行，在抵达格拉斯哥时，温恩似乎也在有意回避"苏格兰第一大城市""老工业城市"等那些人尽皆知的标签。她通过晋级赛前夜热情高涨的球迷书写格拉斯哥的城市气质，这让我一下想起在格拉斯哥读书时，在有球赛的日子，从学校经过布坎南大街回家的夜路上，总是能看到脸上泛着油光和红晕，手里端着炸鱼薯条刚从酒吧看球回来的年轻人。正如温恩所说，"纪念品店里的格子裙和高地牛玩具远不能代表苏格兰的全貌"，她的确是凭借自己敏锐的感知和细腻的笔触，呈现了不止于格子裙、水怪、毛毛牛和城堡的苏格兰。这也解释了为什么即便是对英国了如指掌的当地民众，也一直对温恩的旅行书颇为喜爱，大抵是他们也从她的镜头中，体会到了那些关于本地风貌、气候与情绪的"意想不到"吧。

同前两部书一样，在这一次的旅行记录中，温恩仍旧建构着其有关生命以及远方的独特诗意及哲学。在她笔下，旷野不只是旷野本身，它是延展生命与生活的阈限空间。延续过往的经历，病患与病患家属的身份，让茂斯与温恩的行走总是被强行剥离掉游乐以及消遣的糖衣，风景之外总是有关于伤痛与绝望的叙事。可让人欣慰的是，这对夫妻仍旧展现了绝处逢生的鲜活样貌。基于茂斯身体退行性病变而起的出发以及出发途中的遭遇，都是二人对于生命本质的窥探——它有关希望与不切实际的幻想，有关未知与夜不能寐的恐惧，也有关面对未知和恐惧时或决绝或稍显笨拙的对抗。

当然，在温恩的笔下，生命叙事还包括自我之外的"他者"。"他者"是旧友戴夫与朱莉，是兼职做婚礼司仪的出租车司机，是操着浓重北方口音的旅馆主人，是自行车商店的银发女士，也是露营地商店里嬉皮士打扮的店员。或熟识或陌生，温恩一次次展现了生活是如何在自我与他者的交汇中被编织与丰富。旅途中每一次自我与他者的交集都是短暂的，而我们总习惯把短暂与虚空画等号，因此常常忘了或者不屑于为短暂的相遇赋予意义。温恩的文字提供了一个让我们慢下来打量这种相遇的机会。让我印象最深的一处描写，是茂斯和温恩在抵达阿塔代尔宅邸（Attadale House）后，询问售票处的工作人员宅邸何时关门，顺带得知了她原本是环球旅行者。关于这次相遇，温恩的叙述不过寥寥数语，最终句子停在了"我们和她分享了一个冰淇淋，在花园里闲逛直到黄昏……"，没有浓烈的戏剧冲突，相遇只存在于几句对话和冰淇淋逐渐融化的一小会儿，可正是由此我们得以窥见生命最细碎的维度——可不是嘛，短暂即是此刻，此刻便是生命。

温恩的文字，从某种意义上也提供了帮助我们重新思考空间与边界的新视角以及契机，她以第一人称与亲身经历，言说着近年来社会学、人类学以及文学研究均给予高度关注的"空间流动性"议题。所谓"空间流动性"议题，大约可被简要概括为探索"固定边界"以外的空间意义，关注空间作为社会关系生长与发展单位的内涵，关注空间生成的对话性与进展性。温恩在本书中以其敏锐的视角捕捉到了空间流动性的表征以及这种流动性对于个体日常生活的影响。这种流动性是全球化背景下渔村洛钦弗的渔民见证各国渔业公司的进驻又离开，是由英国脱欧引发的苏格兰高地户外用品店不得不面对的库存不足的窘境。从这一层面而言，我们或许可以将《大地之脉：坚持，你终将重启人生》看作记录有关个体与现代社会"空间流动性"互动的第一手资料。

  说到翻译进程，同温恩与茂斯的行走一样，这次的翻译依旧是辛劳并快乐着的旅途。从 2023 年跨越到 2024 年，从冬到夏，我和我的翻译伙伴姜思成的通信软件上留下了太多因温恩的行走和文字而起的交谈，其中既有对于茂斯身体状况的揪心，也有关于题目几种译法的纠结。好在最终还是顺利完成并呈现在大家面前。在此要特别感谢中国社会科学出版社的侯苗苗老师和夏文钊编辑的辛劳，以及"上海市浦江人才计划项目"（21PJC020）在翻译过程中提供的支持。当然也同时要感谢我从未曾谋面的朋友温恩和茂斯，感谢你们再一次让我们眺望旷野，在温情与爱中沉醉。

席坤

2024 年于复旦大学外文楼

| 目　录 |

| 序章

| 第一部分　休眠

| 第二部分　由北而起

谢格拉小径：由谢格拉至威廉堡　/// 70
西高地之路：由威廉堡至米尔恩加维　/// 163
边界线：由米尔恩加维至柯克·耶特霍尔姆　/// 193

| 第三部分　脊梁

奔宁之路：从柯克·耶特霍尔姆到埃代尔　/// 211

第四部分　心脏地带

小径，纤路和奥法大堤之路：从埃代尔到切普斯托　///　287

第五部分　到南海岸去

大道和小径：从切普斯托到普利茅斯　///　323

第六部分　光之舞

西南海岸小径：从普利茅斯到波鲁安　///　357

后记　///　365

致谢　///　371

序章

瀑布从山间飞速下坠，在水流击打至山岩的瞬间伴随着碎裂的噪声解体，形成细密的水珠弹回至空中。我的衣服被飞溅的水花打得透湿，周遭震耳欲聋的流水声几乎要将我的耳膜击穿。我踩着一块山岩打算继续向上攀爬时，脚下一下子打了滑，本就负重前行的我轻易便失去了重心。在眼看就要跌倒的瞬间，我本能地抓住眼前一块向外凸的山石重新站稳，惊魂甫定地看着身边因山体滑坡而沿着山壁几乎垂直落下的碎石块，心想若是没有这块还算牢固的石头帮忙，我恐怕现在已经和这些石块一样跌至峡谷深处了。我用双手继续紧紧抓住山岩，因为刚刚险些丧命，全身如触电一般颤抖。抬头向上看，头顶是澄澈的蓝天，一只冠小嘴乌鸦在缓慢漂移的云层中不疾不徐地穿行，它悠然的样子和因遭遇险境而慌乱的我成了鲜明的对比。

我大口吸气，每一口吸入的空气都混杂着山间的湿气和青绿苔藓的味道。我要是像那只乌鸦一样有翅膀就好了。翅膀，或是绳索，管它是什么，只要能助我们安全越过格洛马赫瀑布（Falls of

Glomach），都无所谓。格洛马赫瀑布是英国海拔最高的瀑布，此时我便身处其中，在原地站定好一会儿，我强迫自己不去想身后是万丈深渊这回事。而当我沿着山间小路延伸的方向看过去，我的恐惧倏尔转换为对茂斯处境的担忧。

"你还行吗？"我大声向他喊话，生怕自己的声音被流水的巨响吞没。

"不，我没法再继续向上了，我要下去了。你呢？你还好吗？"

我瞥了一眼刚刚害我打滑的山岩，大声喊道："我还好，马上就到你那儿。"

我沿着崎岖的山路继续攀爬，到后来，我几乎是手脚并用才能踉跄着抵达茂斯所在的位置。供我们攀爬的小径狭窄到只有茂斯双脚并行的宽度，身侧的岩壁几乎快要与水平面垂直，在如此狭窄的通道内前进，每走一步，茂斯的背包几乎都是蹭在岩壁上的。

"我没办法再继续了。"

站在茂斯身后，在这条甚至连转身余地都没有的小径上，我说道："我们无法回头了。"

在我们有念头要徒步穿越苏格兰北部的拉斯角步道（the Cape Wrath Trail）时，正是康沃尔温暖的春季。日光明媚，苹果花即将绽放，在这样轻松惬意的氛围下，我们并未设想任何可能面临的困难，一心想要前往这片人迹罕至的旷野。拉斯角步道位于偏远的山地，这里是野生动物的乐园，美丽而遗世独立。脚下的这条小径并不容易被征服，这里没有路标，也没有可以轻易寻到的出口——这或许就是我们必将经历的挑战。在过往的徒步经历中，我们接受了大自然的锤炼，也经历了令人心惊的挑战，这一切都让看似是漫长艰险的徒步变成值得回味的经历。此时此刻，我紧贴着峡谷一侧的岩壁，身体和呼吸都浸润在微咸的山间水汽中，想起自己在康沃尔兴致勃勃计划这次探险时的样子，觉得恍惚。当下我唯一需要做的就是尽快找到这条小径的出口。对了，茂斯仍然遭受着病痛的折磨。我总盼着经由这几次徒步他或许能有所好转，可即便是今时今日，对于茂斯而言，背上双肩背包仍然不是个容易完成的动作。他说他现在几乎已经丧失了看地图的能力，还时常会感到一种让人手脚发软的眩晕感。

"我可能马上要瘫倒了。"茂斯脸色灰白，回头望向我，两手则紧紧抓着长有越橘灌木的岩石露头处。

"不会的，别给自己这样的心理暗示，你只管盯着脚下的路继续向前。你必须继续向前。"

在抵达小径与一块山间平地的连接处时，已经接近虚脱的我感到如释重负。这里有一片水潭，茂斯把背包和沿途累积的恐惧情绪一同抛在身后，扑通一声跳了进去。

"你也跳进来啊，没问题，我们马上就到了。"

这水潭只是个供我们临时歇脚的地方，我们距离接近出口的地方事实上还有很远的距离。山路蜿蜒曲折，一路向上，直至消失在我看不见的岩壁缝隙之中。没有谁能凭肉眼便看到出口。我看着正在水潭中游泳的茂斯，他瘦弱的身体大半都被水没过，凉爽的感觉缓解了他的眩晕感，我也因此跟着放松，跋涉时肾上腺素飙升的紧张感在此刻烟消云散，取而代之的是无限的虚脱。如果我们被困在这里该怎么办？我不禁假设起自己因体力枯竭而被迫无休止地在山间滞留的窘境，到时我们或许只能靠路过的登山者施舍一些食物才能勉强过活。在我转身想要向茂斯分享我天马行空的想象时，茂斯已经穿好衣服背起背包准备继续跋涉。告别水潭，迎接我们的便是长满湿滑野草的陡峭斜坡，我需要抬伸双手，抠握着岩壁间凸起的山石才能维持安全的姿势。双腿完全没了力气，这令我感到绝望。仅存的体力或许真的无法支撑我离开这个令人绝望的山谷了。我的注意力几乎都在双脚下，所以我没有留意到茂斯在中途超过了我，攀爬至高处的一块巨石上，他把手伸向在低处的我，并把我拽了上去。

行至此处，小路一下子变宽了，只可惜没走一会儿它再度变回狭窄陡峭的样貌，像一条细线般弯曲着通向瀑布的最顶端。

"尽管走，千万别往下面看。也许再往前会有什么别的路可走。"

站稳后的我松开了茂斯的手，之后我紧跟着他的脚步前进，不敢也无法有丝毫懈怠。在山间的岩壁裂缝中，水流经由坡度较为缓和的草地后，义无反顾地沿着山岩表面低处的地面下坠。拖着疲惫双腿的我此刻只想倒头大睡，但我只能尽力紧跟茂斯，遇到不易攀爬的地方，他会将手伸向我，把我拽到更高处。就这样，终于在高地夜色即将降临的傍晚，我躺在一块仍保有日光余温的巨石上，身边没有湍流的咆哮声，也没有落石，所见只有刚刚见过的那只冠小嘴乌鸦在天际盘旋。

在石楠和沼泽草丛中支起帐篷后，我瘫倒在帐篷里，脚下是高耸的山地。远方的山脉向四面八方延伸并最终融入深蓝色的天际，近处的岩石峭壁还沾染着晚霞的桃粉色光晕，茂斯在这光晕的映衬下，一边等待着小煤气炉上的茶煮开，一边借着炉火的微光端详着地图。

"明天一路都是下坡，会比今天轻松得多。"

茂斯的话让人充满希望，这希望随着夜晚的露水蒸腾到半空中，乘着野鹤的翅膀，被带入远方柔软的夜空。

| 第一部分 |

休眠

是时候慢下来了,
靠着墙躺下休眠,
直至凄冷苦楚的冬日过去。

——《是时候慢下来了》,约翰·奥多诺休

1

灰白色的天光经由窗户被过滤成无色透进房间,从近乎白色的光源一直延伸至最暗的角落并与其色调融为一体。我知道房间摆设原本的颜色,但此刻它们的色彩被掩盖了,被灰白的光源染成一样的色调。一切像是被厚重的毛毯包裹着,我担心自己的哪怕任何一个小动作都会将眼下的安然与沉寂打破。闭上双眼,与寂静为伍,我想要把日光和新的一天都与自己阻隔开来。

然而闭上眼后的黑暗世界并不是什么万能的避难所,在其中,我仍然看得到前一晚令人恐慌的一切。黎明的光线将我扼住,悲伤使我不愿意回想前夜,恐慌使我不敢迈入新一天的白昼。光线越来越强,房间里物件的色彩逐渐显现,这下我被置于全然的亮光中。我磨蹭着抓起一件灰色的羊毛衫,羊毛扎在冰凉的皮肤上有些微微刺痒,当我缓缓把门拉开时,在察觉到茂斯呼吸声的变化时,我立即停下来不敢有任何响动,好仔细辨认是否有任何异常。就在昨天夜里的恐惧感即将再度来袭的一瞬,他的呼吸恢复了平静。我这才安心地走出房间,走入晨曦中。

房子外面的白雾弥漫开来，一切都湿漉漉的。离开房间，我走入果园中，一棵棵果树像身形扭曲的黑色雕塑，水汽由长满地衣的树枝末端滴落，随着距离渐远，它们的身影也逐渐变淡，最终融于无色的水和空气中。流水奔涌冲刷着山坡低处的高大橡树和白蜡树，随后消失在笼罩着山谷的浓雾中，并最终汇入地面的溪水中。听这哗哗的水声，想必昨夜的雨下得很大。我们的小白狗蒙蒂在山坡下的某处追逐着灌木丛里的野鸡，致使它们不时拍打着翅膀逃窜并发出阵阵惊叫。不一会儿，蒙蒂从长满高草的角落欢脱地跑出来，于它而言，这想必是一天不错的开端。这么看来，狍子们肯定不喜欢在这里吃草，也许它们更喜欢溪边的树林，否则这时候它们也应该从树丛里蹿出来了吧。喧闹的响动没持续多久，我离开果园时，甚至连溪流的声音也消失了，稠密的空气又寻回了宁静。

我带着蒙蒂回家后，它便窝在桌子下面它的床上，它的长毛上沾满了细碎的小树枝和水珠。在我等水烧开准备泡茶的工夫，它已经进入了梦乡。对比果园，房间里的寂静近在咫尺，这让人感到心安与平静。我蜷缩在椅子上，双手握着热茶杯。1月的湿冷在房间弥散，我本想点燃炉火，但担心柴火燃烧的噼啪声会吵醒茂斯，所以只打开了小的电暖器，然后裹上大衣。或许是小电暖器带来的不多的暖意，也或许是热茶舒缓了身体，当昨晚的记忆袭来时，我并没有强烈的抵触情绪，而是任由它们与茶杯冒出的热气一起升腾于眼前。

从睡梦中惊醒的瞬间，一阵强烈的眩晕和错乱感向我袭来。

哪有什么皎洁月光透过薄纱窗帘洒进来的画面，房间里有的只是全然的漆黑——乡村深处的夜晚就是这样，这里看不到划破夜幕的路灯光，拍打在玻璃窗上的雨声成了我们和外界的唯一联系，透过雨声，我们得以一厢情愿地揣测外面世界的响动。可让我惊醒的并不是窗外的雨声，是睡在我边上的丈夫急促的呼吸声和床板嘎吱嘎吱的晃动声。就是一瞬间，原本熟睡的茂斯呼吸骤然急促了起来，空气在狭窄的气道挣扎后挤出嘶哑的喘息。我打开灯，让茂斯坐起来，他脸上满是惊恐，一句话也说不出，即便是想，紧闭的气道也不允许他吐出任何一个单词。

"放松，别挣扎，你试着放松下来。"

很慢很慢，茂斯逐渐从痉挛中恢复过来，呼吸也平稳了下来。"你刚刚是喝水了吗？是不是呛到了？"

"没有，我就是醒来……然后喘不上气……我得去卫生间。"在去卫生间的路上，茂斯不得不将左半边身子完全倚靠在我身上，在穿过走廊时，他的双腿一下子瘫软，整个人拽着我一起重重摔在了地板上。瘫坐在地板上的我们面面相觑，被突然发生的一切吓住了。

"大概这就是病情恶化的标志了，这一天还是来了。"

"不，不可能，你不会的，刚刚只是偶然，过去了就没事了。"

"见鬼，雷，听着！我坚持不下去了，我不想坚持了！你能不能听听我的想法？！"

无力起身的茂斯失禁了，我们两个瘫坐在被尿液浸湿的地毯上默默流泪,那是一种绝望的无力感。他抗争了太久,可病魔丝毫没有要放过他的意思,反而将他扼得更紧,紧到像是要把他的心肝脾胃都挤出来,直到空留一具再也无法运转的躯壳。我不知道留给我们的时日还有多少。

"算了,也不错,至少我们现在不用费劲地挪去洗手间了。"说罢茂斯大笑起来。这人真是怪,怎么总是能在最糟糕的状况下突然笑出声来。

"我们干脆就别费力气站起来了,爬回卧室吧。"

就这样,我们两个像动物一样四肢着地,向卧室匍匐前进,然后我挣扎着将这个一米八几的大块头拖回到床上。我和他像两个在黑暗中走钢索的人,就算茂斯的打趣让我们暂时忘却了老天扔下的悲剧剧本,可我清楚,一个不留神,等待我们的便是令人绝望的下坠。

茂斯不一会儿便再度陷入梦乡,我关了灯在黑暗中聆听着他呼吸声逐渐趋于平稳。这病像是要对我们动真格了,原本它只是一直在门口徘徊,我们希望一切顶好是这样维持下去,可谁想到刚刚它就这么猝不及防地破门而入,像鬼魅似的侵入了我们的地界。它像是要接管这个空间一样,将一切鲜活的生命赶出去,为自己让路。鸠占鹊巢,它要驱逐我们和关于我们的一切。

清晨灰色的雾气向上爬升直至包裹住挤在低空的云团。看样子今天倒不会下雨,可无论如何太阳也不会从云团中爬出来,这大概就是 1 月的平平无奇一个沉闷的阴天罢了。我尽可能不发出响动地来回在屋里踱步，仔细留意着楼上的动静。直到快要接近下午的时候，楼上才有了响动，他醒了。

"头晕，脑子里针扎一样地疼。"茂斯说得很慢，六十几年来他的语速总是和思维一样快，而最近他似乎丧失了脱口而出的能力。这样的状况似乎在入冬以来变得明显，随着白昼越来越短，茂斯的语言表达也显得越来越局促，吃力而断续的对话飘浮在半空中，构成了我们最近的生活，对此我们无力检视，也无法讨论，我们能做的只有等待，等待接受在这漫长的迟滞与失语中逐渐展开的、另一个世界的样貌，那世界通向悲伤、折磨与失去。

"喝茶吗？喝一点茶然后试着起来？我保证你肯定会感觉好一点，只要我们……"

"不，我不想再勉强我自己了。"天色暗了下来，本就不强的灰色光线逐渐后撤，为暗夜让路，我手里的热茶渐渐没了热气，房子里只有寂静在涌动。

"我原本是想努力求生的，但我们现在必须承认，我们必须学着面对死亡了。"

傍晚的雨水使得透进房间的暗影变得更深了。人的面部表情是可以控制的，只要你肯花些时间刻意做些训练，就可以做到在悲伤时不让自己的面部表情随着情绪而扭曲。我想我和茂斯已经习得了这种能力，我们的面部肌肉和皮肤没有任何抽动的迹象，很显然它们在尽力掩藏巨大的悲伤、恐惧与忧愁。

"那我再去倒些茶，这杯已经凉了。"

＊＊＊

新一天的日光将清晨投掷在我的面前。我照旧在一楼听着楼上随时可能发出的响动，不过让我惊讶的是今天茂斯独自走下了楼梯。

"我没听见你起床的声音，你没喊我。"近些日子的多数早晨都是我先起床后在楼下泡茶，等茂斯喊我，我再到楼上扶他起身。在完成这一整套流程的过程中，总是有一种难以名状的沮丧感牵制着我俩，直到在楼下喝完第二杯茶这种沮丧感才能有所缓解。

"勉强还下得来，床上有那么多枕头，我撑着它们从床上蹭下来。我一会儿要到果园去修剪树枝。"

"什么？你确定，我是说，前天晚上和昨天……你……好吧，不管怎么说，先吃点东西。"

"我不饿。"

我看着他拿着修剪枝条的锯子，迈着缓慢而稍显跟跄的步子走进树丛，蒙蒂嘴里叼着一个网球紧跟在他后面。自从我们开始照看这个有年头的果园，1月的每一天几乎都是这样开始的。茂斯在冬天会花费大量时间从那些外表粗粝的老树上锯下断裂、腐朽或是已经完全枯死的枝丫。这些树木和它们的园丁似乎形成了某种奇妙的共生关系——他们都希冀借由某种外力获得额外的生命力。照顾树木是件需要消耗大量体力的差事，我时常希望茂斯能够停下来歇歇，可他总想多花点工夫，好让果树结果子的日子能够再延长一些，直到今天，他恐怕还是这么想。只不过，时至今日，也许只有这些果树还拥有持续获得生命力的可能了。

我准备好吃的东西和一壶茶，踩在茂斯在泥土上留下的脚印上，穿过湿漉漉的草地，来到一棵果树附近，边上已经堆放了一些刚刚修剪下来的枝杈。听到我的脚步声，他停下了手里的活，吃力地将自己瘦弱的身子挪到空地处。这几个月他几乎吃不下什么，随着胃口越来越差，他的肌肉也跟着萎缩，整个人看上去虚弱了不少。我不发一言地打开手里的三明治盒子，瞬间我恍然觉得自己的动作有几分学校餐厅打饭员的样子，犹豫不决和对食物挑挑拣拣的行为常会使他们多少有些不耐烦。要说差别，大概是我唯独少了他们的蓝色围裙和帽子。

"里面夹了奶酪和酸黄瓜。"

"我其实不是很饿。"

"我知道……可多少还是要吃一点。"

我把盒子递过去，茂斯摘下手套接过拿三明治时手不自主地颤抖着，比起上一次我留意观察他时，他颤抖得更厉害了。其实，我总是刻意避开观察那些种种暗示他病程进展的细节，试图获得一种自欺欺人的安心。茂斯吃着三明治，我和蒙蒂在边上玩着扔球捡球的游戏。

事情本不该如此。谁会想到这个曾经热衷于马拉松与爬山，总是在追着阳光向前的人，如今对自己的身体失去了最基本的掌控——他捏着三明治的手控制不住地颤抖，以致奶酪里夹着的酸黄瓜从中全部漏了下来。过往的四十年，我牵着他的手穿越了日常的琐碎与波折。而如今，原本无限温暖与笃定的手变得颤抖而孱弱，我不知道一切何以至此。吃过三明治后，他重新戴上手套，踉跄着起身，拿起锯子，在高大果树的映衬下，他的身形显得格外单薄而佝偻，事情本不该如此。

我呆坐在草丛中的一根被翻转过来的木头上，一度被封存的回忆再度占据了我的大脑：回忆始于医生的办公桌前，那时我们被告知茂斯患上了一种无药可医的疾病。医生说这种疾病会先夺走他的行动力，再是他的思想和记忆，最终扼住他的呼吸，令其在绝望的窒息中死去。不远处，在疯长的野草中忙碌的茂斯脚步趔趄，甚至还不时会被扔在脚边的树干枝丫绊住，我看着他，沉默阻隔在我俩之间。我知道他自觉从被下诊断的那天到如今，大概已经走到了病程的最后一段路，或许再转过一个街角，就是真的终点了。尽管中途他有过抗争，可在他一次又一次被食物，再到后来是被空气呛住而被窒息般的痉挛折磨过后，他似乎打算放弃了，只是任由上天把他推向终结。

这种艰难而痛苦的时光为什么会偏偏纠缠上他呢？从医生口中接收到"某种皮质基底节变性"这几个字开始，我们的生活便和一种永恒的、枷锁一般的沉重感绑定在了一起。这种疾病的进展方向是单向的，它会一直向比之前更坏的状况恶化，虽然缓慢，却不可逆转；它会摧毁人的脑细胞以及由脑细胞促发的几乎所有功能。

茂斯又砍下了一根树枝，在把它放在地上后，他筋疲力尽地坐在那根树枝上。看样子他已经撑不住了。我回屋去，找到我的手套和另一把锯子，打算帮他一起做些什么。

走上山坡，屋后的田野里出现了两只银鸥的身影。每年冬天它们都会造访，在这儿一待就是好几天，有时甚至是几个星期。它们每天大部分时光都并排立在草丛中，除了偶尔啄几下草丛中的蚯蚓，其余的时间就只是静立着打量田野周遭。我也看到过它们飞向田野的不同方向，以为它们是要就此分头行动，可每次的分散都是短暂的，不一会儿它们又会重新聚在一起。它们究竟在打量什么呢？是头顶不时掠过的秃鹰？抑或是草丛中穿行的田鼠？要么就是被无常所困的我们？我不得而知。这两只银鸥的造访总是出人意料，而它们的离场也总是极为突然。它们前往的远方是波涛和海岸。微咸的水汽、海风和开阔的地平线对于它们有着天然的吸引力。银鸥们的世界中没有医生，也没有什么关于退行性疾病的诊断；它们只需顺着气流和自己的本能便能寻到生活的方向，无论这方向连接的终点有多么遥远。

我在棚子里翻找着做木工活时常戴的厚皮手套，但怎么也找不到。我不像茂斯一样总是能把什么都归放得井井有条，上次用过手套后，我肯定是随手一扔了事，而现在我不记得它们被随手扔在了哪里。最终我在书架边的原木篮子后找到了它们。在捡起手套时，我留意到书架底层随意堆放着的一些塑料封面的书籍——全部是旅行指南，里面一页页记录着关于其他世界，关于旷野、山地还有遥远海岸的种种。我把它们重新整理了一下，留意到其中一本比其余的书都要厚重不少，其中夹着干枯的树叶、纸屑、沙子和羽毛。被水浸泡过后又风干的书页有了细微隆起的皱褶，这些皱褶有些形似退潮后的沙滩表面。手拿着这本书，我停了几秒，仔细感知着过往旅途赋予它的重量，重新调整了一下收束封面和封底的黑色松紧带的位置，使它的样子看上去更妥帖。端详着它，我的记忆被拉回整日被大海拍击悬崖的声音陪伴、嘴唇被盐渍水汽浸润的时光。把书放回原处，为回忆按下暂停键，我戴上手套，向果园走去。

还没走到树下，我便看见茂斯正在朝着家的方向走着，走了几步，他停下来环顾四周寻找蒙蒂时，他看见了我，正当他要转身朝我这边走过来时，突然间他倒了下去——不是被什么东西不小心绊到，也不是踉跄，而是像枝丫已尽数糟朽的树木在强风天突然被拦腰斩断一般轰然倒下。四周的空气仿佛霎时间被全然抽空，徒留给人死一般的窒息感，我们早知道前路时日无多，可不知道终点的光景来得如此令人猝不及防。我疯一样地奔向茂斯，他整个身体摔在地面上，虽然有一刻，他的上身隐约有向上支撑的意图，可转瞬间他的身子还是再次完全倒下。我滑跪到他身边，抱着他的头，边叫着他的名字边轻轻晃动他的身体，蒙蒂扔下嘴里的球，舔了舔茂斯的胳膊。我的喉咙像是被攥住一样难受，眼泪使我的视线模糊。抬起头，那两只银鸥在灰色的天空翱翔着，它们伸展开有力的翅膀，任由风儿将其带向远方，而被困在当下的我竟隐约能闻到那远方盐渍水汽的味道。

2

"嘿,感觉怎么样?"等了一阵,茂斯睁开了眼。

他似是盯着我,可那双蓝色眼里却满是空洞。那是种我无从辨认的空洞。我仍记得第一次和茂斯在大学食堂相遇时,他捕捉到我羞涩、犹豫的眼神时的炙热目光,那炙热没有丝毫游移。而当下,我被困在他空洞、充盈着泪液的眼神中,无法读懂他试图传递的信息,我不知道每一次在他试图集中注意力时瞳孔却止不住抽动的缘由。我能够与岁月在他脸上刻下的或深或浅的皱纹和解,并一厢情愿地认为他的目光会永葆炙热与深情。我以为他的目光永远可以直抵我的内心,能够在纷扰中直击我的灵魂深处。我以为他的目光会永远承载着我们共同度过的漫长岁月的光影,且这光影永远属于我。然而如今,我在他的目光中只看到如同从溪流中升腾起的雾气,这雾气遮蔽了我曾笃信为永恒的种种。

"我这是怎么了?"

"我也不知道,你刚刚肯定是被什么东西绊倒了。"蒙蒂嘴里咬着网球兀自向家的方向走着,我扶着踉跄的茂斯,跟在蒙蒂身后慢慢前进。雾气随着向上的山路渐浓，树木、苹果酒谷仓全都被包裹在其中，只有山顶的果树冲破了浓雾的包围。这雾气如影随形般缭绕在我们回家的路途中，并试图遮蔽前方原本清晰的步道和拐角。

"需要去看医生吗？"

"有什么意义？他们只会说'病情就是会朝这样发展'，然后在那些表格的方框里再打一个钩。"

"可……可能有其他原因，说不定是高血压之类的其他原因。"

"算了，不用看医生了，我想躺一会儿。"茂斯手脚并用地爬上楼，我把他扶到床上休息。与其说是什么高血压的可能，我不过是想在绝望中抓住一根救命稻草。每当茂斯的病情有了新的也是更坏的进展，我都会试图寻找一个类似高血压这样的标签，好自欺欺人地告诉自己这或许并不是病情恶化的表现，而是其他的病征。医生也是如此，他们也说过，这可能是高血压引起的症状。而事实上，茂斯的血压稳定得不能再稳定，高血压的标签始终无用武之地。

我泡了茶，端到床边时，茂斯已经睡着了，于是我给他盖上毯子，自己回到楼下。屋子冷极了，外面阴冷潮湿的雾气从门缝钻进来，经过走廊的石面地板，留下一层黏稠的湿漉漉的光泽。我从堆满了柴火的篮子里取出一小块，点燃后扔进了壁炉，炉子迅速燃起了火焰，我边往火炉中添柴，边盯着跳跃的火苗，想要再次背起行囊的念头也似是被一同点燃了，我尽力在遏制这个念头，可它一如燃烧的炉火，愈发炽热，也像磁铁一样，强烈地将我吸引。房间里逐渐暖和起来，我便关上壁炉的门。果不其然，想要远行的念头还是占了上风，我还是忍不住把手伸向书架的底层，取出那本装订成册的旅行指南，抚摸着已经有些发皱的书页边缘，我仿佛又听到了海水拍打礁石的声音。把这本册子放在桌子上，我又拿出了另一本，这本边缘锋利且棱角分明——恰如其中所描绘的当地景色一般，一股真切的硫黄味道挥之不去，我们当时在冰岛旅行时用过的睡袋和帐篷里，甚至也还弥漫着同样的味道。我把这本册子放在西南沿海小径的旅行指南旁，双手轻触着它们的封面。它们就像是久未谋面的老友一样，其中的书页被翻阅了不知多少次，甚至已经有些残破，其中记载的旅行线路混杂着当时的光景、潮汐与见闻。此时此刻我感受到的不仅仅是关于过去旅程的惬意，回忆似乎想要赋予我更多——那是一种急迫的、明亮的推力，想要将我再次推向远方。远行的念头如同壁炉玻璃门后的火焰在我的脑中噼啪作响。我把书放回书架，将自己与远方隔绝开来，这么做就好比隔绝氧气，熄灭脑中燃烧的火苗。我对自己默念道：现在已经晚了，能够远行的日子已然逝去了。

***

浅灰色的晨光照射进房间，和我枕头上的灰色褶皱融为一体。茂斯缓慢地睁开双眼凝视着我。晨光带走了睡梦与暗黑的世界，他的眼睛再一次有了光彩，那是我熟悉的目光，我再一次在那双蓝色的眸子中看到了激情与关于未来生活的种种可能。一切还来得及吗？我暗自思忖。他吃力地从被子中抬起手，捧起我的脸，他的微笑让我瞬间燃起了希望，我知道我熟悉的茂斯回来了。就在两年前，他还能够在冰岛的山地蹚过冰川融水汇聚而成的河流，在这之前他也曾穿越过数百英里的荒凉岬角，行至英格兰的最西边。在所有人都对他不抱希望时，他证明了他自己就是希望本身。他还是他，我是否应该再次点燃他和我心中的火焰？他又是否愿意再次踏上旅途呢？

"我觉得我们今天早上可以试着出去走走，不走太远，你怎么想？愿意出去吗？"

"我不知道。我有点担心，昨天的事让我有点害怕。我会不会再摔倒？"

"我们先吃点东西，或许我们可以只走到山路的第一个拐弯处，不到最上面去，这样就都是平路。"

"也许可以。"

我们的果园位于山坡上，这里是一处人迹罕至的康沃尔式山谷，山泉从中流下，汇入泥深水浅的小溪，然后在河口处进入河流形成深水港，最后汇入英吉利海峡和更为广阔的大洋。站在屋后的山顶上，一方面你可以感到脚下泥土带来的踏实感，另一方面会被远方地平线的张力所吸引——虽说从山上并不能看到完整的地平线，它被溪流的拐弯处所遮挡。这里没有平地，走出房门不是上山就是下山。下山的确很容易，但下山便意味着返程你总是要再上山。先走上坡路则意味着回程的轻松。

"那我先把水烧上。"

空气中弥漫着浓重的湿气，我们试着慢速向着眼前的陡坡进发。蒙蒂欢脱地跑在前面，它把球丢在地上，眼看着球滚下山坡消失不见后又兀自向前跑。茂斯的步子有些沉重，他无法匀速前进，迈一步要停顿一下。他走路时控制不住的侧倾趋势看上去比以往更明显了，我尽量不去想他的病情，而是强迫自己把注意力集中在眼前的路上。说实话，我真怀疑我们能不能走完这一百多米的山路。

"早些时候我看了天气预报，说是过几天就不会再这么阴冷了，温度会更低，但会有更多的阳光。"我不知道自己说这些话是为了转移茂斯的注意力，让他爬山的过程轻松一些，抑或是我在转移自己的注意力，通过说话让自己尽量不去过度忧心茂斯沉重的步履。

"是吗，我倒没觉得特别湿冷。"

我们在半途停了下来，茂斯双手撑着膝盖，大口吸气。

"要继续吗？还是说你想回去？"

"我们就走到山顶那个拐角处吧，就这样了，我只能走这么远了。"

聚集在农场上的乌鸦数量多得令人吃惊，一大群乌鸦飞至田野中间后排成弧线，争先恐后般在草地里觅食。每年的这个时候可供它们吃的东西不多，在羊群分食完牧羊人给它们的食物后，乌鸦们便会迅速扑上去清理草丛中残存的食物颗粒。想来这群乌鸦算是机会主义者，它们很少会错过享用免费食物的任何机会。看着此情此景，我思忖着自己要是下辈子当一只乌鸦或许也不错，就这么想着，不知不觉中抵达了位于这条陡峭山路最高处的木门前。

"我们从这里走下去怎么样？"穿过田野的木门就是花园，这是蒙蒂最喜欢的下山路，但茂斯拒绝了我的提议，转身继续向前。

"不，我们再向上走一段，然后再折返。原路返回下山也并不是什么难事。"

我们到达了最高处的山路，这条路要比通往农场的窄道稍宽一些，在经过一些零星的房屋和教堂后，它便向下延伸，随后和一条稍窄的小路汇合，然后一直通向农场。

"回去吧，这对你来说已经太远了。"我握着茂斯的手打算拉着他下山。

"要么还是走到教堂那儿吧，难得这一段路都很平整。"

"我们……我是说，你可以在教堂那儿等我下山去开车上来，然后接你下去。"

在平坦的山顶公路上，远处达特穆尔高地（Dartmoor）的风景一览无余，其边界呈一条起伏的银线与地平线重合。西部地区温暖的细雨和潮湿的空气在与高地荒原寒冷的空气遭遇后定会生成雪，积雪会堆积在花岗岩山石后面，掩盖丛生的青草和石楠。我能真切地感受到远方对我的吸引，我的身体渴望着再次追逐地平线。疫情把我们困在这片狭小的乡间土地上已经太久，我和远方的交集只能停留在想象中。但禁锢和束缚只是暂时的，我对广袤天际和开阔乡野的渴望一直都存在着，这是一种可触可感的深切需求。而如今茂斯的病情逐渐恶化，我们似乎没有资格再关心远方，生活或许只剩与眼前不如意的博弈。

我们倚靠在墓园的围墙上，背靠着这环抱死亡的石壁，想到茂斯日渐恶化的病情，我看着眼前生生不息的大地万物，却无力思考永恒的意义。

"你要在这儿等一下吗？我回去开车。"

"不用，我们就这么绕着山路下去，反正主要是下坡路。"

"可这有些太远了，我怕你现在耗费太多力气，之后几天都得躺在床上。"时常是这样，如果有一天茂斯劳作或是走了太久，后面几天他便几乎没有任何行动力。

"我想接着走。"

我们就这么继续向前走，经过了旧马厩，一路下山，眼前的土地陡然下降至溪边，白鹭、鸬鹚和苍鹭停在浅水中鸣叫。我们经过途中几幢零星的房屋以及一座乔治王时代修成的庄园，农场终于出现在眼前。这里曾经有一座修道院，里面住着一些修道士，农场的第一批苹果树或许是由他们栽种的。他们日复一日在山谷中过着宁静安逸的生活，种植蔬菜，酿造苹果酒，在河边闲逛，一直到修道院解体，这些修道士离开，再到后来连修道院这座建筑也不复存在了。不过苹果树依然蓬勃生长，它们的枝叶覆盖着陡峭的山坡，挡住了我们眼前的天际线。

"我为什么说得在教堂处折返呢,你看这儿,对你来说实在太陡了。"

我们站在拐角处,山路上的积水几乎没过了脚踝。天气干燥时,溪水得以沿着道路两侧流入山涧,而在暴风雨过后,溪水便会涌上柏油路,形成混杂着小树枝和泥土的褐色积水潭。从这儿开始,山路沿着两侧高耸的树篱陡然向上,其陡峭程度让人头皮发麻、喉头发紧,这一小段路是我们此行 2 英里[1]途中的一块硬骨头。

"来,咱们从篱笆的缝隙中穿过,然后回果园去。"

茂斯跨过已然破损的铁丝网,很顺利,没有任何跟跄,我抱起蒙蒂,从篱笆的另一侧把蒙蒂递给他,小家伙的脚刚一着地,便立即头也不回地跑向柔软的草丛中。茂斯伸手拉我,一瞬间我恍然回到了在极地旅行时他伸手将在冰河中蹚水的我一把拉上岸的瞬间,不过我马上回过神来,回忆只是回忆。

我们在果园里的参天古树和成堆的树枝间穿行。三年前,茂斯开始定期修剪果树,修剪下来的树枝被他堆成一个个圆锥形,这些枯枝本是全部用于冬日取暖的,而我们烧柴的用量不大,没被来得及烧掉的树枝在我们来这儿的第一年春天便成了小鸟的巢穴,春日的果园总是充斥着鸟儿跳跃的身影和啁啾。后来我们索性只使用其中一小部分树枝当柴烧,绝大多数被砍下来的树枝都成了为鸟儿们准备的乐园,鸟儿为原本已成为定数的死亡又赋予

---

[1] 英里,英制长度单位,1 英里≈1.6093 千米,下同。——编者注

了生的面貌。

回到家我立即点火取暖。蒙蒂蜷缩在壁炉边舔着湿漉漉的脚爪。坐在边上椅子的茂斯解开靴子的鞋带，并把袜子挂在一边晾干。等我泡好茶把茶端到壁炉边时，茂斯已经睡着了，他的双腿伸直，双手交叉放在身前，光着的脚冒着热气。我放下茶杯，站在房间的另一侧打量着他。他今天走的路程比我预期的要远得多。这么看来，或许……我想或许……

走到书柜前，我用手指翻拨着最底层一本本套着塑料封套的书的书脊，在翻到一本看上去干净到近乎崭新的书时，我停了下来。这本书不大，内容也不算多，我蹲在火炉旁细细翻阅，稀疏的字行之间莫名透露出广阔和无限的气息。我一边翻着书页一边想，这么做也许会被认为是不负责、不理智、自私、不公平的——我可以找到一万个说服自己不这么做的理由，可我最终还是任性地把书放在茂斯的茶杯旁边，然后去厨房削土豆。

或许……我想或许……

"想都别想。"茂斯站在连接厨房的走廊上，手里拿着我刚刚放在他边上的那本小册子，他小心地把册子妥帖地放在工作台上，转身向客厅折回去，"我的脚真的很疼，以前只是麻木，现在是一直会觉得疼，走路时更疼。"

"你会没事儿的，不过你今天确实走得太远了。"

"不是你说要走走的吗？"

"是啊，可我没打算让你走这么远。"

"我知道你怎么想，不过现在已经不是时候了。我能感觉到疾病正在接管我的身体，我的身体好像渐渐不听使唤了。可能就快要到终点了，我们不必再假装了。"

我别过头去，嗓子发紧，眼睛里像是被什么东西溅到一般感到灼痛。我再次把水壶装满水，企图让自己不去在意茂斯刚刚说过的话。他上楼后躺在床上几秒钟便睡去了。睡眠就像是挂在树上的雾气一样不知不觉侵入了茂斯的生活，这雾气掩盖了时间、空间与能量；他每天清醒着的时间只有个把小时，只要有机会，他总是会撇下我潜入那个被雾阻隔开的世界中。

愤怒、悲伤和沮丧的情绪在茂斯离开后的很长一段时间仍然弥散在房间里，这种情绪裹挟了时间，让它无法流动，并将我囚禁在一种无法挣脱的冰冷的呆滞中。我凝视着窗外，雨点打在房檐和对面的锌合金谷仓上噼啪作响。我知道自己必须做点什么来帮助他，可我又能做什么呢？近些日子茂斯不得不与医生在第一次诊断时就对他做出的提醒和解——"不要让自己太累，上楼梯的时候要小心。"他现在不得不这么做。这种感觉就仿佛是受困于强力的漩涡中，你只得顺从，挣扎总会沦为徒劳。

我走上楼，在床边注视着熟睡的茂斯，奇妙的是，睡梦中茂斯的脸显得格外年轻，甚至不像是已经 60 岁的人。真奇怪啊，睡眠怎会有如此的魔力，能够将岁月、压力、痛苦和恐惧一并从茂斯的身上抹去，让他短暂进入一种不受侵扰的平和状态。在被确诊后的几年，除了入睡时，茂斯很少展现出完全放松和无惧的状态，想来也就只有那么几个时刻——他站在礁石眺望着大海，远处的地平线被雨幕掩盖，还有就是他站在冰岛山地的岩壁边缘，靴子上沾满火山灰，冷风吹乱了他的头发——我确信在那些时候他是放松与舒适的。也许确实是有一些时空和情境能够让他暂时摆脱病痛和紧张。

回到厨房，我再次拿起那本旅行指南。拉斯角步道，从苏格兰西北角向南一直到威廉堡，全长 230 英里。这条步道在长途徒步旅行者中享有盛誉，是全英国境内最难走、最偏远的路径。我到底在想什么？把它放回书架，就此接受眼前的苟且吗？我做不到，远行的火焰一旦被点燃便无法被熄灭。如果我们再次奔向旷野，茂斯的病情会获得转机吗？再来一次，他是不是有可能获得与退行性疾病的种种症状再次博弈的能量？哪怕再久一点，远方的种种，你们是否能够帮我多留住他一段时间，哪怕只是再久一点呢？

可非得是那儿吗？我大可以选一条更容易的步道，而不是需要我们不停翻越高山、涉过沼泽的拉斯角步道。一页页翻着手中的册子，端详着步道沿线峡谷和湖泊的照片，我反倒是更笃定了自己的选择。这条步道经由高地通向诺伊达特半岛（Knoydart）。这是茂斯的向往地，可之前他从未在诺伊达特停留超过一周。如果说还有什么徒步路线是对他有吸引力的，那也只有这里了，只不过这必是险途。把册子放回书架，我坐在角落的旧椅子上，把蒙蒂掉落的一撮毛发吹散到半空中。或许我只需要陪着茂斯在附近的街道经常散散步，以平和的方式度过最后的令人悲伤的日子。可于我而言，我无法接受这看似平和的妥协。悲伤如稠密的阴云一样挤占了我的大脑空间，并向其中不断释放压力，我用手指按住眼皮，试图把泪水和愁绪一并压制。闭上眼的世界并非一片漆黑，我的眼前不断闪过我们一起探险的画面。在斯塔福德郡（Staffordshire）的砂岩边，在苏格兰山地的岩壁边，在海角，在冰川，他与强烈的日光和海风为伍，每次他望向我，脸上都洋溢着兴奋与激情，那不仅关乎对旷野的热爱，更是对生命的热爱。必须是拉斯角，那是唯一能够吸引他再次穿上登山靴，背向疾病，走入远方的地方，那一定是促使他与生命的倒计时来一次最后角力的地方。

我忙着在锌合金谷仓边往手推车里装木头时，听到大门关上的声音，然后看见茂斯带着蒙蒂向山坡上走去。该跟着他吗？万一他再摔倒怎么办？想到这儿，我立刻放下手里的木柴，本打算跟着他上山。可转念一想，我意识到今早起来茂斯还没跟我讲过话，若是他需要我陪他一起上山，那他一定会主动喊我一起。我们在一起几十年几乎从没吵过架，他现在是在和我生气吗？我当然不想和他闹别扭，现在的我只能比以往的任何时刻更想要时刻抱紧他，我太清楚，没有他的时光，等待我的只能是无尽的空虚。

把木柴搬进屋子里，纠结与焦虑仿佛将我的胃打了个结。那本关于拉斯角的旅行指南又被放回了桌子上，不是我，是茂斯又把它拿了出来。我能想象到他走在路上脑子里在想些什么，是愤怒，是悲伤。他说自己走不动了，我却偏偏提议远行；他说需要休息,我却频频否定;他说自己总有一天会离开,我却拒不接受。换位想想,我的执念是否也意味着我太过缺乏同理心?我不敢细想。时间一分一秒过去,我的眼前一片模糊,我分不清是雨水打在窗户上模糊了视线,还是泪水漫溢让我的眼睛发酸、五官肿胀。

院子门被关上后,紧接着便是家门打开的声音,先是蒙蒂冲了进来,靠着墙抖落身上的泥和雨水,茂斯紧跟在后面,我甚至不敢直视他的眼睛。

"你去哪儿了?对不起,对不起……我只是想能够做些什么来延缓病情,任何能让你有好转的事我都想尝试一下……"

"我在附近走了一圈,如果我们要去拉斯角的话,那这之后我至少要保证有能够连续行走三小时的体力。"

"肯定不行。太远了,路也太难走了,我怎么会愚蠢到萌生出这种想法……"

"是有些愚蠢,不过现在我也有这个想法了。"

"这么说好像是我逼你出行一样。"

"可事实确实就是这样啊。"

3

皮质基底节变性（CBD）是一种罕见的渐进性神经变性疾病，其可导致运动、语言、认知、吞咽困难以及一系列其他症状，对于神经科医生来讲，这些症状中的某一项或许只是帮助他们确诊疾病的一小块拼图，而对于患者来说，无论是对于视力、食欲、睡眠的影响，还是对于大脑的影响，哪一项都是天大的事情。诊断皮质基底节变性这种疾病就好像是在布满海藻的浴缸中抓鳗鱼——没有哪一种专门的测试可以帮助神经科医生百分之百断言某位患者确实患有皮质基底节变性，他们能做的多数只是告诉你"这不是帕金森，也不是阿尔茨海默"，但无法断言你就是一名皮质基底节变性患者。皮质基底节变性表现出的包括运动缓慢、四肢僵硬和行走困难等症状，确实与被统称为"帕金森综合征"的一类疾病相似，它与帕金森病，进行性核上性麻痹、阿尔茨海默病和其他一些疾病的症状均有所重叠。

没有人知道皮质基底节变性真正的病因，它被笼统地归为 tau 蛋白类病变，即大脑中正常存在的名为 tau 的蛋白质以异常方式积累，导致脑细胞退化而产生的一种疾病。在茂斯得到最初的诊断结果时，医生坐在诊室里尽可能仔细地为我们解释有关这种病的种种，他说想要确切知道究竟是不是皮质基底节变性，恐怕只有通过尸检，因为只有当科学家把大脑放在显微镜下，才有可能真切检视 tau 蛋白细丝，从而区分病患到底患的是哪一种 tau 蛋白类病变。

虽然茂斯身上有许多典型的皮质基底节变性的病征，但也是经过多年各式各样的医学检测和观察，医生才初步下了诊断——扫描只能判断它不是什么病，却无法给出"它是什么病"的结论。如果几个疗程的某种药物治疗无效，那么医生便排除对应的病征。神经传导性测试、认知测试、历时分析等，都无法百分之百地帮助神经科医生判断这就是皮质基底节变性。它们只是告诉茂斯这不是某种病，继而一次次缩小范围，直到大概得出"也许就是皮质基底节变性"的答案。这个过程就好像是在布满海藻的浴缸里抓鳗鱼，每次伸手进去医生都以为自己抓住的是鳗鱼，而捞上来的却是海藻，直到池里的海藻被捞空，那么剩下的就只是鳗鱼了。可即便如此，在褐色浑浊的水中要确定鳗鱼的位置也并不容易。

在众多测试中有一个测试能够提供确定的结果——它虽然无法告知我们浴缸里的鳗鱼是什么种类，可它能够确切地检测到信号，确切地告知我们池子里确实有鳗鱼——这便是 DAT 扫描。DAT 扫描被用于测量大脑中多巴胺受体细胞的水平。多巴胺是一种化学信使，在神经细胞和肌肉之间传递信号。茂斯的扫描结果显示他的受体细胞明显减少。受体细胞在屏幕上显示为光点，而很明显，属于茂斯的光点有不少已经熄灭了。若是想要知道浴缸里的鳗鱼究竟是什么品种，除非拔掉塞子，把水排空，否则答案便会一直成谜。在经历了种种测试之后，我们只能说答案大概就是皮质基底节变性了。茂斯所经历的一切是大多数最终被诊断患有某种帕金森综合征的人都会经历的过程，要知道帕金森综合征也有很多种类。

医生并没有给茂斯的疾病下确凿的诊断，他只是告诉我们不要过于劳累，上楼梯时要小心。而就在确诊的那一周，住了二十年的房子一夕之间不再属于我们，我们成了无家可归的人。没有住处又何谈上楼时要小心。绝境之下，我们只得将所有的生存必需品塞进行囊，就此开启了一次于沿海小径展开的徒步探险，小径全长630英里，我们跋涉过的山地总计海拔相当于攀登近四次珠穆朗玛峰。在一些人看来，这或许是不理智、不负责任的选择，但在当时那个绝望的时刻，这是我们唯一的选择。帐篷是无家可归之人的庇护所，地图上的路线带着我们走向绝境以外的别处。在当下我们迫切需要一条前进的线路，一个明确的目标，一个即便在其余理由都不复存在的境况下支撑我们继续生活下去的理由。

那次徒步旅行中出现一些令我们都感到诧异的转变，可以说完全出人意料。背负着支撑生命的家当，穿行在一望无际的岬角，就这样走了约200英里之后，茂斯的健康状况开始出现好转，他的步态变得几乎正常，思维变得清晰，短期记忆变得敏锐，以前几乎不可能完成的动作变得轻而易举，这本是完全不可能发生的事情。患皮质基底节变性的病人就像是走上了一条单行道，任何症状的发生几乎都是不可逆转的。这意味着，茂斯本无法回到原来健康的状态，无法再次自如活动身体、独立支起帐篷、轻轻松松地背起背包或者识读地图并找到该走的路线。一旦那些症状出现，按理说茂斯的情况就不会再好转了。

在随后的几年，茂斯一直在攻读学位，久坐使得他的病情每况愈下。后来我们住进了果园，打理果园意味着更多的户外活动。在这种日子刚刚开始的时候，茂斯的健康状况稍有改善，他的记忆再次变得清晰，身体更加强壮，行动也更加稳健。后来，冬天到了，疫情以及由此引发的对于户外活动的限制使得一切都陷入静止，随之而来的便是茂斯症状的加速恶化。于是就有了茂斯倒在果园的那一幕，我跪在草地上，轻晃着他的身体，向上天祈求不要让这一刻成为一切的终点。

医生、物理治疗师和神经科医生曾经向我们解释了西南沿海小径徒步之旅给茂斯身体状况带来积极影响的可能原因：物理治疗是帮助皮质基底节变性患者改善症状的少数有效方法之一，进行温和的运动有助于延长患者总体的行动时长。这么看来，那次徒步之旅可能算得上是一种极端的理疗形式。或许是旅途中的低卡路里饮食起了作用？毕竟我们在旅途中没什么钱去购买高热量的食物。抑或是大自然提供了某种减缓症状的环境？也许还有其他什么因素的综合作用。总之毫无疑问的是，当茂斯恢复到需要久坐的生活状态中，他的健康状况便会急剧恶化，所有的旧症状都会以更坏的样貌在他身上发作。

4

　　疫情导致的户外活动减少像是把整个英国放在了一个真空罩子里，冬日的步履更显拖沓，空气中都弥漫着休眠的气息。送餐车隔着墙为人们运送食物，偶尔见到遛狗的人在单行道的一侧挥手向对面的人打招呼。疫情导致死亡人数的增加使得人们的生活中多了猜忌、怀疑和警惕，相较于人，我们更倾向于把沿途的树木当成亲近的对象。拉斯角的旅行指南就这么一直被放在桌子上，瞥一眼它的封面，我总是能隐约感受到其散发出的一种关乎远方以及可能性的微光。在清晨天色仍未亮时，我上网搜寻一些曾经前往拉斯角的徒步者的博客，这些博客共同的主题大约都是关于沿途环境艰苦、狂风暴雨、深不见底的沼泽，当然，博客的配图几乎全部是在经历风吹雨淋的磨砺后疲惫而又带有成就感的男性探险者，难道没有女性曾经踏足过这儿吗？

　　到了晚上，我和茂斯一起研究了一个男性探险者的系列博客，他用两周时间走完了全程，一只他极为信赖的牧羊犬陪他一起探险，这只牧羊犬多数时间跟在他身边，在涉水时他会一只手将牧羊犬扛在肩上，另一只手拿着摄像机拍摄，在博客里还看到有的时候那只牧羊犬蜷缩在轻质帐篷里睡觉，一动不动，想必是历经了精疲力竭的一日。在看了这些博客后，我开始上网查找南唐斯路（South Downs Way）的旅行指南，这是条更轻松的短途线路，我想说服茂斯改变主意。走一条不那么吃力的路线，我的负罪感便不会那么重。可无论我如何卖力推荐新路线，茂斯都不为所动，他似乎已经打定主意要前往拉斯角。为了提前适应即将到来的远途，他最近每天都要绕着我们住的街区走一圈，并且在回来后缩短休息时间至30分钟。

拉斯角旅行指南上提供的徒步线路并非一条固定线路，且沿途没有任何路标。书的前几页的线路还是由A点至B点再至C点，而再过几页，路线则成了A点至D点至E点，书中甚至提醒在遭遇洪水、火灾或者其他自然灾害阻断既有路线时，徒步者需要自行探索新的线路。很显然，我们需要一张更大范围的地图来对附近的整体地形有更好的判断，否则一旦旅行指南上的指引不灵光，那我们就当真要迷失在山野和沼泽中了。

于是我自作主张买来了英国地形测量局绘制的OS地形图[1]——一份可折叠的、粉红色的册子，上面是难以辨认的轮廓线、沼泽符号以及其他一些零碎的标识。难怪这条路线的一部分被称作"大荒野"（the Great Wilderness），一整张地图上除了山地几乎就是沼泽和湖泊等，我又做了个愚蠢的决定，要知道我可

---

[1] Ordnance Survey（OS），英国的全国性测绘服务机构。——编者注

是三次才通过地理"O Level"测试[1]，而当时令我犯难的恰恰就是这种地形图。

"这可不妙，茂斯，看地图的任务就交给你了，我完全看不懂。"将 OS 地形图完全打开，地图会覆盖整张桌子，我试图在地图上寻觅可行的路径，可看来看去，我只觉得自己似乎要面临的是一场大型的"蛇与梯子"游戏[2]，这可不仅仅是遇到梯子前进几步，遇到蛇后退几步那么简单，走错一步，等待我们的便是无尽的沼泽或是悬崖。

"我不知道我还行不行，你知道现在的我是多么不擅长做决定或是解决问题，甚至连决定晚餐吃什么都让我觉得吃力。我们还是就按照旅行指南上的路线走吧，不过还是要带上地图以防万一。"

"指南针还在吗？"

"当然在，不过我不确定自己是否还记得怎么使用它。"

晚上我坐在桌边，一边看着男人和牧羊犬的博客，一边对照着地图，试图在上面将男人走过的路线和旅行手册上的路线进行对比，并不时用铅笔在地图上勾画一个个标记。夜里，我做了噩梦，梦见自己无助地在坡上找路，暴雨几乎将我之前用铅笔勾勒的痕迹冲刷殆尽，狂风撕扯着我手中的地图。从噩梦中惊醒的我失神地从床上坐起，吵醒了茂斯。他没有睁眼，但肯定知道我是

---

[1] 剑桥"O Level"测试，考生一般为 14—16 岁，相当于国内的中考。——编者注

[2] Snakes and Ladders，又名蛇梯棋，源自古印度。——编者注

做了噩梦，甚至连梦境的内容都能猜到。

"你既然这么担心，那就用钢笔在地图上做标记，这样就不必担心大雨把你的记号全都弄没。"

"目前还不行，万一标错了怎么办，用铅笔的话还可以后续修改。"

"早些时候我把要出行的计划告诉了村子里的一个小伙子，我说，我正忙于在地图上标记路线，他对我说还用纸质地图干吗，然后好心地帮我在手机上下载了 OS 地图的应用，我想说可终归没好意思说出口的是'如果手机没电了该怎么办？'"

说罢茂斯很快又陷入睡眠中，一天中他醒着的时光是极其有限的。我盯着深色的天花板又陷入焦虑之中。在花了好几天时间研究地图后，我发现在途中购买食物甚至都是奢侈的事情，通常需要徒步好几天才能遇到一个贩卖食物的商店，更不要说时时给电池充电了，而且旷野中的信号必然很差。我和茂斯行进的速度必然是很慢的，这意味着在路途中我们由旷野行进至供给生活所必需的一切的文明社会，每次都要间隔好几天的时间。如果在这几天的时间中茂斯的身体出现意外怎么办？如果他再次摔倒怎么办？面对种种意外的可能，我们该怎么办？

一只啄木鸟不停往返于远处和它在甜栗树上筑好的巢，忙着照料刚刚孵出的幼鸟，各方面都太过脆弱的幼鸟禁不起风吹雨淋，想到这里一阵愧疚涌上我的心头。既然决定要出发，那我们现在就要筹备起来，茂斯坐在桌边，一只手漫不经心地摆弄着旅行手册的书角,我摸不透他在想什么。

"现在还来得及,我是说我们放弃出行的念头。这个提议可能根本就是荒唐的。"

"你还不明白吗?"他放下册子,不再摆弄它,正色道:"我原本已经不打算再去旅行了,我早就把这种念头收起来了,我一再试图让自己接受'你没办法再去徒步'这件事。然后你就把这本书拿了出来。"

"我知道,对不起,是我的问题……我……"

"我是害怕的,我害怕我的病会突然之间失控。你知道我是害怕的,但你仍然想要推着我前进……也正是因为这样,我更加不确定了……当你把这本小册子从书架上拿下来放到我面前,我仿佛又被推了一下……总之你就是这么做了……"

我双手抱着头,不敢看他的脸。

"但正是这样,我也思考了很多,毕竟还有很多地方我没有去过……我讨厌列什么遗愿清单,我一直觉得你应该在能力还允许的时候做一切你能做的,在活着的时候尽量不留遗憾,那就不需要在将死之时列什么遗愿清单。拉斯角是我一直想去的地方,它对我总是有一种莫名的吸引力。所以别犹豫,出发吧。"说罢他起身,打开门先让蒙蒂出去,然后自己穿上靴子,缓慢却并不敷衍地系好鞋带。"不管怎么说,也许对我来说这也可能真的是一场灾难。我可能会掉进某个沟壑然后死掉,也可能整个旅途都安然无事,抑或在途中的某个咖啡馆享受旷野的风景。我无法预知路上会发生什么,但至少出发便没有遗憾了,到时我就不必在临死前还在念叨'早知道我还是应该去一次拉斯角'。"

我看着茂斯走出门,我自问是否真的了解眼前这个和我一起生活了二十年的人。

"要是真的你摔进沟里死掉,那我肯定会后悔的。"

"没有后悔的必要。"

"果园该怎么办呢?我们得离开至少一个月的时间。"如果限制户外活动的政策取消,并且政府开始允许旅行,我们打算在春天的时候进行徒步,到时除了修剪草地路面以外,果园几乎不需要额外的照顾,我们会提前做好修剪果树和铺设树篱的工作。时间越临近,我便越感到恐慌,总是尝试劝说茂斯放弃拉斯角计划,转而选择没那么危险的线路。"还有蒙蒂,对它来说这段路太远了,而且它的腿太短了,它会在沼泽里淹死的。所以我们不能去拉斯角,否则蒙蒂怎么办?双沼泽小径(Two Moors Way)怎么样?走起来更容易,而且就在我们家附近。"

"汤姆啊,找汤姆帮忙。"

我们的儿子汤姆平日里有时间时常会来果园帮忙,可是连续一个月都来帮忙除草可不是项轻松的工作,即便是汤姆,我也不确定他是否愿意。还有蒙蒂,汤姆会愿意照看一个每天痴迷于玩球、对人总是保持高度警惕,并且喜欢对着其他小狗狂叫、无论走到哪儿都会留下毛发的蒙蒂一个月吗?汤姆大概是我们唯一的帮手,可我也不觉得他愿意和蒙蒂相处一个月。

"他一会儿过来的时候问问他不就好了。"

"嘿，汤姆，如果妈妈说让你帮我们除草并且照顾蒙蒂一个月，你肯定会拒绝的吧？"

我一边泡茶，一边等着汤姆答复，说实话我隐隐希望得到一个否定的答案，若是汤姆答应了，那就像是为我的计划添了一把火，我就势必得出发了。

"当然没问题，我们都爱蒙蒂。你们要出门吗？什么时候去？去哪儿？"

把茶倒进杯子里，我内心涌上一股强烈的忧虑与恐惧，我甚至感到有点想吐。看来我们的拉斯角计划要成真了，一个始于我在绝望情绪下的鲁莽的提案竟真的要被付诸实践了。

轻微的周围神经损伤使得茂斯总是感到脚部的疼痛以及不适。觉得疼时，他常常不得不脱掉鞋子让自己好受一点，有时是说觉得鞋子里有石头硌脚，有时说觉得袜子湿透了弄得脚难受，其实这不过是他不想让我担心找的借口。他过去穿的那双旧登山靴已经磨损得不像样了，找一双能让茂斯感到舒适的鞋子是我们准备工作的第一步。按照那个带着牧羊犬的徒步者的说法，拉斯角徒步之旅需要长时间蹚水，如果靴子太短，可能会面临在深水区鞋子完全湿透的窘境。想找到合适的靴子比想象中的难得多，有的太重，有的根本不防水。

"我找到了！"

电脑屏幕上显示的是一双黑色军靴，样子算不上时髦，但这双系带靴几乎可以到达小腿，且内衬防水，我想它差不多能应付那位带牧羊犬的徒步者所描述的状况，并且我深深怀疑越往北走我们可能要面临的泥沼越深，抵达拉斯角时，说不定最深的泥沼甚至会及腰。

"好吧，反正不喜欢随时可以退。"

"我也给你买一双，万一你试穿后也觉得不错呢。"

"不，我……"我话还没说完，茂斯已经按下了支付键。

"我肯定会把我的那双退回去。"

靴子寄到后，茂斯对靴子内部的泡沫鞋垫满意极了，他甚至舍不得脱下来。至于他给我买的同款则暂时被放置在角落里，我试穿过后觉得它们笨重且僵硬，我无法想象自己要穿着这双铁块一样的家伙走那么远。

早春悄然而至。英格兰已经解除了封控，但苏格兰的边境仍然未开放。严酷的霜冻贯穿着整个 4 月，甚至比过往我们经历过的任何一个冬天都要厉害。在之前还算得上暖和的日子里，果园里的果树已经开出了花朵，而霜冻天气使得山谷里的夜间温度常常降至零度以下，在这样的气候条件下，那些精致却又脆弱的粉红色花朵，往往在一夜之间就被冻结至棕色卷曲的半枯萎状态，这样便结果无望了，今年果园的收成势必要大大减少了。苏格兰北部的天气更甚，一些偏远的峡谷夜里的温度甚至会达到 -6℃。我总是会关注新闻，暗自希望苏格兰能够再晚一些开放边境，哪怕是再等一个月，这样我们就有理由晚些出发，甚至是取消计划。

然而没过多久，苏格兰的边境便开放了。

一切已然准备就绪，无论我们对前路如何忧心，旅途似乎真的要开启了。背包放在门边，背上它们我们就要启程了，背包里的物件大多是信得过的老伙计了，它们已经经受过西南沿海小径强劲海风以及冰岛南部高地凛冽的极地风的考验，想必也能经得起5月苏格兰高地尚且称不上严酷的自然条件。让我来列一列：先是一个老式的凡客牌三人帐篷，虽然有点重，不过睡在里面我总能有一种在家一样的安心感；睡袋，这次我们带了睡袋，在冰岛时这个睡袋太薄，英国的夏天用睡袋又太热，5月的苏格兰的温度与睡袋恰好匹配；然后是一个从未出现过故障的微型钛制炉子以及两个小煤气罐；一家瑞典公司生产的、能够经得住任何程度的雨水的防水外套，还有超级轻便的防水裤子；带塑料盖但没有把手的不锈钢马克杯、一个小平底锅、一个带有备用电池的可充电头灯，以备不时之需；一个带有冰岛海雀装饰的打火机，火柴被套在塑料袋里以防受潮；一个小盥洗包，里面装着必需品、一本记事本和笔、一件换洗衣物、一件薄羽绒服和一个手机充电器；还有一个干燥的袋子，里面装着那本旅行指南和之前买来的折叠地图，当然上面的大部分路线现在都是用墨水而不是用铅笔标记——就靠这些，我们当真能坚持一个月吗？不过转念一想，曾经我们站在英格兰最西边的花岗岩悬崖上时，迎面是由开阔的大西洋吹来的强风，我能清晰地听到背带拍打在背包防水布上的声音,那时我们几乎身无分文,甚至经常挨饿。而今时今日,我们至少不比那时的境遇更糟吧,背包里的东西足够我们上路。

"准备好出发了吗?"

"我想是的。"

汤姆把篮子装进车子的后备箱,里面装了一个月的狗粮和一堆网球,我有些哽咽地把蒙蒂交给他,然后目送他们离开。蒙蒂将湿漉漉的黑色鼻子贴在车窗上,它不知道发生了什么,也不知道这次离别会有多久。

"别担心,蒙蒂,我们几周后就会回来。"我向它挥手,就像和孩子告别一样。

"我们走着看,也许用不了几周就回来了。"

时间可真是样难以捉摸的东西。有时几小时会如几天一样漫长,有时回望几个月的光景却觉得如同瞬间,而关于时间的感知往往取决于人们填充它的方式。

5

　　出发前,我坐在花园边一大片疯长的高草丛中,肆意呼吸着康沃尔春日的空气。由于过度开垦的原因,先前这个农场几乎没什么昆虫,后来我们稍稍改变了一下管理农场的模式,包括减少化学品的使用以及放牧动物的数量,给予大自然自我恢复的时间,不久后授粉昆虫就回归了。当下的空气中弥漫着春日昆虫寻觅花蜜和鸟儿寻觅昆虫发出的鸣响。一只鸫鹟正在为吸引家貂而搭起的假窝里忙碌,麻雀则在门边的鸟箱忙着筑巢。去年,这个鸟箱曾经住着蓝山雀一家九口。不远处的石墙上停着一只我从未在现实生活中见过的鸟,那大约是叫作石栖鸟的生物,我曾在书上看到过图片,这种鸟机敏而警惕,背部呈蓝灰色,脸颊上有黑色闪光。在石头上晃了一会儿,它以光速啄住在石头上爬行的一只蜘蛛。通常这种鸟类由非洲迁徙至此,每年抵达我们这一带附近的海岸的时间大约是3月,看样子这家伙是晚到了,现在已经5月了。也许它是被持续的夜间霜冻耽搁了,抑或像我们一样,也是被关闭的边境线耽搁了。不管怎么样,现在我们都得启程了——这只石栖鸟要赶在繁衍季结束前寻找到交配的伴侣，而我们要在天气变得过热、苏格兰蠓虫季来临之前动身。这只迁徙的鸟儿对自己的旅途是笃信的，它对自己的去路确信无疑。我们的旅程也具有这样的本能磁场，虽然多了些恐惧与游移，但我尽力说服自己此行是必需的也是有益的。在它扇动翅膀即将起飞的近乎同时，我也站起了身，是时候出发了。

在疫情之下带着一个比大多数人都更容易感染病毒的人旅行绝对是令人紧张的。我们已经接种过第一针疫苗，但尚未完成第二针的接种，所以我们放弃了坐火车出行的想法，毕竟火车要在人流密集的大站停靠。这一次，家里的运货车是我们的交通工具，开到徒步路线的起点后，我们会把车子交给拉斯角附近的一家运输公司。如果回程我们仍然不打算坐火车，那么汤姆会开车到威廉堡（Fort William）来接我们回家。

出发的日子是5月的第一周，我们确信我们会在仲夏之前回来。果园的大门被暂时关上，待我们回来一切会照旧，就像我们从未离开过一样。就这样，我们沿着山路开车北上。

在历经了拥堵、道路施工以及沿途的各种污染后，我们抵达了兰开夏郡的最深处，这是位于M6高速公路以西几英里处的一片绿洲，抵达这里就仿佛是回家一般。眼前的这座房子等同于"欢迎""舒适""温暖""友谊"等一切让人欢欣鼓舞的词语，它是连接我们曾经和未来即将要开启的冒险的中转站，是戴夫和朱莉的家。我们在西南沿海小径的一辆冰淇淋车前偶遇了这对夫妇，后来我们相约徒步，穿越了冰岛火山以及英国潮湿的荒原。戴夫和朱莉的家是一个供我们分享食物与故事、希望与梦想的地方，它像是一个加油站，在我们北上前为我们做最后的蓄力。就好比那只康沃尔花园里的石栖鸟，它在即将开始漫长的飞行前要靠捕食蜘蛛来获取能量，人类与它是相似的。

"你们研究过旅行指南之类的东西吗？"戴夫，一个来自北部的大块头中年男人，讲话直率。

"当然了，去那么偏远的路线我们总不可能不做任何准备。怎么了，你想说什么？"我太了解戴夫了，一定还有下文，否则依他的性子他根本懒得问出第一个问题。

"我只是想说，看上去茂斯的体格不如几年前了，你们……"

气氛沉了下来，他和朱莉已经两年没见过茂斯了，想必是看出了明显的变化。原本我几乎已经没有了任何恐惧和犹豫，可戴夫的话让我心里不禁打起鼓来。

"我知道，你说得没错。这么说来我们是不是真的不该去。"

"我不是这个意思，但我看得出茂斯好像对这次徒步不是那么信心十足。"

我一下子感到一阵压力，要不是我，他压根儿不会考虑这件事。

"嘿，我是想说我们住的地方比你们认识的绝大多数人都要靠北，如果旅途中万一有什么事情的话，你们找个安全的地方待一两天，我会开车去接你们的。汤姆从康沃尔开过去太远了。"

戴夫的话仿佛为我们那令人略感不安的旅途提前铺设了一张

安全网，一个看似不经意但却让人倍感温暖的提议就这样打消了我的恐惧。

"虽然我不确定自己能不能忍受你超过一个月，不过要是你们两夫妻和我们一起的话那真是再好不过了。"

"等你们走到奔宁山脉（the Pennines）我再过去，一个月恐怕不行，我可以和你们一起走一两个星期。"

"天呐，戴夫，我们可走不到奔宁山脉，说不定我们到了威廉堡就打退堂鼓了。"

"我也只是随口一说。"

身材高大的戴夫走去厨房，然后端来一碗朱莉准备好的蔬菜，朱莉跟在他身后，手里拿着杯子和酒瓶。朱莉虽然看上去身材娇小，实际在某种程度上要比戴夫还要坚韧得多。

朱莉倒了一杯酒给我，说道，"戴夫是认真的。如果你们需要，尽管随时叫他"。她看了一眼茂斯接着说道，"反正我们正好有两周的假期，正发愁不知怎么用掉它"。

"看来你是用不上这两周假期了，我们压根儿不可能走到奔宁山脉，完全是妄想。"

"到时候看吧。"

我们在这儿待了一整天，重新打包、检查装备，像那只石栖鸟一样为最后一跃蓄力。沿着河口散步，河岸两旁的田地里是各种机器忙着收割青贮饲料的场景，高高的草地被拖拉机、拖车、割草机和收割机大军侵占。100英亩[1]的土地在短短几十分钟内就被收割一空,随之消失殆尽的是各种野生动物和昆虫赖以生存的家园,寄生于这片草场的生物多样性链条在机器的轰鸣声中被切断。如同英格兰的多数农田一样,这片田地并不属于个人,而是属于一家大型企业。收割下来的青贮饲料并不会存放在邻近的某座农舍中,而是会运到兰卡斯特以外一家大型乳制品厂。对于这些公司来说,生物多样性并不是其计算收益的公式当中的一部分,他们并不认为对生物多样性的关注与考量能够导向高额利润。

泥滩上,一只罕见的白鹳正在觅食,就像许多野生动物一样,它的觅食空间已然被大大压缩。我在想,这些田野里的生命的归宿是何处,他们能活得过今天吗?但我们每次在购物时不知不觉做出的选择恰恰导向了这样的境况——见不到草场的奶牛,以及晒不到日光的母鸡——牺牲生物多样性换来了超市里的廉价食品。想来我和茂斯在果园里播下大量野花种子、企图在个人层面做点什么的尝试对于扭转现状几乎等于徒劳。

穿过草地往回走,周遭充斥着草地鹨的叫声。

"这附近的田野上不久就会盖起数以千计的建筑物,据说建筑工程已经获得了批准,随时都会开始。"隔着树篱和果树,朱莉向我们挥舞着手臂。

此起彼伏的草地鹨的叫声不会持续太久,毕竟它们在附近的

---

[1] 英制单位,1英亩约合4046.9平方米。——译者注

食物来源在刚刚过去的下午便随着机器的声音消失殆尽了，这里不再是它们的栖息地了。它们渐次起飞，这个时刻便是它们于此处生活的终章了。

在这儿的最后一晚，我们享用了美味的家常菜，再一次整理行李。不能再拖延了，明早当真要出发了。

"奔宁山脉见。"

"不可能。"

"走着看吧。"

* * *

5月的午后，威廉堡的咖啡馆厅外狂风大作，暴雨如注，天色暗沉。这是我们的拉斯角徒步之旅的起点，当然如果我们决定在此处折返，它便是终点。我们囤积了干粮和备用袜子，踌躇满志打算开始跋涉，现在却只能看着如溪流般的雨水顺着街道流淌，车辆驶过后路面会短暂地形成弓形水波。在决定留在这里过夜后，我们便开始不紧不慢地喝起茶来。玻璃窗上水汽氤氲，窗外一个背包客停在路边，他个子不算高，身材微胖，胡子梳得整整齐齐，身上是还未使用过的崭新登山装备。

"他肯定是要开始拉斯角的徒步旅行。天呐，我真没办法想象开始徒步的第一天就浑身透湿。"

"我也没办法想象。"

"我们再复盘一下，为什么当时我们说要从北向南走。"茂斯一边说，一边用刀柄轻轻敲着桌子。

"因为从威廉堡回程会更方便，这样方便汤姆接我们，或者他不来接我们，我们也可以直接坐火车南下。"

"现在看来我觉得这些规划都没什么意义。"

我们出神盯着窗外的雨幕和在雨中行进的一群徒步者的身影。从他们的衣着的整齐度来看，想必是已经经历了旷野的洗礼，他们的脚上无一例外地套着塑料袋，塑料袋已然灌满了积水。

"他们大概率是刚结束徒步。"走完拉斯角的人是这副模样啊。

"大概是一些年轻人的社团。我打赌他们是从西高地回来的，不是拉斯角。"

相较于拉斯角，西高地是更受欢迎的徒步路线，西高地之路由此向南延伸，总长约100英里。这些年轻人面容轻松地谈笑着，毕竟旅程顺利结束了。"我怎么没想到这条更容易的短途?!"茂斯看了我一眼，挑了挑眉，不发一言继续拿刀柄轻敲着桌面。我刚才那句话简直是多余。

"我想我大概要把我的这双短靴留在这儿，可能暂存在游客信息中心，然后我可以把这些大家伙寄回去，然后回家时穿其他鞋子。"茂斯对于他那双巨大的军靴格外喜爱，不过一双靴子是不够的，如果我们一路走回威廉堡，肯定是需要换一次鞋子的。我穿过我的大军靴几次，还算可穿，毕竟比较起来，军靴肯定是要比短靴更适合当下的天气。

"好，有道理，那么就这么做吧。"

"这么说来，你也要换上你不怎么喜欢的那双军靴了？"

茂斯有个理论，他认为人类天生聪明，可有时却不愿意使用已有知识解决问题。我们对历史并非知之甚少，只要参考过往，便可避免重蹈覆辙一些显而易见的错误。我一直不认可他的看法，在我看来，无论如何我们拥有多少知识，新环境总是制造新问题，没有什么重蹈覆辙，每一个问题都有它的不同之处。

"看吧，你穿的话我就穿。穿它们也不错。"

| 第二部分 |

由北而起

爬到最高点并非登山者可追求的唯一目标。

——《山之生》，娜恩·雪柏德

6

苏格兰的地图由丰富的历史、神话和传说编织而成。这里的峡谷和山坡上回荡着旧时的声音,这声音有关军队的兴衰、战争的胜利与失败;粗粝的山地犹在,佃农与大清洗、英雄与怪兽消逝于尘烟。我不知道还有哪一片土地如苏格兰一般经受着往事的如此重压却仍旧能保持鲜活的面貌。沿着尼斯湖向前行驶,我顾不得张望前路,目光一直停留在湖面,妄图捕捉传说中水怪的身影,当然妄图总是妄图,水怪并未现身。

驶离湖泊没一会儿,我们停下来加油。加油站有不少以当地古堡与传说为主题打造的纪念品和小饰品,与此同时当然还少不了贩售与任何现代加油站一样的糖果和点心,这种新与旧的混杂让人恍惚。北部的店家几乎都是这样,旧时历史氛围包裹的城市与一身现代气息装扮的店员总有一种我愿称为错置感的氛围。前往北部的游客多是冲着发源于当地的神话与传说而来,店家何不费心将店员也一并做同一主题的包装?这样岂不是能够满足大多数人的期待。可因弗内斯(Inverness)却情愿宣传其另一面——

这里有着高地四分之一的人口，拥有大量高科技医疗企业，也是支持海上石油工业的制造业中心。在经过这座城市的工业区时，我在想除了黄油甜酥饼干以及各种印着尼斯湖图案的钥匙圈，今日的苏格兰还有更多值得我去探索的面貌。

道路沿着辛湖（Loch Shin）的堤岸向西延伸，我们向着拉斯角的方向不断前进，这道路过于漫长，似是一条永无尽头的单行道。雨停了，终于山坡的样貌出现在破碎的云朵之下，在道路和湖泊绵延了近40英里后，我们抵达了道路的尽头。这里有且仅有的一个停车点甚至没有一辆露营车。倒是一辆停着的小型轿车里，一个男人盖着毯子在前排的座椅上陷入睡眠。我们将车停好后，烧水泡茶。

湖边散落着一些鱼骨头——是水獭美餐过后留下的痕迹。我在很多地方都见到过水獭留下的足迹，甚至曾经花时间专门坐等它们现身，我甚至去过水獭保护区以及动物园，可令人沮丧的是，这些家伙从不曾赏脸现身。今天虽然这里仍旧提示着水獭出没的可能，可大约我与它们无缘，索性便专注着抬头观察天色的变化。阵雨逐渐减弱，只有微弱的雨滴偶尔飘落。夕阳为远处黑色的山峦勾勒出一道金色的边线，四散的云朵沾染上橘色的落日余晖并将其投射到暗色的湖面。一道彩虹从湖泊的一侧延伸至另一侧，为晦暗的山峦群像画上了一笔扎眼的色彩。看吧，纪念品店里的格子裙和高地牛玩具远不能代表苏格兰的全貌。

停在路边那辆小车里的男人下车迎着晨光伸了个懒腰，我也恰好在同一时间做了同样的动作。面面相觑的我们在尴尬的氛围下聊起了天。

"早上好，睡在车里一晚一定有点难受吧？"

"是，里面空间太小了。"

"你是路过这儿吗？"

"不，我在上面的鱼类加工厂工作。"他边说着，边向西看了一眼示意我工厂的方向，"我妻子两个月前把我赶出家，我没其他地方可去，我在附近也没有房子，所以我只能每天住在车里。你们要去哪儿？"

"拉斯角。我们要去徒步。"

"你不知道那儿现在关闭了吗？军队，那儿有大量的军队，你们去不了。"

向北继续行进，虽然天色渐亮，可周遭的景色却愈发暗沉。山坡上的石楠的枝丫干枯到像是刚被火烧过一样——尽管这附近并没有任何遭遇火灾的迹象。茂斯只是用手轻轻一碰，一棵树的枝丫便被轻易地折断了，它早就是气数已尽的枯枝了。

"这太奇怪了。这是怎么了？我对冬季长满石楠的荒原该有的景致再熟悉不过了，不该是这个样子。5月的光景何以如此暗淡、死寂——这一切只让我想到死一般的沉寂。"黑色的山坡荒凉，拉扯着向远方延伸，这一切让我感到害怕与陌生，远处传来难以辨明的声音，仿若是暴风雨的低沉轰鸣。

"那是什么声音？"

"如果那个人的信息正确,那可能是军事演习的声音吧。出发前我查到过,集中演练发射大约是在 5 月初。"

茂斯怎么会提前想到去查这些?我知道拉斯角是军事用地,可我从没考虑过什么发射不发射的事。

"手机现在没有信号,要么去附近的村子里再打听一下?"

金洛克伯维(Kinlochbervie)是个不大的村落,也是苏格兰西海岸最北端的港口,鱼类是住在这里的村民赖以为生的资源。村子里的小渔船队和来自其他海岸的大型渔船共同参与捕捞,被捕捞上岸的鱼经过加工和包装经由公路被运送至英国和欧洲大大小小的城市。我们在男人工作的工厂附近下了车,一开车门便是一股浓重的鱼腥味。走入一家小咖啡馆,我们想要打探关于拉斯角的消息,不过很显然,里面的人并不欢迎不速之客的到来。

"别进来,咖啡馆不接待外来客。你们出去等,外面有长椅,我过会儿去给你们点单。"

咖啡馆外寒冷的气息让人打战,死气沉沉的石楠一边倒地向山坡一侧倾斜生长。路边停着两辆黑色的大型机车,这让我一下子想到了我们的女儿罗恩(Rowan),她总是骑着她那辆大型黑色机车。每次一想到机车引擎的轰鸣,我就感到害怕。这周轮到她去农场值班以及照看蒙蒂。想到这儿我再一次打起了退堂鼓,想要中止这次疯狂的、几乎不可能完成的旅行,并立即返回康沃尔和我的孩子们团聚。刚刚的我还一心想着在这家咖啡馆吃一份烤面包加豆子,顺便打听一下军事演习的情况。但现在,坐在垃圾桶旁边的长椅上,我不仅质疑自己来到这家咖啡馆的必要性,甚至怀疑整个旅程的合理性。混乱的思绪和带着鱼腥味的凉风一同将我包裹，动弹不得。

"要吃些什么？"刚刚把我们赶到外面的那位女士出来帮我们点餐了。

"我们本来想好吃豆子搭配吐司，但现在露天长椅上……要么就培根三明治和一杯热茶？"

"为什么我们不能坐到里面去呢？里面那么多人，有摩托车手，还有其他人。"

女人看着茂斯，她的神情仿佛在说："这难道是什么难以理解的事情吗？"

"那些开摩托车的人就住在这条路上，他们是当地人。我们不能让外面的人进到咖啡馆里了，我们村子好不容易没有了感染新冠的人，现在我们当然要严防死守了……毕竟我们已经停业了这么长时间。这附近大部分的商店、咖啡厅以及几乎所有旅馆都还没开门，你们能来这里点到吃的东西就已经算是走运了。"

我大约估摸了一下之前在威廉堡购买的干粮袋的大小，又多买了两个三明治打包。"我听说拉斯角那边有军事活动所以关闭了，是吗？"

"没错，至少关闭到 6 月呢。你们去不了了。"

我感到一阵慌乱，按照计划过几天我们的货车就要被取走了。如果我和茂斯打算改变计划，就必须尽快。

"这附近有露营地吗？"茂斯像是一下子就泄了气的皮球，满脸写着沮丧。似乎他对于被迫改变计划这件事越来越难以应付，在需要做出新决定时,他的大脑仿佛处于一种短暂的停滞状态。不用问我也知道,他大概认定我们现在唯一的选择便是立即返回康沃尔。

"没有,全都关了。不过有个叫谢格拉(Sheigra)的地方,你们可以去那儿看看。"

"谢格拉?"

"对,那不能算是个严格意义上的露营地,不过你们可以把车停在那儿,只要5英镑,那儿有个钱箱,把钱投到里面就行。"

我们二人沉默不语,在冷风中嚼着三明治,尴尬充斥在我们二人周围,甚至挤占了鱼腥味。我知道茂斯在想什么,他也知道我知道他在想什么。

* * *

驱车穿越零星的房屋,经过一家关闭的旅馆,我们向村庄边缘驶去。乌云遮蔽了沿途近乎所有的景色,只剩单行道边的岩石与荒地一览无余。离开这座小村子,我们沿着一排靠海的山丘继续前行,直到经过一个陡坡,眼前突然显现出一片连接着大海的平坦沙地。这里便是谢格拉。我们经过那位女士所说的、全凭自觉的诚信投钱箱。不确定到底要不要留下,我们一边在长满青草的沙丘上慢速向岸边开着一边各自思忖着想要做决定。附近的确是看得见零星散落的露营车。在沙丘的尽头,海水俯冲至一处由粉色石头和白沙共同组成的小海湾。我们把车停在离海最近的地方,然后走下车至海滩边。一只蛎鹬在岬角间低飞,翅膀掠过慢慢打湿沙滩的海水。我坐在石滩上,边喝着从面包车上拿来的热茶,边看着海浪拍打在白沙上并声势渐强,此刻我的身心就像是大热天的巧克力一样,瘫软而松弛,这让我感到舒适。再次来到大地与海的交界处,一种平静的归属感随着海潮悄然而至。茂斯在沙滩上走着,他用脚来回蹭着脚下的细沙,脚步在沙滩上留下了印迹。

"所以我们连去都不能去拉斯角。"他坐在我边上的岩石上说道。

"这也不是天大的坏事。是,不去拉斯角是很可惜,可我们从这儿出发往南走,不过也只是比从拉斯角出发少走 12 英里,只是 12 英里的差别。"茂斯不接话,只是双手插在口袋里望着大海。他不说我也知道他在想什么。皮质基底节变性这种病不容许他再做复杂的思考,当下他的本能反应便是要么是拉斯角,要么就干脆撤退到安全的地方去,回到康沃尔,没有折中的选择。

"要不要回到车里把刚买的冷熏肉三明治吃掉,然后去岬角上看看?"

坐在沙丘草地嚼着三明治,身边是四散的白色小贝壳,是涨潮时被冲到此处的某种海洋生物。我把一些贝壳装进口袋,向岬角处进发,海风如同刀片扫过地上的青草,它们看上去短而锋利,草地上遍是黄色的凤仙花和矮小的高山花朵。翻过粉红色的岩石,终于,苏格兰荒凉而陌生的一角摊开在我们眼前。白色的云朵在荒原投下阴影,这阴影一直随着地表的起伏延伸至萨瑟兰山脉。向北,峭壁堆砌而成的海岸在傍晚的夕阳下闪耀着粉红色的光,蜿蜒着延伸至我们无法前往的拉斯角。西边是向着纽芬兰延伸的大西洋,深蓝色的海面仿佛被撒上了银色的碎片。

我们背靠着一处巨大的岩石席地而坐,由此可以看得见远处地平线的路易斯岛。两个人突然出现在我们身边,宽松的弹力裤,些微起球的羊毛套头衫,背包上挂着绳子和攀岩鞋——是准备前往海边悬崖的攀岩爱好者。傍晚的阳光直射在朝向西面的岩壁表面,这是一天中的最佳攀岩时机,此时人手和脚的抓地力是最强的。

"嗨,你们要到下面去吗?"茂斯的声音平静而平淡,没有了往日的活力。

"是啊,现在正是一天当中最适合攀岩的时间点。"说话的女士大约40岁,灰色的卷发从毛线帽中露出一部分,她看了一眼茂斯,随后目光转向海面,"日光打在片麻岩上,海浪和周遭的所有色彩都被一并投射上去,你被攀岩绳吊在半空中,周围是飞翔的海鸟,还有海浪拍打海岸的声音,这种感觉让人上瘾。"

我完全可以共情她,我和茂斯在20岁出头的时候常到峰区国家公园(the Peak District)攀岩,不同的是那里没有海鸟,只有成群的乌鸦。不过我懒得告诉她关于我曾经也是攀岩爱好者的种种,只是顺着她的话询问起附近的攀岩点有哪些。

"这儿有不少攀岩点,像是达尔西之舞(Dulce Dancing)、弗洛特萨姆(Flotsam)、泡沫口(Critical Froth)……对了,你们为什么会来这儿?"

我抢在茂斯之前开口,不管他脑子里有什么样的负面情绪,我都不打算让他说出来以至于把这负面情绪再度强化:"我们本来是打算去拉斯角徒步的。不过现在计划可能有变,拉斯角关闭了。"

"哦对,那边有军队。不过你们可以从这里开始。为什么要来这儿徒步?"我看了一眼茂斯,很显然他不知怎么回应。但不知怎的,旷野好像给予我坦率回应的勇气,让我告诉她真实原因。

"茂斯生病了。我们之前有过一次很长的徒步旅行,对他的病情很有帮助。所以我们想再来一次,希望在他身体状况尚可的情况下再试试看。"我一边说着一边用余光瞥了一眼茂斯,他望着大海,在听到我的答复后轻微摇了摇头。

女人一时怔住,似乎对我的作答感到些许吃惊,海风吹着她灰色的卷发,攀岩绳有节奏地随着风的节奏拍打着她的背包,"我们每次吊在绳子上都在做同样的事情。我们希望能够到达山顶,希望保护措施能够万全,希望这是一次完美的攀登。总之我们总是希望着,'希望'的力量极为强大,甚至可以改变一切。但你必须首先将自己置身于希望之中,感受它的推力,让希望将你推举起来。你要做的就是找寻希望,和它共处,那么一切便皆有可能。非得是拉斯角不可吗?这里一样很美。"

"但这并不是真正的拉斯角小径,不是吗?"我听得出茂斯言语间的困惑。

"又有谁会真的在乎呢?你要走的是属于自己的小径,从这里开始,谢格拉小径。从这里开始的徒步同样看得到壮观的风景。"说着他们便向悬崖边走去,"谢拉格小径,就叫谢拉格小径!"女人边走边回身冲我们喊道。

"谢格拉小径?"

"我不知道。我现在感觉一切都不对了。我不知道自己还能不能继续。"

随着太阳下沉,海水的颜色逐渐发生变化,不远处的悬崖边不时传来"往上爬"的呼喊声。夕阳为海边的岩石披上粉红色的淡彩,根据我在海边停车场的宣传看板上得到的信息,这些岩石是由托里多尼亚砂岩和刘易斯片麻岩混合而成,其中一部分甚至是英国最古老的岩石,是作为地球基层一般的存在。时间与岩石的纠缠造就了西北高地如今的样貌,其演化进程一直是地质学家关注的焦点。苏格兰西北高地地质公园、中国的石林风景区和秘鲁的火山地质公园一并被列入了联合国教科文组织世界地质公园名录。20世纪初,地质学家在埃里波尔湖(Loch Eriboll)北岸发现并确认了莫因断冲带(Moine Thrust Belt)的存在,并为之欢欣鼓舞,他们意识到自己亲眼见证了地质年代的堆叠与混杂:较为古老的莫因岩带向东推移并覆盖在比起来年轻得多的岩层之上。作为首次被发现的逆冲推覆带,莫因断冲带帮助地质学家确认了关于板块构造的理论。莫因断冲带向南穿越高地延伸至大海和天空岛(Isle of Skye),是一条包覆了漫长地质变化的传送带,我们只需踏上它,便可摸索着古老砂岩和片麻岩的纹理触及并最终抵达南方。

面向朝着南方延展的开阔大地带来的压迫感如海啸一般使得我们无所遁形，我们怎么可能徒步穿越长达230英里的、英国最崎岖最偏远的山野？眼前铺天盖地的旷野似是要将我吞没，将我夹在前进与退后的当口，使我哑然失笑。

"也许我们可以找个地方先把车停好，然后徒步走到乌拉波尔（Ullapool），再想办法回到这儿，取车，就此结束。"我确信这场冒险大约会是以失败告终，我确信茂斯只想回到康沃尔的果园。他一言不发，只是望向大海。

鸟儿们在靠近海岸的淡粉色岩石上来来去去，其中有燕鸥、黑背鸥和银鸥。突然间一只巨型海鸟扇着翅膀由我们脚下的悬崖沿着海面滑翔，为海鸟围绕的岩石增添了一抹黑色身影。待它转身飞回至岩壁，我慌忙找来单筒望远镜仔细打量，那是一只白尾海雕，一只通体黑色，尾部白色，翼展巨大的海鸟。海雕一度在英国境内被猎杀至濒临灭绝，直到20世纪70年代其由挪威再度引进至英国境内，数量才有所恢复，不过至今英国也只有约150对海雕。海雕惯于栖息在悬崖峭壁之上，这种美丽的生命形式的存在虽岌岌可危，但由眼前的这只海雕可见，它们似乎并不因此便展现出任何畏缩或是犹豫的神态，我只看到了它专注于以最好的姿态存活于当下的野心。茂斯举着单筒望远镜打望了很久，直到海雕张开宽大的黑色羽翼向南飞跃过海面，他才将望远镜放下。

"原先预定是在杜内斯（Durness）把车子交给运输公司，现在我们得改一下地点，如果确定出发就要尽快修改。"

"没问题,如果你确定的话。"

"我不完全确定,但不管怎么说我们先上路,然后走着看。"

我们走回停在长满低矮草地沙丘上的车子边,周围遍是黑脸颊白屁股的尖嘴小鸟,仍然是石栖鸟。它们由南向北来到了这里——它们夏日的栖居地。虽然迁徙漫长且充满艰辛,可它们必须踏上征途。

结束通话,我把手机放回口袋。

"如果是这里的话,他们说取车的时间已经排到6月了;如果我们现在要他们把车取走,我们就得把车子开到洛欣弗(Lochinver)去。我都不知道洛欣弗在哪儿。不过肯定不在拉斯角小径上就是了。"

"在西海岸,靠近一座叫苏尔文(Suilven)的山。"在我们二十出头时,有次在高地徒步搭便车时曾经远远地看见过苏尔文山。我们总是想着什么时候有机会能离近一点看一看这座山,不过一直没能成行。

"哦对,我想起来了。不过当务之急是怎么安放这辆车。"我一边说着一边看着远处几辆零星的露营车和悠然下山走向海湾避风处的羊群。

"我们可以把车子留在这儿,尽量距离海边远一些的地方,然后往诚实钱箱里放一周的停车费。这样的话我们就可以从谢格拉开始徒步,而不是更南边的洛欣弗。"

"我们需要在地图上标注一下变更后的路线。还好我们随身携带了 OS 地图。"

零星的石栖鸟乐此不疲地在沙丘中翻找着可供它们食用的白色贝类生物。

"标注成'谢格拉小径'吗?"

"嗯,没错。"

两个背包背靠背放在一起成为彼此的支撑,我坐在一边系紧黑色军靴的鞋带。关上车门,这意味着就此我们需要与能够轻而易举获得食物、水和安全感的环境暂时告别,和温暖的庇护所以及有关外面世界的一切消息暂时告别,与干爽的袜子、舒适的毯子、舒适的床和枕头暂时告别。恐惧大于兴奋。我的眼睛再一次被远方的地平线吸引,被那似乎要将地平线掀起以及延展的海浪所吸引。可微咸的空气中像是有一条隐形的线,拉扯着我使我裹足不前,我想留在这儿,干脆留在海岸线附近。茂斯锁上车,把钥匙装进带拉锁的口袋,隐形的线被迫被扯断,背向大海,我们向黑暗的山地内里处进发。我清楚茂斯在想些什么——这条小径比他认为自己可以完成的路程要远得多,也难得多;要不是我起了头,那么一切都会相安无事。然而,茂斯对我略带愧疚的心境也一清二楚。

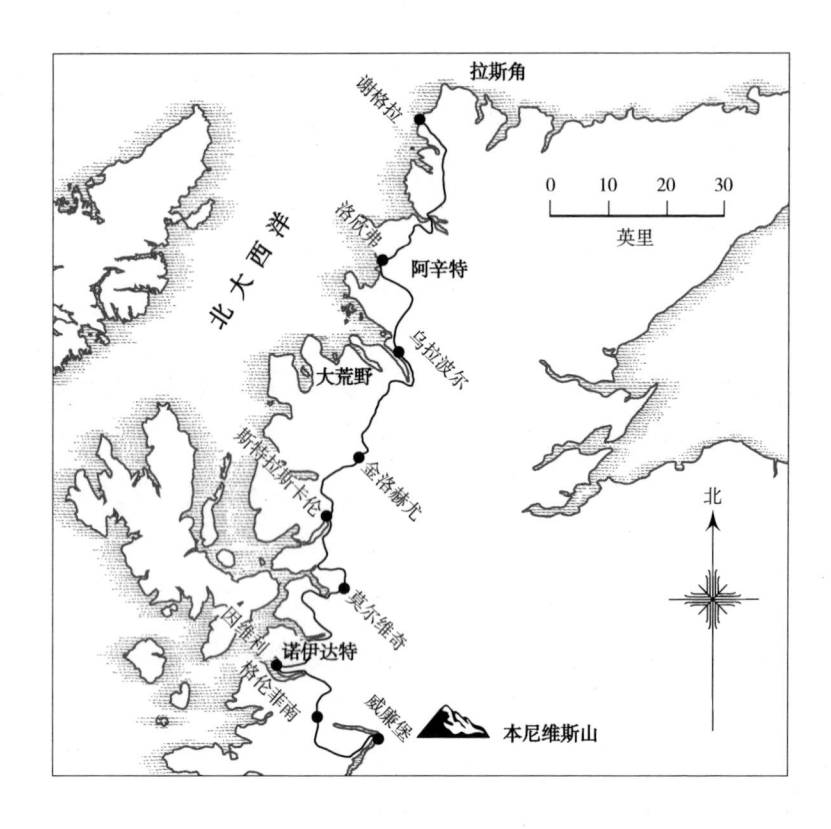

谢格拉小径：
由谢格拉至威廉堡

7

"你们不能进来。待在门口,你们想点什么就在这儿说。我拿给你们。"

不一会儿店主跨过门槛,递给我们一袋食物,然后我们便作别这散落于旷野上唯一关于"文明"的碎片。沿着由里科尼奇(Rhiconich)路侧停车带而起的小溪前行,一开始眼前的风景还是我们可以料想到的景致——寻常的旷野和常与其相伴的那一类植被,而在我们偏离溪流继续向前时,眼前出现的广袤大地给予人的只剩全然的陌生。因为塞了过多的食物,我的背包的分量出奇地重,可这份沉重让我感到熨帖。在这空无一人的山野中,要遇到一家贩售食物的商店要走上好几天。

黑色的石楠树绵延数英里,我们由其中穿行,身体蹭到树枝会听到枯枝摩擦产生的不悦耳的脆响,前面很远处便是阿克勒山(Arkle),我记得查尔斯王子曾经画过一幅以阿克勒山为主题的油画,这幅画还被印在了邮票上。但我觉得查尔斯王子看到的应该并不是阿克勒山,毕竟眼前的景象和我在邮票上看到过的完全不同。眼前一处鱼鳍一般的巨型黑色岩块拔地而起,在广袤的沼泽和岩石景观中显得格外突出,掩藏在地下的黑色石块或许仍在缓慢运动中,在未来慢慢赋予阿克勒山新的样貌。根据地质学网站的介绍,阿克勒山是由刘易斯片麻岩上的闪光石英形成的,但我看不出丝毫光点。也许是因为笼罩在黑色山峰上令人感到压迫的天空,也许是因为成千上万亩枯死或是濒死的石楠,这里的氛围让人害怕,走在前面的茂斯回头看了我一眼,很显然他也有一样的感觉。我们都想回到车里去。

横在我们前面的是一条河,河边长着一些低矮的灌木和矮小扭曲的楸树,如果不涉水我们是无法继续再向前进的。正在我们忙着寻找一处水相对较浅的下脚点时,一个人突然从灌木丛后面冒了出来。那感觉就像是在你还没看到八音盒本身时,里面的跳舞精灵竟突然弹了出来一样,我被吓了一大跳,毕竟谁能想到在这荒郊野外会忽然冒出一个人。他身着斜纹软呢外套、长夹克,脚上是皮靴和及膝的羊毛袜,这是典型的英格兰田园绅士的打扮,那些针对外国市场的服装型录上的、以"英格兰""乡野"等为卖点的穿搭模特大多就是这个男士的样子。但他一开口,粗粝质朴的苏格兰口音鲜明如眼前的风光。

"你们好。你们来这儿钓鱼吗?"

"不,我们是来徒步的。"

"徒步,从这儿?为什么?你们一定是疯了。"

"那你又为什么在这儿呢?"

"当然是为了钓鱼,这里是钓鱼的好地方。天一亮我就到福伊纳文山（Foinne Bhein）边上的小湖了，就在几英里外。"他向北方看了看，示意我们湖的方向，看上去要抵达他说的垂钓点需要跋涉数英里的崎岖山岩，还要经过沼泽和水潭，可似乎遥远的路途和周遭让人感到胆寒的风景，对他来说根本不算什么。我留意到他的钓鱼装备，暗自思忖他到底是当地人呢，还是故意模仿苏格兰口音的、想法天马行空的外来游客。

"你今天钓到了什么？"

"什么也没钓到。但在这儿钓鱼确实是不错。很不错。你们继续徒步，不过说真的，真不知道有谁会愿意在这儿徒步。"

我又看了一眼一直延伸向那处湖泊的漫长山路，好吧，说来好像走到那儿只是钓鱼，就不需要和我们一样跋山涉水似的。

我们把靴子挂在肩上，赤脚蹚过像冰岛冰川融水一样冰冷的河水。河水不深，水流也不急，但茂斯看上去格外紧张，动作小心而缓慢，我把自己的手杖递给他，这样他就有两根手杖，能够更好地维持平衡。黑暗压抑的旷野和及膝的冰水让我有种不祥的预感。看着茂斯最后手脚并用地爬上河岸，我感到前所未有的恐惧。后悔的想法再度袭来，如果不是我，此刻的我们应该安全而自在地待在康沃尔。虽然茂斯的健康状况不会有任何好转，但他至少不会面对任何不必要的危险。上岸后的我一边把靴子穿上，一边担忧前路会不会有那位带着牧羊犬的博主提起的深沼泽，如果当真遇到了，茂斯又该怎么办。仔细一看，经过冰水的洗礼，我的双脚已经冻成了粉红色，大脚趾和脚跟也都磨破了。我早该料想到这一切，可人总是会无视之前的经验教训而后重蹈覆辙，不是吗？

湿沼泽和黑石楠连绵不绝。很显然，这就是作为高地代表地貌之一的"圆丘与湖泊"（knock and lochan）地貌。该地貌是沿着质脆岩石形成的低地冰川地貌——由被冰雪磨蚀而成的低矮石丘包围着散落在各处的小型湖泊。"圆丘与湖泊"地貌覆盖了苏格兰西北角的大部分地区，并一直延伸至赫布里底群岛（Hebridean islands）。在刘易斯片麻岩地带，这种地貌格外明显。我们把帐篷搭在一处湿地附近的平坦处，身边是湖泊，背后是圆丘，所幸，我们脚下这片大地的岩层几千年来并没有发生过明显或剧烈的移动，所以我们大概可以睡个安稳觉。但另一方面，不妙的是，湿地的水积在帐篷的入口处形成了一个小水池，躺在帐篷里就仿佛是躺在水床上一样。我在帐篷里坐定，心惊胆战地解开军靴的鞋带，我甚至不看也知道，与这片大地产生交集的种种都会经历磨蚀，不仅是圆丘，还有我的双脚。

我不敢脱掉袜子打量自己想必是伤痕累累的脚，转头去给我们花了大价钱购入的一张新气垫床充气。这张新床垫比原来那张厚实得多，支撑力也更强，买它是希望茂斯能在途中睡得好。和我们以前用过的自动充气床垫不同，给新床垫充气需要双手按压垫子一侧的进气阀，然后像急救心脏骤停的人一样不停按压充气。我在康沃尔给它充气时完全没问题，但现在，我按压阀门，气垫却没有任何反应。茂斯拿起煤气炉，坐在一处圆丘上打算泡茶。他平时几乎不怎么碰瓦斯炉，毕竟对于手指反应已然不太灵敏的他来说，摆弄瓦斯炉这种工作有些太复杂了，也太冒险了，他可能会不小心把钛接头接到煤气上，然后整个炉子就会变成一个火焰喷射器。

"你把茶放在一边，我马上过来。"

我一只脚踩在阀门上，手脚并用地按压起床垫来。满身大汗的我脱掉所有外套，在冷风中只剩下一件T恤，太过用力的后果就是头部像是要炸开一样，左脚抽筋导致小腿一阵阵抽痛。大概按了一百多下，垫子终于充起气来。我把脚强行塞进靴子，然后爬出帐篷大口喘气。但当我试着朝茂斯坐着的地方挪动时，双脚痛得几乎无法着地，是那种火辣辣的疼。我为自己当初的愚蠢决定感到后悔，可不愿意向茂斯承认，只好不发一言硬着头皮走过去坐在圆丘上泡茶。又不是第一次徒步了，我到底要经历几遭才能明白，对于徒步者来说，一双合脚的靴子是多么重要。

"你的脚怎么样？靴子还合脚吗？"我尽量让自己听起来平静、随意。

"很不错，可能是我穿过最舒服的靴子了。"

我甚至有点羡慕这家伙的脚没有痛觉了。"也许你应该把靴子脱下来检查一下。"

"我会的，一会儿等我进了帐篷。你的靴子怎么样？合适吗？"

我试着找寻一个合适的词来形容那种痛，但没有找到。"总归是有点疼的，不过你知道的，我不管穿什么靴子，第一、二天总是会有点疼，过两天大概就没事了。"我们喝着热茶，冷风把人吹得瑟瑟发抖，待水烧开了，我们热了一些米饭和豆子。

"需要我把另一块床垫充起来吗？"

我想象着茂斯在空间狭小的帐篷里扭动着他那将近1.9米高的身躯给垫子充气的滑稽场景。说实话，茂斯能主动提出帮忙是有点让我既开心又意外的，他30岁的时候肯定会嫌这类事情麻烦而不愿意插手。

"没事，我已经掌握窍门了，再做起来会很快。"

回到帐篷，脱下靴子，屏住呼吸，弓着身子，我准备好迎接接下来又一轮一百次的按压。费了一番力气，第二块垫子也充好气了，两块垫子并排放在一起，填满了整个帐篷的底部，舒适而厚实，睡在上面我感受不到地表任何尖锐的凸起。茂斯钻进帐篷，脱掉鞋袜，他的脚竟真的毫发无伤。我们一边吃着刚热好的米饭一边说着话。

"要看一下你的脚吗？你不能拖着不管它，我看得出你走路的姿势不对。"

我脱下袜子一看，情况比我想象的还糟糕。我的左脚大脚趾上起了一个大概一英寸[1]大的水泡，脚掌又红又肿，右脚跟更是疼得要命。该死。

"哦天呐，你怎么第一天就搞成这个样子？"

"我真是个白痴，早知道就不带我几乎没穿过的靴子来了。"

"算了，往好的方面想，至少你的脚是干的，如果是别的靴

---

[1] 英制单位，1英寸=2.54厘米。——编者注

子，你的脚早就湿透了。你想回去吗？"

"不，我不想走回头路。今天这一路走得我胆战心惊。我用膏药把水泡贴起来就是了，会没事的。"

我当然想回去，不过我担心如果我这么快就回到温暖的车里，那么可能想干脆回到康沃尔、放弃这次徒步的就不只是茂斯一人了。茂斯从针线包里拿出一根针，在茶杯里洗了洗就算消毒了，然后用它把我脚上的水泡戳破。帐篷外暴雨将至，原本就是黑色调的旷野在乌云的压迫下显得更加阴沉了。

太阳投下水粉色的霞光时，我试着用膏药拼成一个类似缓冲垫的东西放在鞋里，以防我的脚再磨出水泡。膏药鞋垫耗费了整整两盒膏药。来之前我还觉得带四盒膏药是不是有些太多了，事实证明四盒甚至都远远不够。当然，不止我一个人在忍受痛苦，茂斯的脚也很疼，他的后背因为承受着背包的重量而变得僵硬。在我们离开圆丘继续向前时，茂斯发现自己很难走直线，跟在他身后就仿佛坐上了一辆无法校准方向的汽车，原本路左边的树篱伫立在原地，丝毫不碍事，可那辆叫茂斯的汽车却缘由不明地向右猛打方向盘。停下来休息的间歇，茂斯把地图铺展在石头上研究路线。很快我们就会看到一条沿着斯塔克湖（Loch Stack）通往莫尔湖（Loch More）的公路，在柏油路上行走的愉悦感让人无法抗拒这段路线。于是我们放弃按照原本在地图上标记好的道路向前，而是左转进入了之前从未考虑过踏足的地界，这条路将把我们带向洛欣弗（Lochinver）。走在柏油路上，我脚上的疼痛立刻缓解了，而茂斯的行进也变得容易，他可以沿着公路的边缘保持直线行进。可好景不长，很快我们便再次遭遇到一片沼泽与山地夹杂的地形，不过，我们的注意力被远处天际线拔地而起的庞然大物——昆纳克山（Quinag）所吸引，也就忽略了地形崎岖带给人的不快。我们在风很大的一处湖边停下脚步，拿出地图想再看一看路时，已经是傍晚时分了，而实际上我们离早上出发的地点不过走了几英里。

"凯尔斯库（Kylesku）那边有家旅馆，也许我们可以在里面坐一会儿，喝杯茶，然后想想怎么继续向洛欣弗走。"

茂斯没有回答，我扭头一看，他的手托着头睡过去了。从这里看过去，那家旅馆外没有任何人活动的迹象，就像是这里的大多数店家一样，它大概率也是处于关闭的状态。风从西边吹来，吹过那片小湖，在穿越一座略显笨拙的金属桥时发出声响。这座桥看起来像一个巨大的美加诺模型[1]，它在这偏远的荒野风景中显得格格不入。在寒风中瑟瑟发抖的我忙着从背包里找出羽绒服。正当我一边吃着饼干，一边把羽绒服披在睡着的茂斯肩膀上时，我身后突然传来一阵骇人的鼻息声，我吓得跳了起来。一头大黑猪从我身后的铁丝网探出头来，很显然它是被饼干的味道吸引了。犹豫再三，我还是没办法把手太靠近那张长满了大牙的嘴，于是隔着栅栏扔了一块饼干进去，然后在当下便后悔自己在食物有限的情形下过于慷慨的分享行为。如果洛欣弗也关闭了怎么办？我们去哪儿搞吃的东西？我

---

[1] Meccano，20世纪初风靡欧美的金属拼装模型。——编者注

的心随着湖面起伏的波澜七上八下。如果到了洛欣弗买不到吃的怎么办？如果我们搭不到车、也叫不到出租车去取车怎么办？我们现有的食物绝对撑不到我们原路返回谢格拉，届时回程的路必将无比曲折迂回，我们还要饱受饥饿之苦。毫无疑问，如果是这样的话，我们还不如即刻返回康沃尔并且宣告这是一次失败的徒步计划。猪的鼾声极响，吵醒了茂斯。把羽绒服收起来，我们继续向前走，经过被风吹得吱嘎作响的桥，走到酒店门前，不出意料，酒店关闭了。

一阵冷风吹动了帐篷，我们被吵醒了。北方的景色一片灰暗，低矮的云层遮住了昆纳克山的山顶。从我们位于山北侧一块巨石后面的营地出发，想要抵达洛欣弗只有两条可行的路线：要么沿着一条蜿蜒的沿海公路前行数英里，公路本身易于行走，可其地势蜿蜒曲折；要么沿着一条依山向下的山路一直向南——山路不易行走，可好在此处地势相对平缓——直到我们踏上向西的主干道。这里本就是湖泊多于圆丘，想要由一条笔直的陆路到达目的地是不可能的。我们沿着陡峭狭窄的道路到达昆纳克山的山肩，找到了那条向南延伸的山路。站在山坡上，向西望去应该看得到广阔无边的景色。可当天的云层压得极低，我们几乎是在云雾中行走，远方大海的颜色和夏日群岛的风光都被遮蔽了。我和茂斯几乎没什么交谈，全神贯注于脚下的小路，生怕在山间迷失。山峦如黑色巨兽在一侧如影随形，另一侧是不可容纳任何旅人的无边沼泽。在我们抵达向西的主干道时已经是傍晚了。虽然我们只走了几英里，可我看得出茂斯因为注意力过于集中而精疲力竭，他恨不得马上能躺下来闭上眼休息。我们沿着路向西走，希望能有车经过停下，可事与愿违。

"山这边肯定能收到信号，我们要不要上网查查，看看能不能找到出租车？"我希望我们能打车进城，然后找个地方睡觉；如果不行，我们得尽快找到一处平地把帐篷支起来，否则茂斯会站着睡着的。

"好，让我来看看。"

我看了看手机，这里仍旧没有信号。

雾气中传来车子的响动，车子朝我们行进的反方向开，所以我们没有伸出拇指表示想要搭车，可它还是停了下来。

"你们在雾里站着干吗？差点撞死你们！"一个留着灰色胡子、戴着的毛线帽几乎遮住眼睛的男人从车窗探出头来。

"我们正往洛欣弗去。谢谢你停下来，不过我们走的是反方向。"

"去那儿干什么？所有店家都关了，除了一家民宿，还有一家每天只在早上开一小时的商店，其余店都关了。"

"说来话长。"茂斯太累了，没有力气多说事情的前因后果。

"好吧，那先上车避避雨，然后慢慢讲。"

"可是，疫情，我是说病毒……你不怕……"

"去他的，先上车吧。"

把湿漉漉的行囊放进堆着纸箱、防水外套和塑料玩具的后备箱，就这样我们坐上了这辆破旧的红色客货两用车。坐定后的茂斯开始解释为什么我们的车子会在谢格拉，以及为什么我们需要打车云云，茂斯一边说着，我们觉察到男人的车向东开着，这么下去离洛欣弗只会越来越远。

"不不不，对不起，我们不能这么走，我们得去洛欣弗，然后再从那里打车回到北边去取我们自己的车。"然而他并没有停下，眼看着我们又经过刚才来的地方，这完全是相反的方向。我们这是在干什么？和一个完全陌生的人困在一辆车里，他现在带着我们向我们目的地的反方向行驶。如果他是个疯子或是个连环杀手怎么办？所以现在我们是被绑架了吗？我脑中飞速回想后备箱里有什么东西，完了，我记得没有任何能当作武器的东西。或者我们可以在车子行进的过程中直接打开车门跳出去？算了，虽然茂斯穿着和布鲁斯·威利斯电影里的防弹背心长得差不多的防风马甲，可这不代表他拥有一样的跳车特技。更实际的做法是向男人大喊一声，逼停车子。

"不！别开了，停下！"在一声尖锐的急刹声中，车子停了下来。

"怎么了？"男人惊慌失措地转过身来。

"我不知道你要去哪儿，但我们得去洛欣弗叫出租车。"

"你们不是说想去谢格拉吗？"

"是，可是我们得从洛欣弗打车过去。"

"你们叫不到出租车的，他们不出车的——也不能说不出车，他们最近都只载当地乘客。"

我们是在干什么？在陌生的苏格兰的偏远一角，需要两天内取回我们自己的车可却没有交通工具抵达取车点。58岁的我甚至没有18岁时的自己理智，现在竟然任由一个陌生人把我们往取车点的反方向带。

"是没错,你们肯定是叫不到出租车的。"

"那你现在把我们带向哪儿?"

"凯尔斯库(Kylesku),我要去那儿见个人,去看一头猪。"

"可我们刚从凯尔斯库走过来。"

"是,没错。"

"可你为什么要让我们搭车呢?这根本毫无意义。"

"下雨了啊,要你们在车里避雨啊。我会把你带到谢格拉去,但我要先去找那个人看看那只猪。所以现在清楚了吗?"

"可你不顺路啊,要多开好几英里呢。"

"没错,反正我也没别的事干。"他再次发动车子,我们驶回了凯尔斯库,车子发动时强劲的引擎让我们听不见彼此的说话声。茂斯看了我一眼,耸了耸肩,窝在座位上把眼睛闭了起来。

我们的车仍然安然无恙地停在我们离开时的位置,在露营地角落的栅栏边。我们把汽油钱塞到戴维手里,并连声向他道谢。戴维在和我们简单道别后很快便离开了。他是个难得的好人,愿意载着完全陌生的人往返60英里。开锁,放平车座椅,躺下后茂斯几秒钟就睡着了。云层四散开来,虽然已经接近午夜,但是天色仍然很亮,从车里看得到海岸线附近的羊群,海浪沾染了月光的色彩,在海面翻涌。傍晚的景致没过多久便褪去全部的彩色,囫囵成为一团暗夜,周围的场景陈设依旧,只是被投射了深蓝色的阴影。

8

洛欣弗位于阿辛特山脉（Assynt mountains）的西海岸，地处一处小型海湖的源头。这里的历史与传统由鱼与捕鱼书写而成。在当下的光景，这座沿着湖边蔓延生长的渔村几乎见不到人的踪影，街道和海边没有任何多余的响动，除了偶尔出没于当地村民门廊和海滨长廊的大型红鹿会带来一些生气。我们开着车四下打量，直到找到戴维提到的那家民宿。真希望它还开着，因为茂斯太需要好好睡一觉了。我们想要休息一下，然后再决定下一步该怎么走。如果明天车子就被取走的话，我们可能会就此顺势坚定地踏上前路，当然也可能是被迫开启一段苦旅——这取决于你怎么看。我们需要能够支撑我们到乌拉波尔（Ullapool）的食物，乌拉波尔是高地最大的城镇，但我们从这儿走过去的话还需要几天时间。

民宿的主人是一对夫妇，他们热情欢迎我们入住；房间自然是有的，"这周围现在没什么人来"。他们给了我们一间宽敞的客房，从中可以欣赏到海港的美景。

"我看这里没有渔船。只有涨潮的时候会有渔船进来吗？这是个以捕鱼业闻名的港口，我怎么看不到一条渔船。"

"拖网渔船不像以前那么多了。原先克朗迪克公司的渔船会过来，然后把鱼运送到欧洲各地。他们甚至扩建了海港来满足日益增长的业务需求，后面这些船就不再来了。这儿几乎没有英国的渔船了，他们都在海上的工厂船上加工渔获。港口几乎已经空了。花了那么多钱，几乎打了水漂。还好现在有一些西班牙和法国的船，至少因为它们，港口可以保持开放。"

我们坐在长椅上，看着足球场上吃草的鹿，谁也不情愿开口聊彼此都在盘算的话题，它就好像是房间里的大象……不，或许不至于这么夸张，就好像是停在港口里的工厂船，它就在那儿，我们却都想对它视而不见、避而不谈。最后还是我忍不住打破了沉默。

"你现在感觉怎么样？现在和他们说要他们不必来取车了是来得及的；我们可能需要付一点违约金，可这没什么，这总好过你勉强自己的意志，只因为我们已经安排好了一切而强迫自己上路。"

"我们可以待在车子里，一直向南开，白天的时候沿着小径走一走。"茂斯站在铁丝网边，他一边说一边想，手一边在铁丝网上拨弄着，同时，几只吃草的鹿向我们的方向又靠近了一些。

"我们的确可以"，在我们离开康沃尔之前，我就一直担心事情会变成这样——从他同意徒步的那一刻起，他随时都可能因为路途艰难而半途放弃，"你是认为这条路太难走，所以想要放弃吗？"我屏住呼吸，犹豫着但最终还是说出口，"是，也许你是觉得太难了，甚至连尝试都不愿意，你想要的只是断然地放弃，干脆屈服，回到康沃尔的沙发坐着,然后就此等着病症压垮你。"

他眯起眼睛意味深长地看了我一眼,摇了摇头,坐回到长椅上,望着空荡的海港和强风在远处海面卷起的海浪,"你一直都清楚,这本来就很难。"

"但你……我是说你难道不知道我们为什么决定尝试吗?"

"决定?我还没做决定啊,你知道的,现在的我早就不擅长做决定了。"他用颤抖的右手轻轻捏着早就没什么感知的左手,顿了顿说道,"嗯,我想我们还是该继续走下去,还是让那家公司明天把我们的车子取走,这样我们无从选择的话,就必须徒步了。"说着他停止揉搓他的左手,转而伸手握住我的手,"我明白你坚持把我逼到这里的目的,可我们都清楚,病程进展至此,我们都无力回天了。可我想了想,我们还是留在这儿,能走多远走多远,我想我们都明白,这也许是我们的最后一次了。"

我们静静并排坐着,远处的强风将海浪推向岸边,泪水从我的下巴滴落。他错了,他一定是错的,我不允许让自己被他说服,认定这是我们最后一次在旷野上陪伴彼此;他一定是错的,只要我们继续往前走,我们就还会有一起做决定的机会,无论那决定是无关痛痒还是性命攸关,他怎么会忍心留我一人承担所有呢?

在运营民宿的夫妇忙着给我们做三明治时,我们把面包车里所有我们可能在路上会用到的东西全部清了出来,为返程做好了十足准备。明天,陪在我们身边的便只有两个背包和彼此了。

罗伯特把我们的车子绑在拖车上,在确认将其安置牢靠之后拍了几张照片,然后跳上驾驶位,准备把车拖走。他一直生活在路上，每天的日子就是从北到南，从东到西，穿越整个英国，不是睡在旅馆就是服务站，甚至是在路边。这种生活当然不轻松，可很多人仍旧情愿这么过，比如罗伯特，虽然他很少见得到自己的家人，可他四处漂泊的劳碌让家人过上了相对舒适的日子。

"好吧，我要走了。我还是觉得你们一定是疯了，为什么要把车子送回家，然后凭着脚力走回去。这有意义吗？"

在拖车拖着我们的车子消失在街角的一瞬间，我甚至有想追上去的冲动。我就像是一个因为想要游泳而在暴风雨当前时选择跳下救生艇的人。他说的没错，这有意义吗？

待我们抵达阿辛特山山麓，整个世界忽然间被金色笼罩。山坡的每一面都闪耀着金光。这是我们离开谢格拉后第一次真正意义上见到阳光。荆豆丛开出的黄色小花在绿色的山间肆意铺展，散发出如椰子香一般的花香味，日光沾染了花朵的色彩洒在山路上。在闪着金光的矮丘后面，如深色圆形穹顶般的苏尔文山占据了整个天际。苏尔文山是矗立于冰川侵蚀地貌中、由托里多尼亚砂岩和列易斯片麻岩组成的巨型石柱，最近一部以一位年迈老妇作为主角的电影让它声名鹊起。她不顾养老院的召唤，逃到苏格兰独自攀登苏尔文山。我试着让自己不去想电影里面老妇在即将到达苏尔文山时差点死于暴风雨的情节。

"你听到了吗？"茂斯停下来仔细聆听。我也跟着停了下来，可我只能听到风声。

"我什么也没听见。"

"你静下来仔细听,别告诉我你什么都听不见。"

"嗯?"

"我确定是布谷鸟在叫。"

在英格兰我已经很久没听到过布谷鸟的叫声了,当然此刻的我也没听到。在我小时候,布谷鸟常在夏季到来,可现在它已经是《鸟类保护红色名录》(Birds of Conservation Concern Red List)上的受保护物种,也是被列入《英国生物多样性行动计划》(the UK Biodiversity Action Plan)的优先保护物种,所以茂斯此刻听到的声音是布谷鸟叫声的概率很低,当然这概率要比在英格兰高一点。根据已有的追踪记录,多数英格兰的布谷鸟会经由西班牙迁徙至非洲西南部,而由于西班牙干旱导致食物供应锐减,多数鸟类在迁徙途中便会死掉。而苏格兰和威尔士的布谷鸟则不同,它们会选择向东南经由意大利迁徙,意大利的觅食条件较之西班牙要好得多,所以从苏格兰和威尔士出发的布谷鸟可以顺利完成冬日迁徙并存活下来。没人知道为什么鸟儿们会选择不同的路线,也没人知道不同方向的风会如何决定它们的命运。我努力听着,希望和茂斯一样听到鸟叫声,可渐渐清晰的只有来自人类的笑声。

先是三三两两的年轻人从我们身边经过,然后是更大的队伍。问起每一队人他们要去哪里,答案都一样,"苏尔文山"。在一队接近30人的登山队伍经过时,我们忍不住打听他们为什么要在傍晚时分爬上陡峭的苏尔文山,我甚至怀疑苏尔文山狭小的山顶空间是否能同时容得下他们。

"我们打算在晚上的时候到山顶去。"

"在那儿有什么庆典吗?"

"没有,只是打发时间,毕竟在洛欣弗这种地方,周三晚上也没什么别的事可做。"

我想到了过往曾经遇到的一些生活在乡村的年轻人,就是因为生活过于无聊,一些年轻人陷入了麻烦中,如有些人甚至会因为无聊而去损毁公共汽车的候车点作为娱乐。试想如果每个乡村年轻人家门口就有一座像苏尔文山这样高达 730 米的高山,是不是大家的娱乐方式就都会改成在周三晚上爬山呢?

我们把帐篷支在盖尼姆湖(Loch na Gainimh)边的石滩上,在湖对岸高耸入云的苏尔文山峭壁的映衬下,帐篷显得格外小。气温随着太阳落山急剧下降,夕阳洒在山的北侧,照亮了山间的凹陷处,正是经由这条凹陷人们可以攀登至山顶。茂斯在一条汇入湖泊的溪边弯着腰往水瓶里灌水,溪水清澈得近乎透明,若不是流动时产生的些微波光,你甚至留意不到它的存在。忽然山顶开始有灯光闪耀,是那些年轻人,我一下有种感觉,或许这处僻静美丽的与世隔绝之地能够吸引茂斯迈开步子,找到前路,无论这前路通向何方。哦对了,我要看看我的脚。脱下靴子,想着水泡也许已经好转,我便试着把袜子脱掉,谁想到袜子、膏药一起被撕下来,似乎我脚趾上的皮肤也一并被撕了下来。

苏格兰 2003 年颁布的《2003 土地改革法案》(Scotland's Land Reform of 2003)既赋予了这群年轻人进入苏尔文山并且在山顶野营过夜的权利,也赋予了我和茂斯在山脚下露宿的权利。该法案赋予了每个人在苏格兰以娱乐或教育为目的穿越、停留以及离开当地土地的法定权利，而其目的在于"推进人们对于当地自然或文化遗产的理解"。而在英格兰，一切恰恰相反，我们并不被鼓励以同样的方式了解自然遗产。这群年轻人若是在英格兰的山顶露营或许会涉嫌触犯法律，因为在英格兰，野外露营会被认定是一种民事违法行为。而让喜爱漫游的人们担心的是，这种民事责任可能很快就会被认定为是刑事责任。在我们离开康沃尔郡时，议会正在通过《警察、犯罪、量刑和法院法案》（*the Police, Crime, Sentencing and Courts Bill*），该法案将擅自进入英格兰和威尔士土地的行为定为刑事犯罪。如果该法案成为法律，且擅自进入英格兰和威尔士土地的行为被认定为是需要承担刑事责任的，那么属于"未经授权的露营"范畴下的野营行为则会被相应认为是刑事违法行为。人们使用以及亲近土地的古老方式在一夜之间被否定了。或许只有时间才能告诉我们这看上去权衡利弊后做出的决策究竟如何，可在我们迫切需要与自然重新建立连接的当下，英格兰似乎将我们向反方向推。试想如果我们的孩子无法亲近自然，我们该如何向他们讲述他们所身处的这片土地的美丽，如何教导他们保护野生动物以及其栖息地的必要，如何告诫其自然对人类未来生存的重要性？如果未来我们能亲近的只有家门口的公园，那久而久之，还会有人意识到我们身处其中的生态系统是多么庞大及鲜活吗？随着夜幕降临，山上的灯光愈发明亮，山上的年轻人是幸运的，他们得以安然地与脚下的土地共眠，这里的大地和他们互属于彼此。

清早，帐篷门上的拉链被冻住因而动弹不得，我搓热双手，然后来回在拉链上摩擦，企图融掉帐篷上的冰碴。在拉链被拉开的瞬间，帐篷开口处的布帘竟像是木头做成的一样硬邦邦地倒了下去。北极来的寒流挤走了昨天的暖空气，并在帐篷外层留下了满满一层冰。西边已然下雪了，大片的雪花从远处粉红色的云朵中飘散而下，我们瑟瑟发抖地等待着帐篷上的冰融化，只有冰融了我们才好把它折起来放进背囊。靴子倒是足够厚实，我的脚并不觉得冷，可疼痛仍旧没有缓解，我甚至不敢挪动一步，生怕再次撕扯下脚趾上的皮肤。在这种山地间让人瑟瑟发抖的清晨，站着不动毕竟不是长久之计，于是帐篷收拾好后我和茂斯开始向东走，沿着圆丘之间蜿蜒的小路，穿过苏尔文山和卡尼斯普山（Canisp）之间的宽阔冰川山谷。卡尼斯普山是小径北边的另一座高山。行走着，山脊上似是有一团暗影，是一群鹿，它们让我想起了20世纪50年代西部片中的美洲原住民。鹿群在天际的映衬下格外显眼，它们一动不动地站在高处，注视着我们穿越它们的领地。走着走着，我们头顶的云也开始飘雪，我们边走边看，一路上并不觉得孤单，除了鹿群，陪伴在侧的还有一种我不认得的鸟儿发出的重复悠长的鸣叫。

　　两座高山在我们身后逐渐退去，原本具有压迫感的、巨兽般的岩石先是逐渐缩小成细长的岩石柱，再然后缩小成像是从地面长出的、尖锐的黑色鱼鳍。地面逐渐有了积雪，刚开始还是松软的状态，很快便有差不多2英寸深并完全遮盖了道路的颜色。茂斯弓着腰躲在一块巨石后面避风。不过是站在那儿吃一包饼干的工夫，他的帽子和背包上就积了薄薄一层雪。

　　"你今天还能继续再走远点儿吗？走到离公路近一点儿的地方。

如果雪再下大，在这儿露营可不行，这里太偏僻了。"茂斯看起来疲惫极了，几乎是昏昏欲睡。问出这个问题时，我觉得自己有些为难他，但积雪越来越深，周遭的景物被覆盖至难以辨认，我们必须赶快走出这里。我们甚至已经偏离了山间的小径，我回头已经看不到来路了。

"对了，说起来我们不是以前曾经在那条公路边搭过车吗？如果没记错的话那边很安静，如果这场雪是真正的冬日降雪，不是一会儿就会停的苏格兰的5月降雪，那么我们顶好是沿着这条公路而不是从山里的小路走到乌拉波尔去。"

怪了，他记不得用来涂饼干的奶酪放在哪儿，反倒是能记得住40年前徒步发生的种种。

一切都被染成白茫茫的一片，以至于我们无法将周遭的事物与地图进行对应。正当我们准备停下来拿出指南针来确定方向时，差点撞上了鹿栅。这栅栏必定是新修的，栅栏的两个方向都看得到鹿的蹄印，很显然鹿群仍认为从此处仍可以正常上下山，并不清楚或是完全习惯这个新出现的"拦路虎"。沿着鹿的蹄印下山，我们越来越接近那条公路边的一处湖泊。

或许人的天性就是会仅仅撷取所到之地最美的画面并将其在脑中定格，且一厢情愿地认为它会永远与脑中的图像保持同一副模样，就拿这条公路来说，茂斯脑中关于它的图像大约是永恒恬淡的田园风光以及一条静谧的乡野小路。而实际上，这条曾经只有零星游客、几辆当地农户的拖拉机和邮政巴士出没的小路已经成为著名的苏格兰NC500公路，到处都是旅游大巴、露营车，司机将其当作高速路一样在上面来往飞驰。不管是不是下雪,沿着这条路走都是极其危险的。在前方几百米处的位置隐约有一个标志,我们拿出单筒望远镜仔细观察。原来是一间茶室,标志上写着"正在营业"。我们可以在这里擦干身上的雪水,仔细坐下来看看地图,研究一下下面的计划。我们紧贴着路边的栅栏快步向茶室走去。可刚走20米远,一个女孩径直向茶室外的"正在开放"的路标走过去。

"她要把牌子拿进去。"这可不妙,我们想要赶在她收起"正在营业"的牌子前赶过去,可我的脚实在太痛,每走一步都是撕裂般的疼,好在我们在她刚好停下时到达牌子前。

"能不能先不要关门,我们只是想找个能避雪的地方待上半个小时,商量一下接下来该怎么走。如果能点杯茶就更好了。"

"好吧,那让你们待一会儿,不过没有吃的了,只有茶。"跟着女孩走上一条碎石子路,不一会儿我们就来到了这家叫作埃尔芬(Elphin)的茶室,背包在被扔在地上的一瞬便开始冒起了蒸汽。一位年长的女士为我们端来了两杯茶。

"你们两个老伙计在大雪天里做什么?"听口音,很显然她来自澳大利亚,而且年纪比我们这两个"老伙计"还要大。

"去乌拉波尔。前几年我们走过这条路,我们想再来看看。不过好像这里变了很多。"

"高地倡议组织的那些老家伙认为重新包装这些路是好事情——你知道的,经过包装它们会成为一条经典路线,成为一个旅行目的地。他们这样做会带来经济效益,对旅游业有益处。确实如此,可我的天呐。这条小路一下子成了高速公路,彻底改变了高地。"

"我相信确实有很多人因为旅游业的发展生活有了改善。可你要知道高地作为旅游地的特别之处就是在于它偏远与僻静,现在全变了。"

"是的,肯定有人的生活水平改善了不少,尤其是预先知道这里即将成为旅游胜地、然后在沿途开起旅馆的人呢。"

"哦?"

"说起来,附近的村子被一车一车前来的游客搞得一团乱,还有,那些露营车。他们租来那些露营车,可多数人根本不知道怎么开,撞车简直是见怪不怪。咳,你们想吃点什么吗?"

"啊?刚刚服务员说现在太晚了没吃的了。"

"我是住在高地的澳大利亚人,对于我们来说什么时候吃饭都不嫌晚。"

本来我们把地图摊开在桌子上,想仔细规划新的路线,可现在地图要暂时给火腿奶酪吐司让位了。

"所以你们打算怎么去乌拉波尔?沿着这条公路走下去会死人的!"

"我们刚才在研究地图,或许我们可以往东走,走到奥伊克尔河(Glen Oykel),重新走上拉斯角小径,但我们需要先去乌拉波尔补充一些食物,这样的话可能路线就有些偏移了……要么我们沿着公路往西走?绕过科伊加奇(Coigach)的边缘,经由几条小路往南,然后就是鲁尼河(River Runie)和海岸。"茂斯一边说着一边用手沿着我们之前标记的铅笔线在地图上点画着。

"那可不行,再往前都是沼泽地,在雪地里你们根本无法分辨路线,太危险了。你们先吃完吐司,然后我送你们到乌拉波尔去。"

"怎么去?"

"我朋友是出租车司机,他会来接你们。"

"可我们是来徒步的,这是不是有点作弊的意思。"

他怎么会认为这是作弊,我们甚至都不算真正在徒步的路线上呢。

"作弊,什么作弊?她这个样子哪儿都去不了,你们看看她的脚。"

我刚刚脱下了靴子,试图从沾满血迹和泥巴的袜子上把之前贴上去的胶布撕下来。

"你简直疯了,雷,你怎么不说你的脚伤成这个样子。"茂斯边说边戴上眼镜仔细打量我的脚。

"和你每天要忍受的那些相比,我这点伤根本没什么。是我自己的错,穿了这么双不合脚的鞋子来,我们到这儿来也是我的错。"

"别说这些没用的了。"他转过头对正在打电话的女士大声说,"谢谢!我们肯定要乘出租车走。"茂斯帮我把袜子穿上,说道:"不要这样好吗?不要因为你觉得比起我快要死了这件事所有的疼痛和不快都不重要,就隐藏它们。真见鬼。你怎么能忍着走到现在的?!疼坏了吧?"

"确实是疼坏了。"

坐上了戈登的出租车,我们就此便告别了我们在埃尔芬茶室的两位救星。戈登把所有的车窗都摇了下来,说:"这样就能把所有的新冠病毒全吹走。"我不确定他这么做是不是能把病毒全吹走,但确定的是他挂在前排和后排座椅之间、似乎也是用来隔绝他和客人的浴帘倒是会被一并吹开。戈登是地道的乌拉波尔人,他一生都在这个湖边小镇度过。他说自己曾经经营过一家小的宾馆,住在那儿的主要是为克朗迪克公司捕鱼的渔民,"再后来没人来捕鱼了",所以他就改做出租车司机谋生。车子逐渐靠近海岸,意味着我们告别雪线,回归到苏格兰5月冷清干燥的天气中。戈登自顾自地把我们载到他朋友开的宾馆后停了下来。

"我们不住这儿,我们去露营地住。"

"你们可住不了露营地,疫情防控期间,露营地只接受那种自带厕所和储水设备的大型露营车,任何要使用帐篷以及和别人共用公共设施的人都进不去的。"

"可你朋友的宾馆还有空房吗?"

"有啊,我已经帮你们提前预订了,他等着你们呢。"

戈登似乎一下子把我们拉回到原先一切还正常时的生活轨道上。疫情将原本英国最热情的一群人的秉性一夜之间改变,这些生活在遥远北部的人对外乡者的闯入,由无防备的欢迎变成了警惕与疏离。我们在康沃尔时也一样,日日躲在围墙后,不愿与任何经过的陌生人有交集。戈登和朋友的热心让我先是有些错愕,转而意识到这种不期而遇的温暖本就是生活该有的样子,就好比是你以为没人会预料到你的造访,而进门时你发现朋友甚至已经为你切好一块奶油蛋糕,炉子上也已经烧着用来泡茶的热水。

我坐在门廊解开靴子的鞋带,因为料想到一脱鞋就会是一阵钻心的疼痛,所以我先是屏住呼吸,然后靠着打量对面停车场的一个吹风笛的男人来分散注意力。脱鞋的瞬间,果然是一阵火辣辣的疼痛。

"哦对,他得过世界风笛比赛的冠军,不过在高地像他这样的人有很多。你们要待几晚?"

我还没来得及开口,茂斯便替我回答了,"如果可以的话,三晚。"

旅馆老板把我们带向后面的一个小房间,我本以为里面空间会很局促,不过再怎么局促对我们来说也是谢天谢地了。可一打开门,我发现宽敞的房间里有两张单人床和一个很大的淋浴间。

"你为什么说三个晚上,如果这么一直耽搁下去,那我们永远到不了威廉堡。"我不知道我非要说这么一句话的目的是什么,耽搁不耽搁又有什么关系呢,我已经有预感这次徒步就是会以失败告终。不仅茂斯的意志不坚定,现在我的脚也磨破了。我试着安慰自己——马洛里[1]曾两次尝试攀登珠穆朗玛峰,可在第二次尝试时遇险身亡。我们两个体弱的探险菜鸟的拉斯角探险在乌拉波尔宣告结束,且没遇到什么致命的风险,这似乎也不算最糟。

"好了别想了,你的脚得养上几天才能痊愈,然后我们才能继续走。我去找店主要一个碗和一些盐,不然一会儿他可能就不在这儿了。"说着茂斯便出了门,很显然他已经精疲力尽了,不过,虽

---

[1] 乔治·马洛里,1924 年尝试攀登珠峰。

然他看上去仍旧步履蹒跚，可人似乎要比之前有精神一些。我确信自己能在镇上买到更多贴水泡的膏药，所以干脆把已经完全沾满血迹的膏药一股脑全撕了下来。痛觉再次袭来，我的大脚趾甚至疼到暂时失去了知觉。

茂斯在盛满温水的碗里撒了一把盐，看着我把脚伸进去。先是一阵暖流，紧接着便是盐和伤口相遇带来的剧痛，我不得不咬住自己的手来分散痛感。

"好极了，让脚趾再在里面泡一下，我去把热水烧上。"

苏格兰的土木工程师托马斯·特尔福德当年在设计乌拉波尔的鲱鱼港时，可能只关注了钢结构的技术细节以及布鲁姆湖的水深。他大概想不到三百年后他建造的建筑周围会发展出一个大型村镇，而港口的用途也不再是供捕获鲱鱼的船只登陆——其现在最主要是供往返赫布里底群岛和斯托纳韦的客船和货船使用。也许是因为丘陵和山脉的暗色背景，也许是因为绵延数英里的黄色荆豆花投射的黄色影子，也许只是因为太阳照射的角度，眼前的布鲁姆湖就好像是一个发光体；光线一碰到湖面便散成碎片的样子，让我想到了在康沃尔的圣埃夫斯镇能看到的景色。和圣埃夫斯一样，乌拉波尔正逐渐成为艺术家的乐园，越来越多的画家、铁艺师和纺织艺术家被这里夏季的日光以及冬季与世隔绝的静谧吸引而来，来到这处僻静的北部前哨。我也感受到了乌拉波尔的魅力，甚至只是几天工夫，我就觉得自己身体和灵魂的一部分与这里融为一体了。坐在湖边的石滩上，我们一边吃着薯片一边等待水獭现身。很显然这里平日一定有很多水獭，可今天却没有它们的身影。与海鸥的秉性不同，水獭似乎不愿意凑热闹。可能是已经看到了岸边露营地上停着的一排排巨大的露营车，水獭干脆选择到湖边更安静的地方专心吃鱼。它们很显然不愿意因为人类施舍的一点残羹剩饭便要接受不断被照相机和摄像机侵扰的麻烦。

"又是一样的叫声。我发誓那绝对是布谷鸟的叫声。"

我竖起耳朵仔细听，只听到捕蛎鸟低空掠过水面时发出的叫声，以及渡船驶离港口时的鸣笛声，"我什么也听不到，你怕是幻听了吧"。

"我可没有，我真的听到了。不管了，我们先去户外用品店给你买双靴子，你不能穿着这双鞋继续走下去了。"

现在的我脚上穿着为了涉水而准备的塑料凉鞋，虽然冷得发抖，可至少不那么疼了，"不知道穿上新鞋能不能好一点"。

"先去看看再说。"

来到的这家户外用品店可以说是麻雀虽小，五脏俱全，你所能想到的任何适用于徒步旅行或是登山的装备在这儿都找得到，可偏偏没有我要的码数的徒步靴。

"大多数人都穿这个码数，所以我们这儿没有库存了。"店员说道。

"我没懂，难道不是大多数人都穿这个码数，你们店里才应该多备一些库存吗？"

"不，这个码数的鞋子都已经卖光了，我们这儿没有了。"我感觉店员似乎在说一种我听不懂的外语，最畅销的码数卖光后难道不去再进货吗？他接着解释道："因为这些鞋子是要从欧洲运过来，英国脱欧，意味着我们所有的库存都滞留在港口运不过来。就算是没有这档子事，本来这里物流也不是那么方便，毕竟这里可是北部如此偏远的小镇。说来我们没有投票支持英国脱欧，可却要忍受脱欧后给生意造成的麻烦。"

没办法，我只得买下所有的水泡膏药以及两双新的无胶袜子，只希望我的脚靠着它们能快点好起来。

回到湖边，我们坐在长椅上分食从熟食店买来的蛋糕。在把蛋糕举到手边的过程中，茂斯的手一如既往地颤抖着。他已经筋疲力尽，除了要忍受背囊对于肩膀的压迫，他还要忍受脚下的麻木与疼痛，每天都是如此，走不过几英里他的脚就开始不适，所以我们往往是刚开始走没多久就要停下来休息，有时候他想要迁就我，就尽量忍着疼向前走，看着他挣扎的样子，我除了内疚还是内疚。不过几天工夫，他已经用光了所有的止痛药，我本以为这些足够我们坚持到威廉堡。再这样下去真的毫无意义，我们或许真的该就此认输，然后回到车上去。

"我很抱歉用差不多是逼迫的方式把你弄到这儿来。你说得对，我们能够徒步的日子已经过去了。你已经坦然接受发生在你身上的一切，也许我也要想办法接受，不能再自欺欺人下去，认为事情总会有转机，认为在你每次想要放弃的时候都拦住你。"

茂斯把剩下的半块蛋糕放回袋子里，经由桌面把袋子推到我面前。"是的，你是逼迫我，不是身体上的，可一定是精神上的，你逼迫我去想那些我压根儿没考虑过的事情。但现在，我站在这儿，看,闪光的湖泊,我们经历了让人震撼的风景——毫无疑问,你的决定是正确的。"

"但这太辛苦了,对你来说简直是在受难,我真的觉得内疚。"

"哈,内疚也是正常的。快把蛋糕吃了,然后我们去买干粮,明天就往南走,下一站是金洛赫尤(Kinlochewe)。"

我们买了能供我们吃几天的干粮,把背包里的备用衣服、沉重的钢笔、备用电池、太阳镜、备用笔记本一一清空,然后把它们寄回康沃尔。我们准备好了,准备好穿越旷野的边缘。

9

周日早上,我们离开宾馆去找戈登,他说好会把我们带到拉斯角步道与嘈杂的 NC500 公路交汇的地方。戈登还没到,倒是有一个在路中间吸尘的年轻人。他 20 多岁,戴着一顶大羊毛帽子,吸尘器的电线被他搭在肩上。他的样子就像是在清洁妈妈客厅的地毯一样。

"你好,你这是在马路上吸尘?"

"没错,你们看到了,我确实在给马路吸尘。"

"可为什么这么做呢?就算吸了它也会很快变脏啊。"

"这位先生,昨天晚上可是周六的晚上",我才意识到,他身后是一间酒吧,"我在清理的是一些碎酒瓶的玻璃碴,这里有很多野生动物,很多下山时都会经过这里,如果不清理这些玻璃碴的话,它们会割伤脚"。他将帽子拉低了一点,继续忙着清理碎玻璃。

戈登到了,我们再一次坐上了他的出租车,坐在用浴帘与前座隔开的后座上。

"村子里总是有很多鹿出没吗?"

"是的,但今年比以往都多,它们需要到这儿来觅食,否则就会饿肚子。"

"山上没草吃吗?"我很难想象在如此广袤开阔的地方竟然没有供几只鹿吃草的地方,况且我们也没在山上看到过羊群之类的生物,所以也不存在其他牲畜和鹿抢草吃的问题。

"不是没有草,只是今年的草长得比往年晚。今年冬天极端干旱,几乎到了旱灾的程度,再然后是严酷的晚霜,现在又在下雪。草不长出来它们就得一直挨饿。我们和它们一样都盼着草赶快长出来,这样它们就不会再去吃我们花园里的植物了。"

"我们在更北的地方看到了几千英亩[1]的石楠,看样子它们都已经枯死了。你知道吗?"

"我听说了,要看看夏天晚些时候它们还能不能再开花,可大概率情况不妙。这儿的天气一年比一年怪,山上没东西吃鹿就要下山。人们因为它们破坏了自家的院子就开始讨厌它们。可这不是它们的错,换作是我,我也会跟它们一样。"

戈登在一个路边停车处把我们放下后便掉头加速向北驶去。就这样,我们真正进入了内陆。一种令人生畏的、近乎幽闭恐惧症的意识笼罩着我们——我们可能几周都见不到大海了。经过在西南海岸小径的岬角安营扎寨的几个月,接下来的几年时间里我们一直过着一种大海近在咫尺的日子,海已经成为我们生活的一部分,它是恒久而必要的存在。而现在我们主动背离大海,头顶是渐渐聚集起

---

[1] 英制面积单位,1英亩≈0.004047平方千米。——编者注

来的浓郁云团，迎面是逐渐攀升的地表，不远处是查拉赫山（An-Teallach），它看上去仿佛在发怒——黑色的锯齿状山峰划破天际，山脚下的林地间一群高地牛在悠然地吃草。两个年轻人一前一后走着，在经过我们时稍稍放慢了脚步，询问我们的去向。

"金洛赫尤。"

他们对我们的答案似乎并不意外，"不去谢内瓦尔（Sheneval）吗？"

"不，没打算去。"

"不错不错。"边说着他们边快步向前去了，我猜，他们只需要一天工夫就能到金洛赫尤，不像我们，按计划我们要花三天才能到金洛赫尤。他们提到的谢内瓦尔是这条小径上出名的露营地，那儿有大量被废弃的大房子和小屋子供徒步旅行者歇脚，而它之所以出名，大约是因为其拥有比其他露营地更悠久的历史，查尔斯王子年轻的时候也曾经在这里过夜。没打算去谢内瓦尔的原因，主要是我们不想在疫情防控期间与一群汗流浃背的背包客挤在潮湿封闭的小屋子里。

与之不同，我们在斯特拉斯纳希尔森林（Strathnasheal-lag Forest）的边缘吃了不少饼干，边吃边打量西南方的费舍菲尔德森林（Fisherfield Forest）。这里是英国最偏远以及人迹罕至的角落，有数千英亩的山地和沼泽，没有任何通向其他什么地方的公路。6000年前，苏格兰大部分地区还覆盖着桦树、花楸、橡树和松树森林，直到人类开始焚烧、开垦和耕种成片的林地，可人为的破坏在当时没有形成想象中巨大的威胁，大部分森林仍然被保留了下来。直到

3000年前,地球气候变得更凉爽、更潮湿,这种气候不利于树木的生长,但却利于沼泽的扩张。"forest"即森林一词随着诺曼人一起扎根在这里,当时人们用它指代"狩猎场",而非今时今日的"林地"。差不多到了这个时候,我们今天看到的高地的样貌就几乎成型了。不久之后,鹿群开始扩张,成百上千的鹿啃食幼树,再然后人们开始焚烧原本生活着松鸡的沼泽,以战争、工业发展和建筑制造之名砍伐树木。到现在,高地的原始森林只剩下原有面积的1%。环顾四周,不得不说,砍伐森林对这一带生态的影响是显而易见的,现在能看得到不多的树木只剩下小片灌木丛中的桦树和楸树。

眼看东方乌云密布,并将雨帘向西推进。奇妙的是,所有的雨似乎都从前方的山谷倾泻而下,山谷里仿佛有一块巨大的磁铁一般,将天空中的雨水吸引到别处,我们两人所在的一小块地方恰好可以保持干燥。

"我们不去谢内瓦尔是明智的。"我尽力在风中抚平地图,想要看清上面的线路。茂斯有些不确定我们现在的方位,我隐约辨认出我们在康沃尔的家中时在地图上附近一带画下的铅笔标记,"看,我们要去的地方在这儿"。

在我们确定好路线正手忙脚乱地在大风中折叠地图时,一对夫妻出现了。

"你要去哪里?"

"金洛赫尤,你们呢?"

"谢内瓦尔,只住一晚,然后回乌拉波尔。"这之后他们便沿着谢内瓦尔小径的方向继续前进,我们则跟随雨幕进入了山谷,向尼德湖（Loch an Nid）进发。当我们到达山谷底部时，大雨倾盆而下，而我们的下一步本是要渡过横亘在前面的一条河，很显然，在雨中渡河并不是好时机，于是我们考虑在一处看上去不怎么强健的树丛边暂时扎下帐篷，等雨过天晴后再出发。可走到近处我们才发现，可供扎帐篷的平地几乎被一群山地自行车手和他们的帐篷完全占据了。还有一些自行车手冒着雨蹚水过河，河水几乎没过了他们的车轮，只听他们中的一个冲着我们呼喊：

"你们要去哪儿？"

"金洛赫尤。你们呢？"

"谢内瓦尔。如果可能今天先要穿过尼德湖，河水一直在上涨。"

按照接下来的计划，我们要先渡过这条河，然后抵达尼德湖的另一端，直到我们到达较高处的地势，共计差不多 3 英里的路途。现在是下午晚些时候，时间还算得上充裕。

"你怎么想？"茂斯在岸边来回踱步试着找到一处相对容易蹚过去的线路，而就在他犹豫的这一小会儿，我们眼见着河水上涨了 1 英尺。

"这里没有安全的地方可扎营，谢内瓦尔又必然会很挤，我们要不要干脆在河水上涨之前继续赶路？再走 3 英里应该还可以。"

雨水从山腰倾泻而下在山丘间形成了瀑布。我们先是蹚过大腿深的强力水流，然后穿着塑料凉鞋踩过沼泽地，再然后躲在一堵残垣断壁后，我在试着把已经湿透的水泡膏药贴好后，穿好靴子继续前进，伴随我们的是雨水如注。

站在狭窄的石子路上，头顶是山崖，山崖上有块一半悬空的巨石，我看着茂斯向我走来。虽然雨水使得视线模糊，可我分明能看出他已经筋疲力尽。我们不能在这里扎营，周围都是瀑布，我们别无选择，只能继续前进。我等他走上来然后顺势跟在他身后，医生的忠告言犹在耳，"他不能累着，还要小心台阶"。

山谷逐渐变窄，最终变成了一处由冰川雕刻而成的"U"形山谷，河水在谷底奔流不息，小路在隆起的冰碛巨石中蜿蜒前行。天色渐渐暗了下来，下午转入傍晚，在山间穿行了一下午的茂斯渐渐体力不支，我们的步伐不得不慢了下来。

"我不知道自己还能不能走了。我们想我们得找个地方搭帐篷了。"茂斯几乎是闭着眼睛在说话，仿佛站在这里就能睡着。但这里没有地方供我们搭帐篷，除了水、沼泽和石头，什么都没有。

"可是这是在哪儿呢，我不知道我们在哪儿。也许湖的另一头会有什么地方供我们歇脚，但愿河水不要涨得太高。"

"我想我必须停下来休息。"

冒着雨，我们跌跌撞撞地继续向前，留下身后的雨水打在山谷上。前方有两个人影，走近一看，是两个骑山地车的人。

"你们好！看来这是处极受骑车人欢迎的地方，为什么？拖着一辆沉重的自行车穿越这么艰险的地形，我是做不到。"茂斯试图和他们搭话，可我看得出他已经几乎无力再说什么了。

"在这儿你几乎看不到算得上路的地方，很容易迷路。"说话的高个子从头到脚都是泥巴，衣服上一直有细水柱流下，"我们今天从斯特拉斯卡伦（Strathcarron）出发，前往乌拉波尔，这简直是漫长的一程"。

"确实是漫长的一程。"

"要不是你把垃圾袋落下,我们早就到了。"两个人中个子较小的佯装生气地和高个子打趣道,他边说,边擦了擦脸上的泥和水,"这家伙把装有我们今天制造的所有垃圾的袋子落在了我们吃午饭的地方,害得我们不得不跑回2英里外去把这个袋子捡回来"。

报纸上不时会看到关于"人们如何跑到郊野徒步或是露营,然后又如何留下堆积如山的垃圾"的文章,看着眼前的两位,我在脑中掂量着这两种迥然不同的对待自然的方式。

"没关系,今天总体上还算顺利。"高个子喝了几口水后,把水瓶固定在自行车架上,接着说道,"如果想今晚到达乌拉波尔,我们现在就得走了"。

"当心山谷尽头河水上涨。"

"你们也要当心。"

告别后,我们朝相反方向走去,在雨幕的笼罩中,没几秒钟,回身便看不见两个骑行者的身影了。

快到湖边的时候,茂斯的步子愈发踉跄,这导致他的靴子卡在石头的缝隙中,然后就是突如其来的摔倒。他的身体几乎是垂直倒向前方,脸部先摔在积水的石子路面,他高大身躯和沉重背包产生的重力导致他在倒下后还向前滑了几秒,脸和路面甚至摩擦起了细小的水花。倒在积水中的茂斯被瞬间发生的一切吓到了。我费尽力气把他扶至双膝跪地的姿势,鲜血从他的额头流了下来,混着雨水的血液滴落至下巴时已经被稀释成粉红色。茂斯就这么在地上跪了很久，他无法站立，他脸上写满了困惑，鲜血不断滴落。最后，我挣扎着把他扶起来。

我们在百米开外找到了一个能搭帐篷的地方，这里离湖边的瀑布和河流距离很近，可我们别无选择。爬进帐篷，我们把滴水的外套和背包放在门廊处。茂斯钻进睡袋，我开始帮他清理头上的伤口，然后贴上创可贴。我不擅长急救，是那种若是谁心脏病发作，就只会站在一旁手足无措的人。面对受伤的茂斯，我伸出一根手指在他眼前晃了晃，问这是几，我见过橄榄球医护人员用这种方法测试伤者是否有脑震荡。茂斯答"三"，好吧，至少他没说五，这意味着即便是脑震荡，或许程度也不是很严重。我想要试着搜索"如何确认脑震荡"，可不出所料这里没有信号。据我所知，该有的症状应该是头晕、缺乏平衡感和恶心——但这对莫斯来说是相当正常的状态，所以常规的判别方法对他无效。他吞下了几片布洛芬，虽然这并不是治疗脑震荡的对症药，但至少可以止痛。我烧开水打算煮一包速食面来吃，散发热气的食物让人感到放松，面条的热气在此刻能帮助我们舒缓刚刚过度紧张的神经。

在头疼欲裂的茂斯服下止痛药后，我们尝试着入睡。帐篷外是铺天盖地、震耳欲聋的水声：包括雨水拍打帆布的声音、如雷的瀑布声以及河水哗啦啦流过的声音。这声音将我们完全包裹，以至于我觉得被冲走或许就是下一秒的事情。

在晨光中，水声淹没在风的咆哮声中。风速越来越快地向前推移，直抵山谷最狭窄的地方。强风把帐篷柔软的杆子吹得弯曲，整个帐篷也随着杆子的弯曲而变形成一个奇怪的椭圆状物。就是这样，我们在雨水和瀑布的包围中度过了一夜。尿意驱使我们起身，可当茂斯拉开帐篷门的拉链时，他突然一屁股坐了回来，一根手指放在我的嘴唇上让我安静下来。

"怎么了？"

"鹿！"

我们跪在帐篷口，撑开一小条门缝向外打量着。在帐篷外有九只雌鹿，在一块巨石的背阴处，还有与雌鹿们分开站立的大的雄鹿。在繁殖季之外，年长的雄鹿很少和雌鹿们一起出现，而5月底并不是繁殖季，所以这并不正常。不甘心躲在帐篷后打量，我蹑手蹑脚地走出帐篷，尽量不发出声音，可由于暴风雨来得太猛烈，鹿群大概压根儿听不到我的动静。后来它们还是注意到了我，但没有任何行动，只是继续站在一起，低着头，背对着风。我试着向四周张望，可强劲的雨水打进眼里让张望变得吃力。我明白鹿为什么会在这里了。它们之所以冒险靠近离人类如此近的地界，无非是因为无处可去。东边的沼泽丘陵积满了水，巨大的瀑布带着雨水形成翻涌着的水柱注入尼德湖中。我们四周这一块小平台是唯一一块可以立脚的地方，它们一定是为了躲避暴风雨从山上下来，然后在河水上涨后被困在山谷里。在河对面，向西延伸的山峦像是巨大的、匍匐着的黑色巨兽，流水沿着巨兽的脊背向更远处奔跑。在山峦的黑暗角落里，一团我们难以分辨形状的暗影若隐若现，不知道是哪种生物在其中出没。

"赶快回来，你会湿透的。"茂斯对把头伸在外面的我说道。

我慌忙钻回帐篷，把滴着水的外套扔在门廊里。这时我才发现茂斯的额头已经肿了起来，发际线处形成了一大块紫色瘀伤。

"你感觉怎么样？"

"头晕、头痛，不得不说我有点害怕。"哦，上天，如果真是严重的脑震荡，甚至是颅骨破裂，我们该怎么办？在暴雨中的荒山野岭手机根本没有信号，寻求救援根本不可能。

"你觉得自己伤得很严重吗？"

"我不知道。我当然不希望自己伤得重。我只知道如果水位继续上涨，被困在这里，我们就真的完蛋了。"

雨水噼啪打在我们头顶的帐篷布上，我甚至觉得自己置身于一面鼓中，被不断的击打声震得头痛欲裂。我们似乎真的在劫难逃了。

傍晚时分，雨声渐渐减弱成淅淅沥沥的声响，风也小了一些，直到这时我们才敢走出帐篷。云层渐渐散开，傍晚的阳光霎时间洒满山坡。这场景让人有种错觉，仿佛乌云从未前来，一切一下子透亮起来，山谷从云雾笼罩的状态变成了一个晶莹剔透的洞穴。可见的每一颗水珠都迫不及待地沾染上喜人的日光，并将其反射出更加耀眼的光彩。我和茂斯惊叹于自然的转瞬即逝，甚至忘了返回帐篷拿出手机拍照留念。天晴了，鹿群开始散开，我不想发出多余的响动吓跑它们。原本躲在巨石后的雄鹿摇晃躯干，试图甩干身上的雨水，被甩出的水滴在其周围显现出七彩的光晕。整个山谷越来越亮，仿佛是被镀了金，可好景不长，乌云再度以迅雷不及掩耳之势卷土重来，一切又重回暗淡。山峦的暗处，一只金雕张开巨大的翅膀腾空而起，乘风向南，飞过湖面。

　　夜越来越深，虽然雨还在下，但雨滴打在帐篷顶上的声音更弱了些。如果它再不停下来，我们或许就会与沼泽地和山边的瀑布完全融为一体。我试着回想刚刚如水晶般透亮的山谷的样子，好淡化对于雨势的担忧，而山谷里闪着光的画面不知怎么让我联想到茂斯在做关于帕金森病 DAT 扫描时检测仪器闪现的若隐若现的光。躺在帐篷里我常常无法入眠，听着茂斯还算平稳的呼吸声，我的内心并不平静，负罪感时常涌现并将我吞噬。我怂恿他把自己置身于如此危险与令人不安的荒野中，受困于暴雨，还可能面临脑震荡的风险，他本可以安稳地躺在康沃尔的床上，不是吗？要是这次大冒险当真能激活他脑中的受体，那么在下一次做 DAT 扫描时，影像上就会出现更多的光斑，如雨后山谷中一样让人倍感希望的光斑。我当然知道这是种几乎不可能实现的奢望。躺在暗黑的帐篷中，我反复思忖，可奢望或许就是最珍贵的，它与"需要""祈祷"共同编织成为点亮火光的引线。

10

当我睁开眼睛时,我意识到雨停了。睡眼惺忪中我有些不确定昨天自己都经历了些什么,逐渐清醒过来,我听到帐篷外有些响动,只要这响动不是雨水便是好的。晨光熹微中,雌鹿们站在湿漉漉的沼泽草丛中,不时停下来俯身嗅着什么,然后再缓慢向着山坡的方向前进。那只雄鹿倒是不见踪影。瀑布的流速明显变慢了,不过这并不影响河水哗哗作响地持续奔流。茂斯觉得自己的状态可以继续行进了,可湍流当前,我们无法徒步从这里过河。

茂斯贴着创可贴的伤口似乎没什么大碍,他说自己的头痛也减轻了,于是我们收起帐篷,向上游走去,心里暗自希望河水汇入湖泊的那一侧水位能够低到容许我们涉水过去。待我们到了河边,看上去,眼前的水深差不多只到大腿,而待我们用手杖试探,发现水深及腰,且水流湍急,这样的话在河中我们根本别想站稳。没办法,我们只好再找一块平坦的地方重新支起帐篷,等待水位再下降一些。

白昼的时光慢慢流逝,河岸附近一只只孤独的小鸟在半空中来回穿梭，老鹰在风中滑翔，鹿在高高的沼泽地上眺望远处，云朵时聚时散，深不见底的河水依然强劲有力地向前奔涌。就这么在等待中消磨时光，我感觉在野外的时光与疫情防控期间被迫居家的光景倒是有些相似的地方：你所面对的除了眼前的这个人就没有其他了，还有，耐力也很重要，虽然之后会面临什么状况完全未知，可你必须想办法应对。就好像当你发现家里的食物、卫生纸、口粮库存耗尽，而超市的货架又空空如也时一样，你也必须想办法应对——有徒步经验的人在面对这种状况时或许并不会过于慌乱，没干粮时通常我们总会在背囊底部翻出一包被遗忘的干面条，没卷筒纸的话就从树丛里找一些坞叶将就——当然这仅限于它们还新鲜柔软时，干枯的叶子就免谈了。跋涉过滩涂，然后走出山谷——我规划着接下来的路线，在间歇数一数山坡上的巨石，就这样消磨了大概一小时的时间。在数了数余下的干粮数量后，我递给茂斯一块饼干——没错，"定量供应"是长途跋涉的技巧之一。当然更重要的技巧是"撑下去"，无论是脚上被磨出水泡，还是摔伤导致轻微脑震荡，抑或是在一条小径上又跋涉了一小时仍看不到尽头，撑下去就是了。最终，眼前的困难总会过去，靠着这一次又一次"撑下去"的过程，你会在一些尚未意识到的方面有所长进。

布谷鸟！是布谷鸟，就连听力不怎么样的我这次都真切地听到了布谷鸟的叫声。每一株在狂风的塑造下枝干扭曲的树上都藏着它们的声音。这些意志坚强的家伙正望着东北方向的远方发出啁啾。瞧这喧闹而又坚毅的凯尔特布谷鸟！

清晨再次来临。海湾上空的风穿透四面黑暗压抑的群山呼啸着，还好水位已经降下去。我们穿着短裤，把背包拉到最低以防重心不稳，冰冷的水流伴随着强大的冲力让我有些踉跄，我面对河水中央一处深潭犹豫不决，狂风吹散了我的头发，它掀起的水汽使我的视线模糊。

"别犹豫，跳过来。"茂斯在我前面，在两根手杖的加持下他走得很稳。按照他的指引，我一跃至一块巨石上，就像一条蹦跶到岸上的鱼一样。好了，总算是渡过了这条河。

擦干身体，穿上靴子，正要再次出发时对岸出现了两个人。徘徊了一会儿后他们换上靴子大步蹚水来到了我们身边。蹚水后他们几乎浑身都湿了，放下背包，他们拿出三明治，其中一个兀自嘟囔着，"必须得吃点东西了"。

他们狼吞虎咽的样子仿佛是几个月没吃过东西一样。两个人当中较年轻的那个说，他们今天早上已经走了 5 英里，把车停在营地后就开始一直走。

"你们要去哪儿？"

"我们的目标是三座芒罗山（Munros）。今天走的是极其重要的一段路，虽然不容易，但是很值得。"我环顾四周高耸入云的群山，它们都属于芒罗山。所谓"芒罗山"是指苏格兰境内海拔超过 3000 英尺的山峰，而之所以叫作"芒罗山"，是由于第一个汇总苏格兰全境海拔超过 3000 英尺山峰的人叫作休·芒罗。

"天呐，你全身都湿透了。"

"不管怎么说，我的经验是如果是长途跋涉，那最好不要来回穿脱长靴。"二人和我们简单交谈后便背上背包，朝着他们的漫漫长路继续前行了。可想必湿答答的靴子带来的不适会在某种程度上让他们没有刚出发时那么踌躇满志了。

依次跋涉过克罗伊兹小径路途的沼泽、岩石和石楠丛，我们慢慢向着海拔更高处行进。脚下便是我前一天在无聊时数过个数的巨石块，每走一步几乎都会有黄色和绿色的小青蛙蹿出来，越往高处走青蛙的数量越多，到我们抵达靠近海湾的边缘时，青蛙几乎是呈灾害般聚集在一起。耗费一天时光我们差不多走了4英里，在抵达算是附近地标的法达湖（Lochan Fada）时，天空终于放晴了。从位于湖头的露营地望去，5月末的夕阳从水面和湿润的山坡上折射出五彩斑斓的颜色，然后逐渐消失在灰蓝色的天空中，而这灰蓝色似乎就是这附近天空永久的色彩，它似乎从未真正遁入确实的暗黑色。眼前的景色似乎有种治愈作用，似是比止痛药更能缓解肌肉疼痛和头痛，比水泡膏药更能舒缓脚部的撕裂。我们就这么一直坐在海岸线的岩石上，直到仿佛我们也成了随风起伏的水波和掠过湖面的鸟叫声的一部分。

在我们离开湖边不久后，清晨的空气开始变暖，天空依然晴朗，就仿佛尼德湖的磁场仍在吸引着雨水，使得周围的峡谷变得极为干爽。今天要走的主要是下坡路段，我们需要穿过数英里的、一直向下延伸到河边的、长有桦树和楸树的新造林带。我满脑子只有我的脚，它们疼到像是着火了一样，我甚至想这双靴子要是丢了就好了，最好再也别让我找到它们。在转过一个弯角后，我们遇到了第一批拉斯角步道的徒步旅行者，是两个自称是退伍士兵的人，他们向北走着，是拉斯角的方向。

"你们穿的是科科伦牌的军靴吗？觉得好穿吗？"他们一下就认出我们脚下的靴子是军靴，那必然是退伍军人无疑了，茂斯脸上立刻显露出敬佩的神色。

"是的，很不错，是我穿过最好穿的靴子，而且它们完全防水。"

茂斯说的倒是实话，防水倒是的确防水，但我可不在乎什么防水，不磨脚才是关键。"就因为这双靴子我的脚被磨得全是水泡，简直是我穿过最难穿的靴子了。"

"啊，好吧，这双靴子本身应该是舒服的，只不过你可能穿了不合适的尺码，可能太大了。"

接着这两个退伍军人就继续向前赶路了，可没过几分钟我们又遇到了一组三人，他们同样向北行进。三人全是地质学家。

"如果你们是从北边过来的话，肯定注意到了托里多尼亚砂岩的岩层，简直是令人难以置信的存在。"

"我们注意到了。它们是砂岩还是片麻岩（gneiss）？我是说那些粉红色的石头。"我对于沿途的那些岩石了解不多，本想着他们会认真解答我的疑惑，可三人听罢相互对视一眼后竟然大笑起来。

"你们听到她在说什么吗？她说片麻岩是'gneess'。"说罢又是一阵哄笑。

"我说错什么了吗？"没人应声，还是嘲笑，这群中年人的举动让我想到小时候学校里的某些小团体聚在一起嘲笑小团体之外某人的场景。

"是你的发音错了。"说着这群人便走开了，边走他们还边笑着，我又自顾自地读了几遍"片麻岩"这个词，我不确定刚才自己是不是真的读错了，可以确定的是最终没人解答我关于粉色石头的问题。

金洛赫尤的商店就像一片绿洲一样出现了。放下背包，瘫在商店外的长凳上坐了一下，我便立即脱掉靴子，小心地撕掉已经和袜子粘在一起的膏药，然后把红肿的脚在太阳下晒干。一个背着背包、显然是在长途徒步中的一个年轻人坐在了我的对面，黑色无檐小便帽下露出一些卷发，紧身裤外面套着短裤，除了让我感到一种刻意营造的随意感，还有……啊，对了，我见过他。他就是我们在威廉堡看见的那个避雨的路人，我们猜测他正要开始他的拉斯角徒步之旅，看来猜的没错。

"没错，是的，就是我。我来自爱尔兰，但在格拉斯哥已经住了一段时间了。我觉得该是时候探索苏格兰了，所以就出发了。我从没到过这么北的地方。我对这里的风景有种说不清道不明的感觉，一种非常强烈的感觉——你肯定明白我在说什么。"

熟悉感，伊恩说话时带给我一种熟悉感，这种熟悉感倒并不关于之前的偶遇，而是他在谈及这片土地时所展现出的那种探寻感。他到底在探寻什么呢？一种精神信仰吗？还是更深层次的东西，一种与自然或是其他什么东西的联结？他让我有种似曾相识的感觉，可我一时无法把这种感觉和具体的某人对号入座。

我望向坐在旁边的茂斯，在把一些东西放进背包后，他坐直了身子。啊，伊恩不就是年轻时的茂斯嘛，对一切充满热情和好奇，即便所有人都放弃,他仍然保持着那种对生活和周遭事物的探寻感。"我明白你说的意思。来这里我时常感觉到在风景之外总还有些别的力量。在这里我能够解开疑惑,这是我在别的地方没感受过的。"

"就是这样,就是这样。"年轻人坐回原处,似乎对我做出的结论感到满意。喝了一口水后,茂斯稍显吃力地扭曲手腕盖上瓶盖,然后就这样和伊恩并排坐着,心满意足地安静仰望着远方的群山。

露营地的热水澡使我脚上水泡的皮一部分呈接近脱落的状态,于是我坐在长凳上,接受茂斯的提议,让他把那部分脚皮剪下来。在他进行"手术"的过程中,我惊觉他的手部动作异常稳定,尽管疼痛让我几次忍不住把脚抽开,可为了确认他可以这样持续多久,我还是生生忍了下来。他在变好吗?我能这样奢望吗?我敢这么奢望吗?

"我猜你肯定想喝杯热茶。"

"确实想。等我去把热水烧上。"

在生活中,我们察觉到对于某样事物的需求往往是后知后觉的:在遭遇到无家可归的落魄境遇之前,你绝不会认为屋顶是珍贵的;在遭遇身无分文的境况之前,你绝不会时刻在意温饱;而在瓦斯炉罢工前,我从未意识到自己对于一杯热茶的依赖。

"你什么意思?这东西怎么可能坏?!"

"你自己看。"我把炉子递给茂斯。我当然希望是自己搞错了,希望炉子还能用。

"哎，没错，确实坏了。"我们的微型钛制炉子的开关装置坏了，而且它太小、太复杂，我们没办法修理。我尽量在克制自己的恐慌感，可这很难，没有炉子的徒步怎么能让人不恐慌。我研究了一会儿旅行指南，发现离这里最近的、卖炉子的商店都有好几英里远，更别提什么大型户外商店了。茂斯怀着希望问遍了附近的小商店和加油站，最终失望而归。

"不行的话，后面只吃冷食、喝冷水。"

"这怎么可能，我们可是靠热茶续命的，就算没有吃的东西也不能没有热茶喝。"

一名男子从停在我们边上的一辆露营车走下来，显然他听到了我们的对话。

"我去给你们倒杯热茶。吉恩，把水烧上。"

男子叫杰夫，他原先是一名重型卡车司机，不过前不久决定不做了。现在他正在度假，打算利用这段时间想想看自己未来该做什么，他说自己现在手头有大把时间。

"我想我可能得提前退休了，我受够了坐在港口前等着文件批示然后才被放行的日子。我没有投票支持苏格兰独立，英国脱欧也一样，我也没投赞成票，可最终怎么样，我仍旧要承受它们带来的后果——我不得不放弃自己的工作。我受够了，仿佛决策是我们普通人做出的一样。而事实上我们根本不在乎这些。管它什么公投还是脱欧，我们只想过好自己的日子罢了。哎，是啊，我现在有的是时间了。"

＊＊＊

凌晨两点，但天还没亮，营地的泛光灯让一切都沐浴在橙色的光芒中，光亮让人难以入睡。我的手机突然亮了起来，邮件和信息一股脑地涌入，这是几天来第一次有了信号。

"既然有网了，我们就可以在网上订个炉子，送到沿途某个地方，然后我们到那儿去取。"

"可送到哪儿呢，沿途我几乎没看到什么商店。"茂斯头枕着背包闭着眼睛说道。

"或者送到某个旅馆？"

寻觅了一阵，我们找到了最近的一家旅馆，可走到那儿也要花几天的工夫。

"你的意思是我们带着能吃够三天的冷食走到旅馆？那太重了。"茂斯仍然闭着眼睛。

"要么这样，我们把炉子送到这里，这个周末是银行假期（bank holiday），我们就在这儿，在营地等它寄来。"

最终我们订了两个炉子，一个寄到这里，一个寄到宾馆。

"希望那家宾馆还开着。我明早就打电话过去拜托他们留意一下包裹。不知道寄到要几天，毕竟这中途正巧赶上银行假期。"

将背包装满了馅饼、佳发蛋糕和香蕉，我和茂斯准备离开，此时的我们对至少三天没有炉子的前景感到不安。见我们要走，伊恩从帐篷里走了过来。

"我给你列了一份那些不容错过的地方清单。离开村子时要尽量走低处的路，不要到高处穿过那一带被砍伐过的树丛，我就吃过亏。低处的小路很漂亮。对了，一定要去因维利（Inverie），我不想提前剧透那儿有些什么，反正你们一去便知。"

离开的路上，我回头望向伊恩，他过于宽松的短裤下是一双长着色斑的细腿，胡子似乎是一夜之间冒出了许多。他周围仿佛有盏灯，灯光投射在他身上反射出一种奇怪的苍白的光芒。也可能只是日光吧，毕竟我已经太久没见过日光的样子了。

11

在恰逢银行假日的周末,沿着通向NC500公路的支路走出金洛赫尤绝不是什么好主意——汽车、货车、卡车、摩托车和自行车挤在一起,汽车想要超越货车,摩托车手之间相互飙车,货车司机与骑行者发生冲突,诸如此类的场面我们都见识了,甚至一度有些后悔听了伊恩的话,如果是走山路说不定就不必遭遇这么恼人的状况。往前走,随着山谷愈加开阔,一座尖顶处被白雪覆盖的高山拔地而起,山的侧面是一片林带改造区,叫作本埃山自然保护区(The Beinn Eighe Nature Reserve)。这里有一大部分树木已经长成,草地上金雀花盛开。我注意到保护区一块牌子上标明这是由"苏格兰和欧盟合作改造的"。在现如今欧盟已经停止资助的情况下,苏格兰能不能继续完成林带的改造呢?不确定,不过我想苏格兰终究是能找到办法的。

当我们终于由车流骇人的公路进入库林谷(Glen Coulin),眼前的一切让我们瞬间忘却了刚刚经历的不快:以湛蓝的天空为背景,山峦高耸,绿意葱茏,老鹰在山坡上划过一道弧线后立在高处，俯瞰我们前方的银色湖泊，我们仿佛进入了另一个国度，这太令人叹为观止了。躺在草地上，我们享受着如梦境一般的景色。不远处的湖面上，成群的鸭子在悠然地划水，突然它们一边急匆匆地划水，一边呱呱叫着发出嘈杂的警报声。这世上的一切是不是皆如此，往往你费尽心力寻觅的事情，总是在你要放弃时突然出现。导致鸭子突然慌乱的是一个黑色的大家伙，它从水中跃上湖中小岛的岸边，然后在长满短小青草的地面上擦干身子，就像蒙蒂洗完澡后在地毯上蹭来蹭去一样——是一只巨大的黑水獭，我一直想看的家伙。我出神地盯着它在树皮上蹭来蹭去，几秒钟的时间仿佛有几分钟那么久，没一小会儿，它便穿过小岛，悄无声息地消失在水面下。

在穿过一条浅浅的河流后，我们在谷地尽头的欧洲赤松林中扎营。傍晚时分，阳光透过笔直的树干洒在山的背侧，温暖而静谧。糟糕，我被蠓虫咬了。苏格兰蠓是苏格兰高地的"猛兽"，虽是一种微小的飞虫，翼展不过3毫米。你别以为它们是天真无邪的小动物，要知道雌蠓成千上万地聚集在一起时，那后果可绝对是骇人的吸血瘟疫。苏格兰蠓栖居在北半球北部，尤其喜欢潮湿的沼泽地。它们出没于春末到秋初，黎明和黄昏时最多见，在吃早餐和日落时，为了躲避它们，我们常常不得不来回挥舞着双臂。在英国，它们曾经的活动范围只局限于苏格兰西北部，但有传言说它们的活动半径正在拓宽。在过去的几年里，蠓虫已经成为苏格兰的一个大问题，甚至电视台的天气预报会专门提供关于蠓虫活动信息的报道。过去，在寒冷的冬日，它们的数量会明显减少。可随着全球变暖、冬日气温升高，冬日对于这些微型吸血鬼来说不过是稍许凉爽的月份罢了。现在唯一能压制蠓虫活动的，可能就是强风了，毕竟它们的体积太小，无法和强风对抗。哦对了，还有一种圆佛手柑味道的润肤霜，据说蠓虫不喜欢这种味道，卖这种圆佛手柑味道的润肤霜的公司曾经是会提供送货上门服务的，据说，这种润肤霜深受那些看上去粗犷强悍的士兵的喜爱——至少我们是这么被告知的——所以我们在出发前就买了一瓶带在身上，可由于旅途最开始气温过低，润肤霜一度被冻得结结实实，虽然现在已经解冻，可它们似乎变成了一坨胶状物，很难从瓶子里挤出来。后来我和茂斯干脆把瓶盖剪开，直接将手指伸进瓶子，然后把取出的润肤霜涂在身上。恼人的是它的驱虫效果不理想，我们只得钻进帐篷躲避蠓虫。虽然已经很小心了，可还是有一些蠓虫跟着我们进入了帐篷。后来我们花了差不多一小时才把帐篷里的蠓虫全部打死，以致帐篷内层的布料上沾满了蠓虫的尸体。

***

两天不能喝茶的日子确实难熬，不过一路上各种针叶树种植园、偶遇的车辆和行人，还有沿途的杜鹃花带来的新鲜和愉悦部分抵消了不能喝茶的不悦。终于抵达了我们预订的旅馆，这里就像一个偏远谷底的前哨站——迷失的、接近被遗忘的人和房子在此处停驻。从我这里看过去，这家旅馆似乎是关着门的。在我们已经着手开始在附近的棚屋旁搭帐篷时，我们听到房子后面的响动：一群人聚集在酒店外的野餐长凳周围；现在还不到中午，可他们都在喝酒。他们看着我俩走上前，直到我们放下背包，他们也没有要和我们搭话的意思，直到茂斯主动询问酒店是否开门。

"是开着的，不过也不能完全这么说。"

"好吧，那我只好进去看看里面有没有人。"

"没人。"

"这是什么意思，到底是开着还是关闭？"

"是是是，你说的都对。"长椅上坐着的三个男人不约而同点着头，一个穿着短裤和汗衫，一个穿着绿色狩猎服，第三个是个秃顶的大块头，穿着一条有口袋的苏格兰短裙和一双黑色大靴子，看这样子他们像是已经连续喝了好几天酒。

"你在瞎说些什么这位先生？是又在惹恼顾客吗？"一个紫色头发、涂着鲜红色口红、穿着格子连衣裙的小个子女人边说边从酒店的门口走向我们，"想不到吧，谁能想到他是这间旅店的主人，瞧瞧，顾客都要被他吓跑了"。在经过那个穿苏格兰短裙的男人走向我们的桌子时，她用手指弹了一下他的头，然后说道："别理他。他的朋友昨天从南方过来，昨晚他们开了一个派对，现在他们一个个精神状态都不怎么样。有什么能帮你们二位的吗？"

"哦，是这样，我们周五打电话说有个包裹要送到这里，不知道到了吗？还有我们想来一壶茶，如果你们有。"

"一壶茶，啧啧，南方口音。"穿苏格兰短裙的男人略带揶揄地说道。不知怎么回应的我勉强干笑了几声，心里有点后悔，早知道不当着这些家伙的面点单了。

"包裹已经到了,等我,我马上进去拿。"穿裙子的女士对我们说道。我一下子如释重负,如果包裹没到我还得在这儿等上好几天,我可不愿意。待她把包裹放到桌子上,所有人的目光都聚集在一起。

"打开来看看吧,我们都在等着看到底是什么东西这么重要,让你大费周章寄到我们这里来。"

我打开包裹,拿出我先前在网上预订的两个小炉子,一想到马上就又能在旅途中有热东西吃、有热茶喝,我的心情马上明快了起来。

"炉子?"穿裙子的男人走到桌边盯着它们看了一会儿。

"是的,我们的炉子几天前就坏了,想想看,我们已经三天没有吃过热的东西了。这就是为什么我们一进来点了热茶而不是啤酒。"

"好吧,你需要炉子做什么呢?"

"我们正在沿着拉斯角步道徒步,目的地是威廉堡。中途当然会在别的地方停留。"

"午饭时间到了——我来给你们做点吃的东西。我们今天要炸鸡肉排。你们可以吃吗?"

"除了佳发蛋糕,什么都行。"

不一会儿,大盘的食物被端上来了,盘子里是一片薄薄的、裹了面糊后被炸过的鸡肉,一堆薯条和一勺腌甜菜根。看上去并不精致,可它们散发着热气的样子对于几天没吃过热食的人来说无疑是极度诱人的。

"我不懂的是，你们这些老家伙为什么要背着这么重的东西翻山越岭呢？"他边说边把茂斯的背包拿起掂重量，然后很快地便把背包放下，"你们是疯了吗？"

正要将炸鸡排放到嘴边的茂斯停了下来，他脸上的表情僵住了一瞬间，然后他思索了几秒答道，"我们只是想出来看看，看看你们生活的这片神奇的土地"。

"啊！是这样，这里还不错的，除了那些讨人厌的鹿。"穿猎人装的男人第一次开口，神情中满是对鹿的厌恶。

"它们总是挡在路上，然后引发事故——所以我干脆把它们冻在冰箱里，这算是为减少交通事故做贡献。我们这一冰柜都是鹿肉。"

"嘿！你能不能安静一点……你别理他。真是的，完全把话题扯远了。我从她看你的眼神看得出，你们绝不是来这儿随便走走。"秃顶的大块头站在门边，双手插在苏格兰短裙的口袋里。这番发言一下子让我对他"爱在白天喝酒，且对自己生意不上心的散漫人士"的初印象有了一些改观。这家伙似乎是一定要问出个究竟才肯罢休，他继续追问道，"你们不可能只是为了度假才来的，对吧？"

吃饱了的茂斯把盘子推到一边，我则继续把他剩在盘子边缘的腌甜菜根一块一块吃掉。三个男人已经不再喝酒，他们坐在对面的长椅上等待着我们的答复。茂斯一定会和盘托出，对于那些直截了当的提问，他一向是说实话的。他这样的性子，怕是做不了任何保密工作。别人问他来自哪儿，他下一秒就会把地址抄给对方。

"几年前我被告知得了一种不治之症，那之后我进行了一次长途的徒步旅行，神奇的是病情因此有了好转，我没有像预测的那样在确诊不久后就死掉。去年冬天，我的症状急速恶化，我知道自己时日不多了，可她又一次把我带到这儿，她希望我们能够像第一次徒步那样，在结束后收获奇迹。可我知道不会的，我的病情已经太过于严重了。"

"看吧，我就知道。我了解这是种什么感觉，就好像我当年在军队时，结束战斗的士兵已经疲惫极了，还是要靠着意志走回营地。"再一次，我对这人的印象有了改观，"艾琳，给这个人倒杯啤酒，他就是茶喝得太多了。你妻子的决定是对的，除非你真到了完全动弹不得的地步，否则别停下前进的脚步"。

在一场关于高地政治和鹿肉食谱的激烈讨论中，日光悄悄转变成了暮光。我们似乎正在经历一个处在变革时代的苏格兰——当地人对自己所居住的地区及其边界的思考方式都在发生转变，这既体现在具体的言说中，也隐藏在种种象征中。一次又一次，我们总是会经历在最意想不到的地方、以最意想不到的方式谈论政治。穿格子裙的大块头与我们在当地遇见的不少人都表达了类似的观点，他们说自己有时觉得当地政府和媒体与自己关心的事物并不一致。他们不忘提醒我们，村里的商店已经关门了，这意味着没有足够的食物支撑我们走到莫尔维奇（Morvich），莫尔维奇是距离这里最近的有商店的地方。不过在温暖的阳光下喝了三杯啤酒后，我已经将得知当下买不到食物带来的不安完全抛诸脑后了。

"我的朋友今晚会带着小提琴过来，在这儿现场演奏，有很棒的派对。你们应该留下来，就在这附近扎营住一夜好了。"和这些看似有些奇怪可实际上无所顾忌、心胸开阔的人多待一些时候确实是很诱人的，但如果我们在一个地方停留太久，可能便没了继续向前的动力。

"谢谢，我们当然是很乐意了，可我们必须继续向前走，就像你说的那样，不能停下脚步。"

临走前茂斯用了旅店一层酒吧的卫生间，毕竟这是我们在途中为数不多可以使用抽水马桶的机会。在等他的过程中，穿着苏格兰传统服饰的夫妇拿来了一大堆食物，包括三明治，几包巧克力还有各种坚果。除此之外，那位大块头先生还塞了两瓶啤酒到我手里。

"把这些也放进背包，这是给你家的那位勇士的，今天晚点时候再告诉他。他现在正在做的……我是说到这儿，徒步，就是勇士才会做的事情。我的嗓门大了些……我也有些醉了，不过我能清楚地感受到他身上的勇气。"

背起背包和他们告别时，我的眼眶有些湿润，擦去泪水，告别了这来自北部边缘地带的慷慨与暖意，我们再次投身旷野。

12

尽管卡伦湖(Loch Carron)旁边有一条主干道,但湖面上一片寂静;平滑的湖面就像温热的碗里还未被搅动过的糖蜜。我们沿着它一路向西,直到抵达阿塔代尔宅邸(Attadale House)的花园。门上的牌子写着"半小时后关闭",但售票亭里的一位女士说我们想待多久就待多久。她说自己本来是个环游世界的流浪者,可被疫情剪断了翅膀,被迫在高地滞留,她还说自己会一直在这儿待下去,直到疫情结束的那天。

"我喜欢这儿,我在这里感受到了无限热情。这儿的人们总是会向外看,而不是只把眼光停留在自己的那个小世界里。"

我们和她分享了一个冰淇淋,在花园里闲逛直到黄昏,然后伴着落日余晖前往野外营地。

凌晨一点左右,把空啤酒瓶挪到一边后我钻出帐篷。在高地明暗交织的天色中,看到一群年轻的雄鹿在河边吃草,留意到我的出现后,它们抬头盯着看了一会儿,然后转身悠然离开。我有些羡慕它们,羡慕它们能不受任何限制地使用这片生养它们的土地。它们可以随心所欲地在山间漫步，只是偶尔受到鹿栏的限制，除了零星的徒步者外，没有人与它们共享山林，这里甚至没有羊和它们抢地盘。当然，我也感受到高地开始逐渐失去了全然的野性，越来越多的砂石路从这里通往大庄园里正在修建的水电站，这些砂石路也为盗猎者行了方便。但在这些道路之外，在高处的山腰上，鹿儿仍然可以自由漫步，无拘无束地生活在自然状态中。在整个英国，只有在这里，在这旷野的高地中，我们才能享有和鹿儿一样的权利。在南部，我们对土地的使用受到路况、法律和所有权等各种限制。走入白昼，我思索着，究竟我们是否能以一种全然不同的方式来和我们赖以生存的这片大地产生联结，我们是否能被赋予和鹿一样的自由。

爬过一处陡坡后，我们停在了一座因商业林带采伐而遭到破坏的山坡，砍下的树干与枝丫掩盖了前行的小径，我们索性停下来，坐在一小堆树枝上——我们暂时迷路了，不知道该往哪儿走。在以往的旅途中，我一直极其依赖茂斯看地图和使用指南针的技能，可当下的他已经不能够识别地图上如迷宫般的小径，因此我们不知道怎么从隘口前往下一处谷地，而这种不能够和地上杂乱的树枝无关，是疾病夺走了他原有的能力，他无法再厘清表盘的指针、地图和眼前风景之间的联系了。他和我一样清楚这一切，所以他几乎不再从包里拿出指南针了。这之于茂斯，就仿佛是他被剥夺了一种他曾经谙熟的语言，一种关于理解和清楚描述脚下大地的语言。

在抵达山顶时，我和茂斯已经完全是汗流浃背、灰头土脸，南方吹来的风让人觉得神清气爽，眼前的景色平息了燥热。山脉向四周延伸直至与地平线连接在一起,一条蓝色的河流边向前奔涌边把阳光纳入怀抱。这里是凌谷(Glen Ling),一个隐秘的失落谷地,就仿佛是无人的仙境一般,这里唯一的响动是燕子在宽阔的浅河和多石的河岸上捕食苍蝇时扇动翅膀的声响。这里的凉爽和清静将我们清晨在爬坡时忍受的炎热与焦躁一扫而空。脱掉满是灰尘的衣服,我和茂斯坐在河边,吃着旅店老板送给我们的巧克力饼干。清冽的河水带来的凉意让人感到舒适,后来我们索性又把衣服穿上,整个人泡在河水里,直到把衣服上的汗臭和灰尘全部洗净。之后我们穿着湿漉漉的衣服坐在岸边直到它们完全变干,在快入夜时,在蠓虫即将要大规模出现之前,我们搭起帐篷钻了进去。

沿着一条平坦而蜿蜒曲折的柏油路,我们先是穿过一处完美的高地庄园,紧接着是长有茂密的黄色杜鹃花的林地,花朵使得沿途的空气弥漫着浓郁的香味,然后穿过长满野蒜的桦树林,我们便到达了在地图上看起来很容易攀爬的一处上坡,然后穿过狭窄的谷地,我们到达了格洛马赫瀑布(the Falls of Glomach)。瀑布将河水从高处引流而下,穿过陡峭的峡谷,然后平静地流向大海。我们坐下来,打算在新长出来的蕨菜丛中歇脚喝水,当我把瓶子递给茂斯时,我分明看见他眼角皱纹中藏着疲倦。

"今晚我们可以在这里露营,你觉得怎么样?这里地势平坦,水源充足,还可以欣赏山谷下动人的景色。"

"好主意,但从这儿穿过峡谷只有 1.5 英里左右。一鼓作气吧,这总比明天一大早便要开始爬坡要好——天晓得你有多讨厌早上第一件事就是爬陡峭的上坡。爬上去，然后我们就可以在抵达瀑布之后露营了。"

"你不累吗？"

"有一点，如果现在加把劲儿，我们差不多一个小时就能到达山顶，然后支起帐篷，悠闲地喝着茶。"

穿过向着峡谷远处延伸的缓坡，我们在一座桥上停了下来。这里的河水落差更大，河水在被水冲蚀的岩石上溅起、冒泡，空气中弥漫着水汽。这条小路沿着更陡峭的坡度向上延伸，地面看似是越发崎岖，不过绕过山谷的路段后看上去倒不是那么难走了。我们继续向上，并笃信前路不会太让人为难——在尼德湖遇到的一位骑行者之前告诉我们，他曾经骑着自行车从这条瀑布小径下来，并把整个过程形容为是"轻而易举"。这么想来，我们步行上去也不会是难事。可看见茂斯露出犹豫的神色时，我想起那个带着牧羊犬的博主曾经说过这是一条非常有挑战性的路段，我记得他甚至用了"危险"这个词——我们怎么会把这个忘了？

如果我们被赋予了预知的能力，一旦知晓那些糟糕的经历，我们多半会提前做出另外的选择。试想，如果提前知道和男友露营时帐篷会在暴风雨中被掀翻，你们只能裹着塑料袋在寒风中发抖，你还会选择开始这次旅行吗？如果提前知道自己在6月的婚礼会下一整天雪，你还会坚持原有计划吗？再有，如果提前知道自己花了20年建造的房子建成才不过几个星期，你便要被强行从中驱赶，你还会选择花这份力气吗？如果提前知道与茂斯当下攀爬的这条极为陡峭的山路让我害怕到晕眩，我还会选择应允他吗？我真不知道他是哪来的意志和力气，沿着一条紧贴着岩壁、近乎垂直的小路一直向上。或许正因为我们没有预知的能力，所以只能任凭"偶然"决定我们人生的瞬间和轨迹，是偶然决定了你最终就是要在塑料袋里一边颤抖一边胆战心惊地过完整夜，也是偶然决定了你不得不在下雪天举行婚礼然后在挑选照片的时刻意筛选掉那些宾客打伞的照片，也还是偶然决定了你会成为无家可归之人，露宿在狂风肆虐的岬角上。回首过往时，这些由偶然而起的经历看似无关痛痒，可偶然的种种实际上却事关重大，它们关于绝望、恼人与凄苦，也关于在绝望、恼人与凄苦中孕育出的人与人之间的更深层的联结，因着这种联结，你得以与那个同你一起裹着塑料袋的人确认心意并走入婚姻，在无家可归、失去几乎全部财富后仍然能够靠着爱、希望和不多的食物走出绝境。

当然，以上这些都是我在平静下来后的反思，当我被困在逼仄山路一处让人进退维谷的平台上时，我只是觉得恐惧，全身如同被电击一般战栗，有一瞬间我甚至绝望地认为自己走不出这处峡谷，大概会葬身于此。可当茂斯从高处把手伸向我，把我一把拉到一块安全的岩石边时，我如获新生一般松了口气。他的手仿佛是从云端伸下的希望之手，自从上次他在冰岛的冰川融水中把我一把拉上来后，我几乎再没有感受过他手心传递出的坚定的力量。熟悉的感觉又一次击中我，使我感到了一丝希望的火光，尽管微弱，可它如同一根救命稻草般让我看到了茂斯与疾病持续对峙下去的希望。定了定神，我继续鼓起勇气攀爬，尽快离开这条危险的山路，安全到达山顶是我眼下最紧要的任务。

坐在帐篷里看着外面的茂斯，我试着厘清刚刚发生的一切，那个在出发前甚至因为眩晕而摔倒的人，竟能在我们二人中成为主导的那个，这说不通。看着他戴上眼镜，拿起地图端详，我惊觉改变在几天前就已经悄然发生，只是我没有留意到罢了。仔细回想一下，茂斯在这几天中可以把水壶盖完全拧紧、系鞋带的速度也比之前更快了一些，而我要么是被脚上的水泡折磨得死去活来，要么就是被愧疚和自责搞得无心思考其他，任由在他身上悄然发生的变化在我眼前溜走。还有，这几天每当我吃力地研究地图上的线路时，茂斯不时会站在我身后试探性地表达"或许我们可以这么走"的建议，而我也是当作耳边风一样，完全没有意识到他又恢复了看地图的能力。看着他又在端详着地图，他可以轻而易举地识别出我们处在瀑布上方小路的最高点以及明天我们下坡前往莫尔维奇的线路，在搞清楚一切后，他心满意足地将地图折起来收好。或许他自己都还没有意识到这些变化吧。尽管我为此感到欣喜，可我并没有跑到他身边惊叫着提醒他一切开始好转，我害怕刚有的一点"好转"被我的惊叫吓跑，再不愿眷顾我们。

起风了，夜空变得粉红，蠓虫被风吹走，取而代之的是从潮湿沼泽草丛里钻出的另一种昆虫，一种我不认识的、体型很小的昆虫，它们长着像鹤蝇一样的长腿，当然我知道它们不是鹤蝇，现在可不是鹤蝇出没的季节。它们成群结队地在半空中飞舞，透明的翅膀沾染了夕阳的色彩，交叠在一起为天空蒙上了一层移动的光雾。

13

下山后,我们抵达了莫尔维奇,这里有露营地、热水淋浴和食物。我们遇到不少忙于赶路的徒步者,只有少数几个停下来和我们简略聊了几句,大多数人只是朝我们点点头,然后继续表情严肃,专注于脚下的每一步。似乎往拉斯角步道去的人还不少,而且几乎都是男性,他们谈论的主题无外乎穿越的里程数、花费的时间以及驱赶蠓虫的方法,我们在金洛赫尤遇到的伊恩是唯一的例外,除了他,没人提到沿途会有此起彼伏的布谷鸟的叫声、入夜会有鹿鸣声,还有震人心魄的旷野景致。对了,我几乎没怎么看见女性徒步者,她们去哪儿了呢?

莫尔维奇营地坐落在林木茂密的山谷中,山谷里几乎随处可见鸫鸟和布谷鸟的身影。我小心翼翼地脱掉靴子,剥下脚上残破卷曲的水泡膏药。在背包里翻找一通后,水泡膏药只剩最后两片了,这一下让我有些慌了神。我满怀希望地前往营地的商店,营地由几个上了年纪的、嬉皮士打扮的人经营,商店的实体是露营地栅栏后的一辆卡车,车上用彩色颜料涂着"爱与和平"的字样。嬉皮士们很热情，可他们只卖零食和冰淇淋，不卖膏药，他们还好心告知我公路边还有一家商店，我应该可以在那儿买到需要的一切补给。

事实证明他们说的没错，你在那家商店确实可以买到一切——不过是供你装饰嬉皮士卡车的一切，总之没有水泡膏药就是了。

"当心那些海鸥，它们会叼走你手里的馅饼。"嬉皮士商店上了年纪的店员说罢关上收银台，继续忙着清点线香棒的数量。在杜伊奇湖（Loch Duich）的一端，不时有卡车飞驰而过，速度快得令人心惊，我看在这儿被卡车碾过的概率要比被海鸥叼走馅饼的概率大得多。

一辆出租车在我和茂斯面前停了下来，只见一个穿着苏格兰短裙的男人匆匆跑进店里，没一会儿工夫便拿着一品脱牛奶飞速跑回车里，茂斯赶在他拉开车门即将出发的当口起身并询问哪里有药店，这间隙我才得以仔细打量他的打扮。仿佛是20世纪30年代的电影中会出现的苏格兰人一样，他留着姜黄色的长胡须，穿着苏格兰短裙和斜纹软呢外套，脚穿长筒羊毛袜，裙子前还挂着那种毛皮袋装饰。

"洛哈尔什凯尔有药店，上车，我正要去那儿。"就这样，我们稀里糊涂地坐上了出租车，压根儿没来得及思索后面该怎么从15英里外的小镇回来这码事。出租车沿着湖边飞驰向前，在遇到弯道时我和茂斯在车子里被甩得东倒西歪。

"你是有什么急事吗？"我紧紧抓住车窗上方的把手问道。

"是，我是一场婚礼的司机，我已经迟到了……如果不是婚礼，你觉得我穿成这样还能有什么别的原因吗？"

"我以为你只是喜欢这种风格的打扮……这身穿扮看上去棒极了。"

"是的,我是喜欢这样的打扮,不过可不是跟风才这样,我可是维京人。"他话音刚落,车子便向右来了个急转,我和茂斯对视一眼——维京人?这是什么无厘头的发言。

"我可看到你们的眼神了,从后视镜我可能看到所有,我知道你们怎么想,觉得我是疯子。我的确是维京人……这么说吧,我开了一个培训班,我们的教学内容就是重现维京人的生活,除了这个,我还是好莱坞的外景星探。"

"然后同时兼职做出租车司机?"

"是,可以这么说。"车子在一家药店门口急停下来,还没听到车门关好的声音他便加速开走了,我们甚至都没来得及把车费付给他。在疫病当道的日子,像他一样的人怕是不在少数,当稳定的工作变得不易时,许多人不得不靠兼职来多赚一点钱,好让自己的日子不那么窘迫。我们仿佛一瞬间被拉入了另一个世界,匮乏和无保障成为一部分人所忧心的事项,即便"周内是出租车司机周末是维京人"的日子看上去是忙碌充实的,可这种忙碌和充实却是不堪一击的。

买下药店所有的水泡膏药又从超市买了一大堆干粮后,我们心安地乘车返回莫尔维奇。回到营地时,有三位妇女正忙着搭帐篷,看上去她们都是40岁左右,体格健壮,大概得在高中毕业后每周末都坚持打曲棍球或是其他什么球类运动才能维持这样的身材。终于看到了和我同样性别的徒步者,我自然是上前和她们攀谈起来。

"嗨,你们是要去拉斯角小径吗?"

三个人蹲在帐篷周围忙着,其中看上去年纪最小的一个站起来回答,"我们正在向北走,你呢?你往哪儿去?"

"我向南,我必须和你们打个招呼,这一路过来,我第一次见到女性徒步者。"

"你也是我们这一路过来第一个见到的女人,我们一直在聊,女人去哪了,怎么路上只有男人?"

简单的交谈之后,见她们开始做饭,我便离开了,脑子里仍然思忖着为什么拉斯角步道附近几乎见不到女性。

我们坐在杜伊奇湖边,看着三只鹿穿过公路后沿着石子铺成的海岸线一直走到水深及膝的地方。它们很安静,不慌不忙,对我们的存在丝毫不在意,只是自顾自地站在清冽的水里,吃着退潮后留下的海藻,一直到夜幕降临。

在格洛马赫瀑布的经历让我们心有余悸,而接下来的一段路似乎更加令人生畏,我们要翻越漫长而陡峭的福尔坎山脊(Forcan Ridge)了,这是别无选择下的选择。当我们正准备离开公路沿着山路开始攀爬苦旅时,一辆出租车一个急刹在公路的一处弯道停了下来,是那个"维京人",他把头探出车窗冲着我们大叫道:

"你们要去哪儿?"

"往南,翻过福尔坎山脊。"

"搞什么鬼,你们去那儿干什么,如果是从上面下来就算了,没听说过谁要徒步爬上去的。你们不就是要去金洛克霍恩(Kinloch

Hourn）吗，上车，我带你们去一条更好走的路。"

不由分说我们再次坐上了他的车子，就这样告别了杜伊奇湖。如果我们一直向北走，想必会欣赏到令人惊叹的景色，之后路线是向西进入山区，之后前往格莱内尔格（Glenelg）。

"但从距离上来说，我带你们去的这条路和翻过山脊差不多远，甚至要更远一些，我们是从莫尔维奇的边上绕过去的，理论上讲你们不会错过任何风景。这里绝对是偏远地带，连着几天都见不到人影。"

他在一个偏远的山坡处把我们放了下来。

"这里是有些远，不过，反正终归是要走的，你们只管沿着那些铁塔一路走好了，不会有事的。当心那些淘金者，峡谷的尽头会有人淘金，他们有些古怪。"

接着他便匆匆离开了，在一个急弯后我们便再也看不见他的车子了。

"淘金？说真的，你刚才真应该在上车前问问他打算把我们带到哪儿。"

"我没问的原因是不管去哪儿总比翻过那座山脊要好吧。"

翻过栅栏，迎接我们的是蠓虫肆虐的农场，这里的蠓虫强壮得可以抵御狂风的侵扰，跋涉了好一阵我们终于来到了苏尔达兰山庄（Suardalan Bothy）。我们一边泡茶一边听着布谷鸟叫声，头顶上花楸树盛放的白色花朵在阴沉天空的映衬下色彩显得格外明亮。虽然很想在这儿多待几天，可马上就要 6 月了，眼看着日子一天天溜走，而我们离威廉堡还远得很，所以停下来是断然不可以的。

经过一些上了锁的移动板房，又路过几辆被弃置的拖拉机和一个在河里淘金的人，我们一路向南，沿着格伦谢尔森林（Glensheil Forest）西边的一排铁塔前行。这里就像是幽灵森林一般，来自高山的寒风吹过深不可测的峡谷，一切都像没有尽头一样。这大概是我们走过的最为偏远的地方。在空旷荒凉的周遭，我能感受到的只有风的存在，它呼啸着穿过银色铁塔的空隙，在黑紫色的、孕育着暴风雨的天空的映衬下，那些铁塔就像是巨大的冷刃。

我们漫不经心地顺着下坡走着。尽管粉红色的小兰花和黄色的细小凤仙花铺满了整个高地，但这里还是有一种阴森恐怖的感觉。也许是因为空旷，也许是因为风吹铁塔的声音，我忽然有种不自在的感觉，我不停回头张望，总觉得有什么东西跟着自己。河水拐了一个弯，一堆旧宅废墟和一大片方形草地展露在我们眼前，在灰暗的岩石山地的映衬下它们的存在格外显眼。几个世纪前，这里曾经也充满生气，人们在此种植庄稼，养家糊口，延续生命，如今由于贫穷、饥荒和高地开垦等这样或那样的因素，曾经的居民早已悉数离开，他们曾经生活的响动早就被揉碎在旷野的狂风中。

夜幕降临，是蠓虫成群结队出没的时候了。我脱掉靴子，站在齐脚踝深的河水里，冰凉的河水让我的双脚感到舒畅，为了防止被咬，我头上罩着防蠓网。不远处河边一块平整的石板上是我们的瓦斯炉，炉子上放着烧水壶。茂斯双脚跨在两块石头上弯腰用瓶子取水，暮色中大量的蠓虫就像是在我眼前盖上了纱帘一样，我看不大清他的身影，只是听到他突然大喊一声。

"见鬼！"话音刚落，只见瓶子掉进河里，紧接着茂斯人也摔进水里。等我光着脚蹚水走到他旁边时,他已经挣扎着自己站了起来。

"怎么了?你受伤了吗?"

"你没看见那女的吗?见鬼,吓死我了。我一抬头就看她站在河里。她去哪儿了?你看见她了吗?"

"没有啊,要是有人经过我肯定看得见呀。路就在我旁边,我怎么会看不见。"

"是个黑头发的女人,她就站在河里。"

我环顾暗黑的四周,可没看到一个人。

"你滑倒的时候撞到头了吗?"

"那倒没有,但我确实看到她了。你怎么会没看到呢?!"

钻进帐篷后,茂斯立刻将拉链拉起来,唯恐蠓虫钻进来。也许是之前摔倒导致的脑震荡还没好,也许是刚刚他又摔到了头,大脑出现了幻觉,也可能真的是有个黑发女人出现,随便吧,把睡袋拉到头上,我打定主意,不到天亮绝不会再踏出帐篷半步。

晨光熹微,我站在山脊线上回望来时路上那片旧宅的废墟。它们曾经是一个家庭赖以生存的根基,那些人在这里生活、耕耘,直到命运将这根基拔起。这在高地峡谷散落的废墟让我想到了婚礼上的彩色纸屑——它们短暂地凝聚过希望、爱和关于未来的种种可能,可那只是一瞬间,喧闹结束后它们会随着时光逐渐褪色,直至成为没人会想起的记忆。我想,没有谁比我更了解那一家人在离开家园时的失落和恐惧感了,等待他们的是无尽的不确定,这种不确定让人心惊胆战。正当我即将被眼前的废墟拉回关于自己无家可归的那段日子的回忆时，我瞥见了一个人影，河边有人。

绕过福尔坎山脊的东侧，眼前是绵延数英里的开阔荒原和山坡，我们沿着一条漫长的、陡峭的岩石小路，穿过古老的针叶林，来到位于豪恩湖（Loch Hourn）源头的金洛克霍恩。这里是诺伊达特（Knoydart），英国最偏远的半岛之一，我们即将进入其广袤的荒野，即所谓的"崎岖边界"（Rough Bounds）。如今这里人迹罕至，即便在旧时进出这里也并不容易，要么乘船，要么步行。维京人和盖尔人曾在此出没，国王和军队曾在此见证被划定的边界被反复涂改，并最终连同沼泽和山脉一起构筑成这里如今的地貌。

一艘老旧的木船停靠在湖边的一块岩石处，一对老年夫妇下了船。我们经过他们身边时，他们正忙着在石头上摆放野餐用具。

"看上去你们还要继续赶路，要不要先停下来吃些蛋糕呢？"妻子往瓷碟里放了两块水果蛋糕递给我们，我做梦也想不到会在这极度荒凉的旷野吃到放在瓷碟里的蛋糕。

"好的，谢谢。"茂斯抢在我前面答话，然后就卸下背包坐了下来。等我安顿好打算加入他们的聊天时，他们已经聊了不少。老先生告诉我们，他们已经在这些山里住了半辈子，丈夫是盯梢人，负责跟踪山坡上鹿群的踪迹，为猎人寻找射杀雄鹿的最佳地点，当然猎人是需要向他付费的。他说自己无论是对鹿群还是它们栖居的山坡都了如指掌，也有着真挚的情感。我坐在一旁倾听，这个瘦小精干的男人的一举一动让我想到了我的父亲，小时候在我们生活的农场，他也总是会充满激情地向别人讲述关于他饲养牛羊的种种。有几个瞬间我甚至有些恍惚，仿佛眼前坐着的真的是我父亲，仿佛我伸手就可以触及实际上已经离开我几十年的父亲。老妇人端来更多的蛋糕，我又从恍惚的回忆中回到现实，老先生则继续讲着更多关于他们在山中生活的种种，关于日常起居、农事和羊群。

"说起来，我在高地几乎没看到羊群，在地势低的地方和海边或许还零星看得到一些，但山上一只都没有。我记得年轻的时候来这里还看得到羊，它们都去哪儿了？"

"是，过去这里是有很多羊，现在没有了。这里没有人气了，更别提有人愿意养羊了。养羊不容易，你要确保能把它们赶下山。这儿没人了，曾经的居民都搬走了，只剩下山上的路，还有一些游客。"

"你们会永远住在这儿吗？这里现在连羊都没有了。"

"哦，不，我们已经不住在诺伊达特了。我现在已经退休了，我们原本在这儿的房子，嗯，是那种契约住房，我退休了，契约就结束了，我就不能住在这儿了。"说到这儿他脸上掠过一丝悲伤的神情。"我们现在住的地方离这里很远，只是天气好的时候偶尔回来看看。"我理解这份失落，它关乎与他们热爱并为之奉献一生的土地分离，并在他们每次提及这个话题时以巨大的悲伤情绪收场。他们与脚下土地的联结其实并不依靠那份房屋契约而被建构，这种联结生长于被泥土气息浸染的漫长时光中，埋藏于脚下粗粝岩石的缝隙之中；它已经成为他们身体的一部分，而强行切断这种联结无异于切肤之痛。

沿着霍恩湖西边的小路前进，身边是被蠓虫环绕的海岸线，在巨石、灌木丛和矮树丛之间穿梭，我发现自己仍陷于那对老夫妻失去家园的失落情绪中,直到雨开始淅淅沥沥地下个不停,随后成为密集的雨幕。豆大的雨水打在皮肤上就如同石子砸下来,切肤的疼痛让我暂时放下了其余的情绪。由于雨势太大,我们不得不就地撑起帐篷钻进去。雨越下越大,丝毫没有要停的迹象,我们干脆在帐篷里泡茶喝,避雨期间,我用镊子从茂斯的头皮上夹出七只虱子,还捏死了一些蠓虫,就这么一直待到天黑。

14

想要到达巴里斯代尔湾（Barrisdale Bay），要么步行，要么乘船，而这种不可轻易接近的属性或许正是使得它成为最迷人海滩之一的原因。满是牡蛎壳碎屑的沙湾背靠高山，面向碧蓝的霍恩湖。我们大约已经离开了托里多尼亚砂岩带，眼前的山坡上见到的多是石英，映照了天空和湖水的色彩，石英闪现出若隐若现的蓝光。坐在一块平坦的巨石上，潮水已然退去。我们已经沿着这一带走了三个多星期，可我觉得好像只过去了几天而已，并没有几个星期那么漫长。我们正逐渐进入另一段山路，这意味着时间界限开始模糊，能够衡量时间的尺度是沿途形态各异的蕨类植物。我们在河边扎营，附近便已经看得到一些蕨类植物了，它们已经有约莫 8 英寸高了，但距离完全成熟还得有几周的时间。我用手抚摸着长茎上一些不知名的蓝色兔铃状花瓣，花瓣四周是星形的肉质叶子。眼前的水光游移不定，恰如我们的行程计划——我们打算放弃步行数英里到内陆的苏利斯山间营地（Sourlies Bothy）的想法，而在这里多待几天，这样我们至少有机会在口粮完全耗尽之前到达威廉堡。在这儿，即便是饿肚子我也是情愿的，我们为这里扑面而来的野性着迷。

远处先是出现了两个黑点，黑点逐渐靠近放大成为两个疾速前进的徒步者，在经过我们时他们只是稍稍放慢了脚步以回答茂斯的问题

"嘿，你们是要去拉斯角吗？"

"没错，往北，没空停下休息，我们要花两周时间走完全程。"

"天呐，简直不可思议，那岂不是每天都要走很多英里。"

"是，差不多每天25—30英里。如果我们保持这个速度，可能会提前一些抵达。"说着他们便离开了，两人的身影再次逐渐缩小成黑点，直至与广袤的景色融为一体。

几小时后，潮水高涨，淹没了原本裸露的岩石。茂斯从高处跳入水中，受到盐水浮力的作用，他得以轻松地浮在如糖浆般光滑的海面上，如同一片轻盈的树叶。时间在这里毫无意义，大海、岩石和掠过山坡的日光才是丈量生命的刻度。在这里露营直到吃光最后一根面条该是多美好的事情，可我们不能，过一会儿我们还是要到露营地去。虽然苏格兰的《土地改革法案》赋予了人们在当地野外露营的权利，可这附近的土地所有者会花钱雇人将露营者赶到露营地。原因很简单，他们可不愿意在海边的豪宅眺望海岸线时看见一堆帐篷。

由于强力海风的存在，海湾附近几乎没什么蠓虫，可等我们抵达营地时，飞舞的蠓虫甚至形成了如一团移动的薄雾。茂斯组装帐篷，我则忙着使出做心肺复苏的力量给我们的床垫充气，就在这间

隙,三个徒步者围成一个半圆坐在我们旁边。

"你们俩从哪儿来?是把车停在金洛克霍恩了吗?"

"没有,你们把车子停那儿了吗?"装好帐篷的茂斯和他们坐在一起。

"不,听说过'会合徒步计划'(LEJOG)吗?我们分头出发,然后在约定的地方会合,会合后一起前往约翰·奥格罗茨。"他们说的会合徒步计划是个很了不起的徒步项目,参与者要从兰兹角(Land's End)出发行至约翰·奥格罗茨,全程接近 900 英里,几乎可以称得上是史诗般的旅途了。其中一个男子年近 60,他在按摩脚底以缓解疲劳,但他的体格看上去就像是 30 多岁的人。还有一位大概 30 岁的年轻女性,她脱掉鞋放松,从她的脸上看不出任何疲态,几乎是穿上鞋便可以立即向前赶路的状态。第三人是一个样貌更加年轻的男人,在光线强烈的地方,他才惊觉自己脸上的胡子已经有相当的长度,他穿着夏威夷衬衫,和我们一样,脸上有被日光晒伤的痕迹。

"我们的路线是拉斯角步道,一直向南走到威廉堡——但愿中途不要出现断粮的状况,我们已经快没什么东西吃了……这么算的话你应该是在 4 月从康沃尔出发的,4 月正值霜冻,很冷的。"

"你们应该改道去因维利,那里应该有一家商店。没错,我出发的时候冷极了,现在却这么热,温差太大了。你怎么知道 4 月有霜冻,你很了解康沃尔吗?"话虽这么说,可我想,无论是冷还是热都不会对这位女士造成什么不便,她像个战士,看上去对什么都无所畏惧。

"我们就住在康沃尔。这么说来，短短几周内你们就走了这么远？怎么做到的？这几乎相当于每天都在跑马拉松啊。"

"差不多，每天走22—30英里。确实很累，不过坚持下去也就习惯了。我们每天早上四点出发，吃的嘛，就只有这个，你瞧，这么一大袋，怎么吃都吃不完。"她指了指一袋麦片粥，里面有大米和干谷物之类的东西。"我们连炉子都没带，一身轻松。每天晚上把粥泡在冷水里，就吃这个，不过我们需要的营养都在里面了，没什么不好。"

对于他们能够轻装前进，我是极其佩服的，可我不行，没有热茶喝的每一日对我来说都是煎熬，所以我情愿承担炉子和锅子的额外重量。

蠓虫逐渐多了起来，我们一群人躲进帐篷，继续分享着各自在旅途中的故事。60岁的男人边继续按摩脚边说道：

"在长距离跋涉时，一些平日里缺乏的东西会被激发出来，比如说真诚，真诚将行走的人团结在一起，和伙伴们一起在小径跋涉会带给人空前的兴奋和开放的感觉，平时的我们总是把自己封闭起来过生活。我把这叫作'山路的魔法'。"

不得不承认，山路魔法的确是存在的——每当你在山路上需要帮助时，总有人或物意想不到地出现帮助你解围。即便是在最困窘的状况下，只能靠自己硬着头皮挺过来，你也至少会收获一段令你或感到敬畏或心存感恩的经历。现在让我感到困窘的，一是食物，二是我迫切需要一双合脚的靴子，今晚睡前我一定要虔诚祈愿，祈祷山路再次施展它的魔法，解救我于困窘之中。

对面的女人频频点头来表达自己的赞同，"说起康沃尔，我刚刚读了一本书，叫作《盐之路》，它让我改变了对徒步旅行的看法——相信我，读完后你绝对会相信徒步旅行的魔力"。

我们就这样被包裹在充满共感的温暖氛围中，我由衷对眼前的徒步者感到佩服，在白天高强度的行走后，他们在夜晚仍然能精力充沛地说笑，对比之下茂斯的状态大概更接近徒步一天后的样子——除了疲乏别无其他。

"《盐之路》，说起来我倒是认识写这本书的女人……"

凌晨四点，一只手伸进我们帐篷的外层，我被吓了一跳，迷迷糊糊中我硬撑开眼皮，打算弄清楚是怎么回事——是有人把巧克力棒和一包哈瑞宝软糖放进了我们的锅子里，在微弱的晨光中，我辨认出是那位年近 60 的男人，见我正要说话，他把手指放在嘴边，低声说："嘘，山路魔法时刻到了。"

"我好饿，要不要现在去把茶泡上呢？"我嘟囔了一句就又睡了过去，再醒来时已是早上七点了，那三位朋友可能已经走到金洛克霍恩以外的地方了。茂斯也醒了，整理好睡袋他便蹲在门口点炉子，现在倒水他已经不会洒出来了。他打开一袋糖，把茶包浸入杯中开始搅拌，虽然捏着勺子的手还是有些颤抖，但似乎这并没有影响到他。在我们此次出发前，还在康沃尔的时候，他在做同样的动作时会把水倒在地上或者把大半包糖都撒在茶杯里。

"你的手感觉怎么样？"

"还好，怎么了？"

"没什么，你好几天都没说自己的手疼了。"

茂斯一边盯着自己的手，一边转了转手腕，虽然还有些颤抖，但比起之前程度轻了很多。

"没以前那么疼了，总之现在的状态是不需要每天喊疼的状态。"

"其他地方呢？你有一段时间没抱怨过头晕了。"

"是，是没有以前那么疼了，有时候隐约还是会感到有些不适，不过不需要动不动为此躺下休息。"

看着他一边喝茶一边吃掉最后剩下的饼干，然后又吃掉一根谷物棒，我暗自欣慰，他看上去胃口也好了不少。或许从科学角度来看，这也并不意味着病情好转，科学家也许会说，胃口好可能是人在几天都没怎么吃饱又徒步了好几英里的情况下的正常反应，而头晕可能是血压高，锻炼自然会让血压恢复，也不需要因为这个就盲目乐观。

"我在想我们是不是要听伊恩的，穿过海湾到因维利，那里有家商店，不过这样我们的行程可能就会多出几天来。你怎么想？"

"当然好了，就这么决定了。"

我把"能够果断做决定"这一项也加入了"茂斯正在好转"的清单，如果说之前在清晨被薄雾和飞舞的蠓虫包围的情境下，我还只是强行将那些细微的变化认定为他好转的迹象，当我看见他在拆解帐篷后，把固定帐篷的钉子紧拧在背包侧面，并且提起我的背包并帮我把胳膊穿过背带时，我想我不需要再寻找任何科学判断，他确实是在好转。也许这山路真的有魔法。

15

跋涉过陡峭的海湾,停下脚步,我们最后一次回望巴里斯代尔(Barrisdale),想要将散落着白色蚝壳的海滩和海面蓝色的山峦倒影以双眼定格后永久地保存在脑海中。转身向西,我们沿着海岸继续进发。

随着风力减弱,白日的温度逐渐上升,光线逐渐增强,我们的皮肤在日晒的作用下变成粉红色。高地牛站在湖边,一半的大腿都淹没在表面如枫糖浆般光滑的湖面之下,对于人类的经过它们没有任何反应。太阳越升越高,随着山路蜿蜒向下,我们进入了阴凉的林地,然后来到尼维斯湖畔(Loch Nevis)。湖水在阳光下闪着波光,跳动着的波光打散了倒映在水面北莫拉岬角的景色。不一会儿,穿过浮在空中的热气,我们看到了一排低矮的白色房子——是一家小商店、一家酒馆和一个小屋——至少附近的路牌是这么写的。这是人们聚在一起聊天的好地方,从沿岸垃圾回收桶的数量来看,他们还喝了不少酒。因维利到了。

酒馆外的草地上摆满了躺椅,放下背包坐在躺椅上,眼前就是无边的大海。我几乎从未来过像这儿一样的地方,这是一个存在于水边的小社区,与现代世界隔绝,只有一条不知通向何方的路,除了它之外,只剩下通往马莱格(Mallaig)的渡船将这个隐蔽的地方与外界联系起来。在这几乎完全由自然构筑的环境下,属于人类的小村子却并不显得格格不入,它仿佛是自周围的山丘存在之时起就生长在这里。随着太阳开始下沉,村子被蒙上了一层柔软的光晕。不知怎的,只是身处其中什么都不做,我就已经觉得感恩了。感恩的是我能够放松地坐在椅子上肆意地享受着温热的傍晚光阴,感恩的是我们被指引来到这个世外桃源。闭上眼,阳光洒在眼皮上,耳朵里听到的是蛎鹬飞过时翅膀摩擦空气的响动和海水拍打在岩石上碎裂的声音。之前遇到的那位攀岩者说得没错,我们必须将自己置身于希望之中,如果说我是一颗石子,那希望就如同海浪一样在不停冲刷着此时此刻的我,等到退潮时,希望或许会随着水波消散,但至少拥有了当下。

在酒馆,当我们问起露营地在哪里时,一位男士说道:"你们今晚别想露营了,蠓虫会很多,住我的小屋吧,有空房间。"

我们选择相信他,所以干脆不寻找露营地而是直接前往他改建的谷仓,谷仓像是非洲的狩猎小屋,屋子里的墙上挂着一些兽首,房间外还有一匹斑马的标本。

当我正把散发着汗臭的衣服放进洗衣机时,两个男人走了进来,他们愣了一下,看样子他们原本以为只有他们两人入住。其中一个黑头发的矮个子男人正在拿着手机通话,看上去神色凝重,另一个长头发的高个子男人则拿出纸条让矮个子核对上面的内容。

"我们找到目标了,距离约定地点不远,现在在准备'亚音速通信设备'了。"

装满脏 T 恤的洗衣机发出隆隆的响声,恍惚自己像是在梦境里,抑或是走进某部间谍电影的拍摄现场。通话结束后他们回到自己的房间,我们也回到自己的房间。

"茂斯你听到他们的对话了吗?到底是什么情况?"

"我听到了,听起来他们好像在找什么人,然后要把东西卖给他。"

在他们离开小屋后隔了一会儿,我们远远地跟在他们身后。他们来到酒馆,坐到事先预订好的桌子前,我和茂斯则走向户外坐在躺椅上喝茶。眼前还是那片海,海面光影旖旎,潮水开始离开短潮带。茂斯脱下靴子,我则从他腿上捏出一只巨大的虱子。

"伊恩说得没错,即便是在这儿结束旅程也没什么遗憾的。我们真的走出了一条属于自己的谢格拉小径。拉斯角的确更热闹,也更能够展现自我意识和野心,这里则更有灵性。"的确,我们此行不追求里程数和速度,我们唯一的野心就是享受每一刻,用心感受每一处风景。我愿意就在现在停下来,在这儿待上几天,然后把不合脚的靴子扔进港口边的垃圾桶里,为这段旅程画上句号。

"我明白你的意思,但我们已经走了这么远,最好还是能完成它。这儿附近的商店几乎没什么吃的东西了,但也许我们可以搭乘渡轮,到马莱格去囤积些食物,然后回来继续走。从这儿只需要差不多三天时间我们就可以到威廉堡了。"

茂斯一边说着一边穿上袜子,系好鞋带。我没听错吧,他竟然说要继续走下去。是身体好转后他感觉自己可以继续，还是说他只是对完成拉斯角路线有执念？他甚至盘算好只需要走三天，难不成他早早就在笔记本上详细做过了线路规划表？

"再这样坐下去，我们怕是会被这些蠓虫生吞活剥了，不如去酒吧吃点东西，薯条或者随便什么？"

"好啊，顺便听听看那两个'间谍'到底在搞什么鬼。"

酒吧里的唯一一张空桌恰好就在那两个人旁边，竖着耳朵听了一阵子他们的聊天内容，我们确信他们不是什么间谍，只是两个生意人，他们主要谈论的东西都和环保有关。

"……只谈'绿色未来'这个概念本身是没有意义的。我们都知道没有任何一项政策会仅仅因为它是正确的而被采纳。政策跟着资金走，而不是相反。我们约定好各自从中能获得些什么，他们只有确信能够获利时才会做这门生意。所以我告诉你，我们需要瞄准的是氢能领域，选择对的公司，这样就能确保尽快走上正确的轨道。你回想一下我们在做碳交易的时候是怎么挣到钱的。"

我越听越觉得义愤填膺。说什么"政策跟着资金走"，如果资金到位是保护自然的必要条件，那我不知道不得不迁徙到高地偏远地带而求生存的布谷鸟什么时候才能等到被保护的那一天。这是它们的敦刻尔克，没有小船会来拯救其于险境。按照他们的说法，无论是对于鸟类还是人类，迫在眉睫的危机竟不被看作当务之急，所谓危机，于他们不过只是一种可以被交易的商品。我几乎按捺不住自己的冲动，想要和他们辩论，茂斯看出了我的意图，他盯着我，眼神示意我"冷静，别和他们多说什么"，我看懂了他的意思，到最后也没有发表任何看法。我并不是不懂这种以经济利益为基础的运作模式的意义，我没那么天真，可我有我的看法，我并不认为"交易"二字是解决问题的不二法门。我们需要达成一种共识，每个人都要意识到，布谷鸟的生存危机也是我们人类的生存危机。气候问题不应该只是靠设定碳排放上限来解决，环保计划也不能像他们所说的，在有条件的前提下才被实施。现在已经容不得人们再和自然谈条件了，看看窗外的世界吧，布谷鸟的生存空间已经被压缩至此，下一步呢？人类会不会终究也要面对相似的困境呢？

两人和邻桌的一个男人热火朝天地交谈着，看来他们已经锁定了目标，男人告诉他们自己之前是皇家空军，也是当地山地救援队的成员，同时还拥有苏格兰一大片土地的继承权。

"真的吗？我们之前在陆军航空队服役……真是巧了。既然你们是山地救援队的，能说说你们平时怎么探路吗？"

"每次都是用地图和指南针。在野外，那些花里胡哨的技术反而靠不住。"

两个生意人很明显将这个山地救援队的队员当作猎物了，就好像之前猎杀谷仓前那只斑马的猎人一样，他们虎视眈眈地想要围猎眼前这个有利可图的家伙。长头发的那个放下酒杯进入正题，"我最近发现了一种超级可靠的技术，用了它基本就可以避免那些人为失误，这种技术叫'亚音速通信'……"

后面我们就没再听下去了，天晓得他们想要卖出去的"亚音速通信设备"是什么东西，我们要回小屋去了。

接近傍晚的时候，我们带着满满一袋食物和水泡膏药，乘坐晚班渡轮从马莱格返回。乌云从西边飘来,遮住了群山,村庄笼罩在灰蒙蒙的细雨中。在灰暗的光线下,因维利看起来和我们初见它时的样貌有些不同,它显现出一种更加明显的疏离感,轮渡作为唯一的交通方式让人更觉这里夜晚的冷清。船上的一位当地人告诉我们,由于当地人和酒馆老板之间的纠纷,酒馆正在出售。

"外来者就是问题所在。外面的人进来后,在不知不觉中旧的经营方式就消失了。"

她就这么谈论着关于外来者的种种,有时我听得真切,有时她的人和话都被飘来的浓雾遮蔽。这话题让我想到之前在纪念品店听到的关于苏格兰独立的争论,还有在露营地听到的卡车司机关于英国脱欧的看法。也许谷仓前摆放着的旧物回收箱并不是拥有紧密联结的社区生活的象征,恰恰相反,或许它们正见证着这个社区的解体过程。离开因维利时,我不禁思索眼前发生的种种也或许是英国许多地方的缩影。

16

薄雾暂时消散,可很快又聚拢起来,爬上布依德山(Meall Buidhe)的山顶后,又从山两侧滑下来,然后在我们帐篷周围凝结成湿润的白色水汽。夜幕降临,浓雾掩盖了一切声音,沉浸在无声的世界里越久,我们反而能逐渐听到越来越多的声响,包括沼泽表面下微弱的咕噜咕噜的水泡声,水珠在岩石上碎裂的声响,再有就是低沉的动物叫声。我听得到鹿群发出的、如低吟般的相互呼唤的声音,尽管叫声被浓雾包裹有些模糊,可我知道它们就在附近的某个地方。还有鸟叫,不知道是什么鸟,在暗夜里执着地用扁平的声音单调地叫着。茂斯翻来覆去无法入睡。

"5月初咱们的果园里也是这样雾气弥漫。真不敢相信现在已经是6月了。虽然说不知道具体是哪一天,可我们终归会把崎岖的山路留在身后,回到康沃尔去,眼前的一切都将成为回忆。"

鸟叫声越来越邈远,我问他,"那你呢,这些经历如果最终只能是成为回忆,这是你想要的吗?"

"不。"

迷迷糊糊睡了几个小时,在天还没怎么亮的时候我们就起来了,在太阳才在地平线露头时穿过海湾,在抵达尼维斯湖湖边的沙地时,我们停下来喝茶,附近是苏利斯山间营地的石头小屋。灰云低垂遮蔽了群山,当我们转入山中时,湖面似乎开始反射出一些淡淡的日光,太阳快升起来了,通常此时我们应该还在睡梦中。山中的雾气压得越来越低也越来越浓,我们不得不暂时停止交谈,好专心盯着脚下本就不明确的道路,唯恐在山中迷失方向。穿过德萨里谷(Glen Dessary),然后向南,直到雾气由灰色变成暗黑,我们抵达林场边缘并扎起帐篷。

格伦菲南(Glenfinnan)游客如织,有的乘坐汽车和旅游巴士,有的骑着自行车和摩托车,还有的步行前来。在这里,苏格兰的历史与现在并存。据说查理王子就是在这附近的湖畔升起了他的旗帜,发起了1745年的雅各布派叛乱(不过也有人认为旗帜其实不是在纪念碑所在的希尔湖边被升起,而是在更远的山坡上,其位置恰好可以俯瞰哈利·波特乘坐的霍格沃茨特快必经的铁路高架桥)。查理在试图夺取王位的过程中遭遇了一场灾难,成千上万的族人丧生,他们的文化也支离破碎,在躲避英国士兵的追捕后,查理从这个峡谷离开,之后便迅速逃往意大利,再也没有回来。如果故事发生在今时今日,他可能会乔装打扮,戴上巫师帽,跳上蒸汽火车,假装叛乱从未发生过,然后一走了之。如今来到这里的游客几乎无一不戴着巫师帽,兴致勃勃地经过希尔湖,只不过他们中的多数并不曾留意那座记录着关于查理那段历史的纪念碑,大家的兴趣都在于那个虚构的魔法故事。

　　蛎鹬低空掠过林恩湖,暗黑的湖面倒映着随水波一并起伏的银色月光碎片。我们二人不发一言享受着旷野的静默。再沿着湖边走最后一段路,我们就能够登上前往威廉堡的渡船,然后我们的谢格拉小径之旅就结束了。不知不觉中,我们已经穿越了这个国家最偏远的荒野地带,这些日子我们整日与鹿、鹰和那些整夜叫个不停的鸟儿为伴,熬过了水泡导致的剧烈脚痛、脑震荡和饥饿。躺在睡袋里,随着鸟叫声渐弱,我也得以逐渐进入梦乡,梦里的我进入了一个以前从未抵达的地方。这地方如乌有乡,从未被硝烟和纷争沾染,只有鹿、老鹰和我,野性、自由和空灵在这里无限扩张。

　　旅途中的收获很多,然而我关于茂斯病情的愿望并未成真。虽然他的健康状况有了很大的改善,但不像在西南沿海小径那回,旅途结束时他的病情几乎完全逆转了。我们在谢格拉遇到的登山者说过,启程对于我们便是希望,可旅程结束我意识到希望也许只是希望,最终我们或许仍然不得不和现实和解,接受疾病无法被完全战胜的事实。也许茂斯是对的,"接受"是我们接下来的唯一出路。

　　如果是向北走,那么现在我们应该在拉斯角步道的终点,即英国西北角被暴风雨裹挟的一座灯塔处。但我们走的是南线,所以乘坐渡船横跨林恩湖,然后步行到威廉堡中心处,我们就算是抵达终点了。严格意义上来说,南线的终点是多数人的起点,这里没什么标志着起点的建筑物,附近有的只是一张长椅,我们坐在长椅上分享着一包还剩了一些的消化饼干。边上是一对忙着相互拍照的夫妇，照完相他们便拿起行李离开了，离开后我才发现他们旁边有一个人形雕像，是一个人跷着二郎腿揉着脚的样子，茂斯赶忙起身坐到雕像旁边。

"哇，之前我们都没注意到它。这里是西高地之路的终点，我们在咖啡馆遇见的那些旅行者多半都是要前往西高地的。"说罢他脱下靴子，摆出和雕像一样的姿势让我给他拍了张照片。

"西高地之路？"

"对，这是西高地之路的终点。"他重新穿上靴子，慢条斯理地系上鞋带。

"确定它是到此结束吗？"

茂斯的神色突然变了，我对这神色再熟悉不过，这神色关于灵光乍现，在过去的四十年中我看过无数次。只不过我从没想到过在这儿，在现在这个状况下，我还能看到这样生动的神色出现在他的脸上。"或者是起点也不一定？"

我如释重负地脱下笨重的黑色靴子，把它放在长凳旁边。长达200多英里的、在岩石和沼泽交错出现的旷野地带的跋涉，和我双脚的血水，并没有使它的皮质发生任何变化。我把袜子连同膏药一起撕下来扔进了垃圾桶。我的脚已经伤痕累累，有些地方的皮肤因为长期贴水泡膏药的原因发白发皱，就像是被涂了一层糨糊一样。我的大脚趾已经几乎完全丧失了知觉。

"我要把这双靴子寄回康沃尔去。本想把它们扔进垃圾桶的，但还是留着它们吧，放在家里好时刻提醒我不要再像这次一样做出这么愚蠢的决定。接下来赶火车的话我可不想背着它们,太沉了。"

"我在想……"

"想什么?你是想我们差不多该给汤姆打电话了吗?"

"不是。"

"那你在想什么?"

又是一样的神情,他的眼睛炯炯有神地盯着我,我仿佛看到了40年前初见时他蓝色眸子闪过的光,我知道他在想什么。

"这么多年过去,我以为我早已经对这里失去了兴趣。可是这一路走下来我发现我还是被它吸引,想要继续探索下去。而且我的身体状况在变好,不是吗,你也注意到了。"

他边说,我边低头看了看自己踩在水泥路上满是伤的脚,即便是现在停下来,也需要几个星期才能痊愈,如果再继续走下去的话……

"我还不想就这么停下来。你觉得西高地之路怎么样?96英里,最多再走十天。我相信汤姆不会介意再多照顾蒙蒂一两周时间的。也许再多走一段路,状况会变得更好也说不定啊……"

换上塑料凉拖鞋,我打量着茂斯,他是曾经摔倒在果园草地上的人,是曾经准备和一切冒险告别的人,他也是此时重新打起精神的人,我眼看着他打算背起背包,和命运再做一次较量。

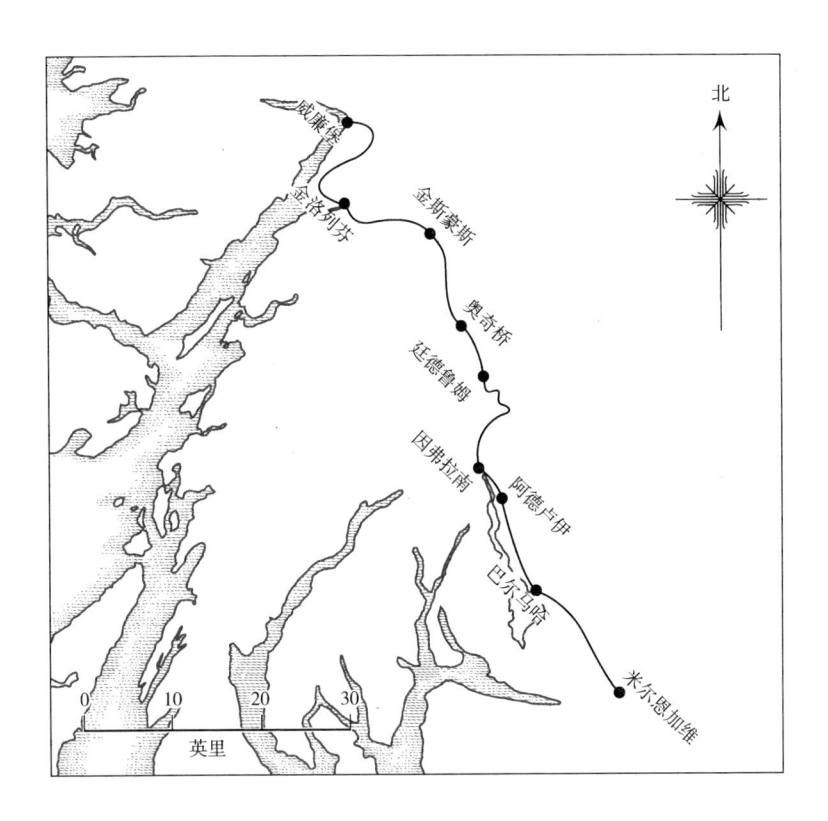

西高地之路：
由威廉堡至米尔恩加维

17

在威廉堡，想要消磨时间是太容易的事情了，在户外商店的咖啡厅里翻着旅行指南和地图，喝着茶，一小时一眨眼就过去了；路边小电影院的墙壁上投影着一个世纪前的高地生活的黑白映画，看电影也是不错的消磨时间的办法。像是有谁将时间按下了快进键，不知不觉就到了晚上，我还是照旧找了一碗盐水，把满是创口的脚再次浸在里面，盐渍的刺痛让我不时眉头紧锁，并且嘟哝着抱怨几句。

第二天离开小镇时，我们先是经过了一行婚礼队伍，阵雨刚刚结束，他们收起雨伞继续向前走着。在一家橱窗挂着各式各样自行车的商店外，我们停了下来，在旷野的海滩边总能看到人们骑车前行。在结束和戴夫的通话后，茂斯把手机放进口袋打量起眼前的自行车来。

"哇，瞧瞧这些自行车。接下来的路我们干脆骑车好了。"说起来，茂斯直到30岁才拿到驾照，他之前一直认为汽车会破坏环境，所以无论到哪儿都是骑自行车，直到汤姆出生前两天他才终于肯把驾照考下来。"进去看看吧。"

在店里转了一圈后,茂斯在一辆银色自行车前站定,他摸了摸车子的把手说:"这车太好了,你觉得怎么样,在西高地之路骑行,而不是徒步。"

一位戴着小帽子、身材娇小的妇女以不可置信的眼神打量着我们,仿佛是在说:"都这把年纪了,难不成还要骑行?"后来当她开始向我们道明附近一带的情况时,我意识到自己有些过度解读她的眼神,她本意是为我们担心,她的年纪也不小,很显然,她的见解是基于对这一带状况的熟稔。"骑行可不是个好主意。当然啦,有些路段还可以,但如果你的目的地是米尔恩加维,那必然要经过洛蒙德湖(Loch Lomond)那一带,相信我,你绝对不会愿意在那儿骑车的。要我说步行是更优选。可如果你还是想买自行车,那一定可以在这儿挑到满意的。"

"这儿的人很喜欢骑行吗?"

"不仅仅是喜欢这么简单。这里的人们和脚下的大地有与生俱来的深厚联结,对山地的热爱是写在基因里的。人们呼吸着高地的空气长大,就算是不喜欢户外运动,这儿的人绝不会否认自己和旷野,还有那些野生动物是一体的。它们属于我们,它们就是我们。相比徒步,骑行能够让你更快、更方便地前往旷野深处。年轻人喜欢骑行,它能让人感到刺激,感到肾上腺素飙升。虽然现在有些人会抱怨那些在山上骑行的人,说他们煞风景。可你要明白,无论是骑行还是徒步,目的都是亲近苏格兰。只有抵达,只有看见,才能谈守护,不是吗?管他是通过什么途径,大家不都是在寻找一份和苏格兰有关的归属和认同嘛。那些热爱骑行的年轻人是高地的未来,我只管提供任何供他们想要骑着去探险的自行车。"

"我们需要固定在自行车上的挂篮,用来装我们的行李。"茂斯说着移动到了一辆二手的绿色自行车前,大概是看中了它。

"没问题,我们有挂篮。"

站在峡谷另一侧的山坡上,我们这就要向南,沿着西高地之路前行,此时中午刚过没多久。我脚上穿着一双塑料套靴,它又破又旧,几乎和拖鞋没什么两样。我们的背包轻了不少,因为这时候已经不再需要储备太多食物。一切准备就绪。

出发没多久,我们就遇到了一些徒步者,很显然他们中的大多数人都是从北边的米尔恩加维过来的,即将抵达威廉堡,结束他们的旅程。好了,我们又一次是少见的"逆行者"。

"嘿,想想看,在拉斯角步道时就是这样,没人往南走,他们都是往北走。"

"可不是吗,不知道在这儿我们是不是还是例外。"

"目前为止似乎只有我们在逆行。"

与拉斯角小径的景色不一样,这里的地貌更加柔和,没有那种与世隔绝的荒野的锐利与粗糙感。告别高地,现在我们眼前展开的是苏格兰的另一种面貌,这里有新的小径,小径上有新的旅人。

西高地之路是 1980 年 10 月开通的,也就是在同一年差不多的时候,我在大学食堂留意到一个将巧克力棒蘸在热茶里的年轻人,见到他的第一眼,我便有预感他或许会是和我共度余生的人,可我没想到的是我们第一次正式聊天的主题会是关于苏格兰徒步,我们那时兴奋地聊着如果能到苏格兰徒步该是多么令人振奋的事情。当然那时的我也没想过这段关系可以持续几十年,仿佛和西高地之间存在着某种共生关系一般,我们的关系充满曲折和坎坷,也有着惊喜与不期而遇。与 40 年前不同,如今的我们再见苏格兰已能读懂风景里藏着的故事。在苏格兰的漫游者为这条小径命名之前,西高地之路本身已经被当地人使用了长达几世纪之久。在拉斯角小径上往来最多的,一度是佃农和狩猎者,而西高地之路则不同,其最原始的面貌是旧时用于赶牲畜的步道,养牛人就是利用这些步道将牛群赶往南部的市场。西高地之路也有一些分叉路原先是军用道路,其用途是为了控制雅各派(Jacobites)。这么说来,西高地之路展现了苏格兰历史的几种切面,其关于过去也关于今时今日,从牧马人到叛乱者,再到如今的徒步旅行者,后来者踩着前人踩过的土地,再度塑造着西高地之路。

经过北部的沼泽和石楠林那些艰险地形后,我走在西高地之路上,几乎如履平地。这里山势更低,天气更温和,即便是山路也不么那么崎岖,越往南走似乎高地的特征愈少。可我似乎仍然未切断和高地的联结,它的崎岖和粗粝感仿佛是一个飘荡在我们身后的气球,如影随形。绵延的旷野的确在我们身上留下了印记,虽然身体走出了空旷和邈远的地界,可我的灵魂却被它牵绊。

雨越下越大,穿过莱里格莫尔(Lairig Mor)开阔的峡谷地带,茂斯已经没有了早起时的那种活力,于是我们停下来,在石楠丛中的一座废屋附近搭起了帐篷。在等水烧开的过程中出现了一只母羊,看样子它和小羊走丢了,它不断发出叫声,呼唤着自己的孩子。我听得到微弱的回应,可无法辨别它来自何方。在高地我们几乎看不到羊群,除了海岸线附近出现过零星几只,不过那儿的山坡上倒是看得到鹿。环顾这附近的山坡,我没看到鹿的影子。母羊站到一块岩石上继续呼唤着小羊,入夜,我们拉上帐篷的拉链,任由雨水拍打在头顶的帆布上。

夜里,我被茂斯挣扎着摆弄睡袋的声音吵醒。

"真见鬼,拉链坏了。"他翻身的时候拉链裂开来,不仅拉链的一部分被从帆布上扯了下来,咬合的锯齿也坏了。

"那你只能拿它当被子用了。"他干脆把拉链扯下来,把它当被子一样盖在身上,但它怎么也没有真正的被子那么大,茂斯盖着它总归显得有些局促。于是我把我的睡袋给他,自己则盖上了他的破布片。这么一折腾,我几乎睡意全无,躺在床单上,身边是茂斯均匀的呼吸声,帐篷外河水流淌的声音、风声混杂在一起,小羊似乎听到了母亲的呼唤,开始向这边靠近,随着它的回应声愈发清晰,我确信母羊很快就可以见到自己的孩子了。

我们在灰蒙蒙的晨光中收拾好帐篷,准备动身前往金洛列芬(Kinlochleven)。雨越下越大,我们经过附近正在吃草的母羊时,它已经不再叫唤了,可小羊仍旧不见踪影。只往前再走了几步我们便发现了小羊,它瘫在靠近小路的一堵墙后面;在看见我和茂斯时,它并没有逃走,只是仍旧瘫坐在那儿。也许它找了一夜妈妈,已经精疲力竭了。当它打定主意要起身时,虽然前腿勉强支撑起了身子,可后腿显然是处于无力的状态。我从小就在农场里和动物们生活在一起,我一眼就看得出它后背伤势很重,可它的前半身还没跟着消瘦,这说明它刚受伤不久。它可能是在和妈妈走散前,在山坡上便受伤了,只是它的妈妈当时也没有留意到。它一定是花了一整夜的时间拖着受伤的身体循着妈妈的声音下山,一直到和妈妈安全团聚。母羊继续低头吃草,间或发出低低的叫声鼓励小羊走向它。对于眼前的场面,我感到一种说不出的无助,可我们又能做些什么呢?小羊还是持续在原地挣扎,它一定很痛苦。

我们不发一言地向前走着,小羊的遭遇让我们不约而同地陷入了沉思,以至于我们几乎整个上午都没有交谈。茂斯低着头,我知道他在想些什么——他一定是被小羊的求生意志所打动,这种意志驱使它在痛苦和恐惧中穿越黑夜,直到抵达妈妈身边。它没有因为受伤就干脆瘫在石楠花丛中自怨自艾,求生的原始意志驱使着它不断向前。人类也还保有这种强大的求生意志吗?在和茂斯冒着雨走向金洛列芬的途中,我思索着这个问题。也许吧,也许在别无选择的情况下,我们每个人都会展现出这种强大的求生意志。

金洛列芬是一个偏远的村庄,坐落在山间的一个盆地中,隐秘而僻静,当雨水从山谷涌入时便会积在盆地中。虽然已近 6 月中旬,但天色丝毫没有透露出夏天的样子,雨水在狂风中横冲直撞,无处可去,只能滞留在盆地中,直到盆地开始积水。从天而降的雨滴先是从山坡上倾泻而下,拍打着跳入河水后,以水雾的姿态升腾至半空中。冒着暴雨再向前走可不是个好主意,于是我们干脆在一家酒吧的花园里支起了帐篷。我们坐在酒吧里吃着薯片,看着电视里正在播放的欧洲杯足球赛揭幕战,已经被打得透湿的衣服被挂在电暖器边烤干。

第二天早上，暴风雨仍然笼罩着盆地。雨势有所减弱，但风更大了。茂斯醒来后仍然几乎一言不发，还是一副若有所思的样子。

"你还好吗？要不要再住一晚？我知道村子里有 Co-op 超市[1]，我们可以去买点吃的，或者在酒吧里待上一天。"

他慢吞吞地把睡袋装进袋子里，一副心事重重的样子。"我没办法忘掉那只小羊。我们应该做点什么的。没必要在这儿再待下去了，酒保看了天气预报，说未来几天都会下雨，总不见得在这儿住上好几天吧？"

"我们能拿它怎么办，总不能把一只半大的羔羊背到 5 英里外的山坡上吧。而且就算是我们把它送到农夫或兽医那里，它也不一定有好下场，说不定会被安乐死的。"

"我知道，可是说不定也有好转的机会啊。"

"小羊可能的确在当下很痛苦，但这并不意味着它没有机会活下来。你还记得我叔叔的狗吗？"

"哪一只？他养了好多只。"

"那只瘦小的惠比特犬。之前它从阁楼上摔了下来，看起来就像那只羊羔——我们都认为它摔断了背，应该被安乐死，但叔叔不肯。它不能走路，叔叔就把它抱在怀里 6 个多月，然后突然有一天那只狗自己从沙发上跳下来，欢脱地奔了出去。"

"也许你的确是对的。如果它们有生存的意志，那的确是会发生奇迹的。"

---

[1] 英国的连锁超市品牌。——编者注

"没错,你只需要怀着希望替它祈祷。你不也是一样嘛,几周前你还压根儿不想离开康沃尔,打算就这么算了,现在你还不是在这儿,在高地了。"

从帐篷门帘向外望去,暴风雨似乎一点也没有要消停的意思。

"我和那只狗可不一样。"茂斯陷入了沉重的自省中,生存和死亡就像巨石一样压在他的心口,我把他和叔叔的狗放在一起对比或许在他看来是一种嘲弄。

我们收拾好帐篷,刚把它挂在背包上,原本积留在帐篷表面的水便哗哗地流了出来。从商店买来食物,我们便沿着陡峭的小路走出村庄。雨水无情地落下,灌满了我们的靴子,我们的防水帽也变得形同虚设,雨滴汇聚成水柱,从我们的眼前滚落,我们被浇得透湿。山路继续爬升,我们开始与向北行进的人们擦肩而过。之前也差不多是在同一时,一批旅人迎面向我们走来;他们一定是按照旅行指南的上建议离开的时间离开驿站,无一例外。随着海拔上升,风也越来越大。按照旅行指南的说法,走到这里,迎接我们的应该是"短暂"而又"相当轻松"的一天。很显然,写书人肯定是在风和日丽的某一天,反方向走着轻松的下坡路,而我们的境遇则是要顶着大风攀爬 5 英里的上坡路。山路终于在一片光秃秃的土石上平缓下来,突然间云开雾散,我们才意识到自己正站在西高地之路的最高点,奥纳奇-伊加克山脊(Aonach Eagach Ridge)的尽头。正前方,在谷底的另一侧拔地而起的是标志性山峰布阿凯尔-艾提夫-莫尔(Buachaille Etive Mòr)——地图封面、旅游宣传单、饼干罐还有其他苏格兰纪念品不少都会印上布阿凯尔-艾提夫-莫尔的风景，而如今它就在我们眼前。

缥缈的云朵逐渐消散，留下充满水汽的灰蓝色天空，缭绕的水汽就像是在景色前放上了一块大的棱镜。恍然间似是有什么响动穿透薄雾，我辨别不得，只觉得这声音让人不安，它似是汇集了曾经在峡谷中上演的屠杀与战斗中的嘶吼与哭喊。随着薄雾散去，声响也被脱下了神秘的外衣，我听得真切，它无关历史，它来自今时今日，来自山间永远繁忙的A82号公路上的车水马龙。

魔鬼阶梯（the Devil's Staircase）的最底部连接着通向兰诺克荒原的谷地，那是50多平方英里[1]的沼泽荒原。无边的沼泽。当我扭头想要和茂斯就沼泽谈一谈时，我发现他竟不见了踪影。我等了一会儿，也不见他。虽然我想他肯定是落在我身后了，可以防万一，我还是先向前走到下一个弯道口，确认他没走在我前面。好吧，果然他还是在我后面不知道什么地方。原路返回走了一会儿，我发现他坐在一块巨石上，双手抱着头。

"我找不到你了！还好吗？"

"我的脚疼死了，我累坏了，走不动了。"

我环顾湿气缭绕的峡谷。我们两个浑身都湿透了，山谷里忽然间刮起了大风。前方是无尽的沼泽，显然我们不可能在沼泽地扎帐篷。但越过沼泽地就是金斯豪斯酒店，是这段路的终点，除了酒店外，那儿肯定也有露营地。我不由得幻想温暖的床铺和热水淋浴，但我很快提醒自己在这个疫情刚刚好转的夏天，整个英国的人

---

[1] 英制面积单位，1平方英里≈2.59平方千米。——编者注

不是在度假就是在去度假的路上，无论是酒店还是营地，可能都被提前预订满了。

"我们必须继续前进，这里没地方供我们搭帐篷。"

"不行。我不走了，你自己继续走吧。"

我愣住了。他刚才说什么了？我是不是听错了？我盯着他看了一会儿，他仍旧双手抱头地坐着，没有要起身的意思。

"见鬼了。你什么意思？！什么叫你不走了，我自己继续走？！我能抛下你一个人走吗？！"我失控地吼着。

"我的意思是我受够了。我不能继续了。"

"你在这儿胡言乱语什么？！快起来！"我几近抓狂地继续吼道，我甚至不敢相信自己能歇斯底里至如此。可他的确不能停在这儿，我当然知道他现在浑身湿透且精疲力竭。对，我们绝不能在这里停下。恐慌感伴随着脉搏一起跳动，我不安极了，"想想看，那只脊背受伤的羊羔尚且能从山上爬下来，你也可以走到酒店的，到那儿我们搭起帐篷，你休息下就好了"。

"接下来呢，羊羔之后又要拿你叔叔家的惠比特犬来激励我吗？"

"倒是可以，但我们可不能像我叔叔等它 6 个月那样也等你 6 个月。"

最终他还是站起身来。漫长的沼泽地上没有鹿，没有鹰，甚至连一株马齿苋都没有，似乎所有的生灵都达成了一种默契，通通不在此出没。我们无处扎营，河水在迅速上涨，河边唯一的平地上已经搭起了帐篷。庆幸的是，宾馆的双层床房间还有两张床供我们住下,茂斯急需休息。

房间和床的尺寸不禁让人想起电影里的牢房,茂斯躺在大约是老板自己组装的双层床狭窄的下铺床垫上,沉沉地睡了 12 个小时,几乎一动不动。我蜷缩在高处的上铺,我觉得自己好像尼德湖岩缝中的老鹰,我的栖息处虽然湿冷,可怎么样也是个安全的避风港,待风暴过后,我就可以展翅高飞了。

停车场的灯光把房间渲染成了橙色,光线洒在茂斯身上,把他的脸和白色床罩都染成了橙色。他安静地呼吸着,身上的橙色光晕就像是佛祖的头顶上通常会出现的光圈。压抑的负罪感再度袭来,占满了我大脑的全部空间。

18

爬过布莱克山的山肩，我忍不住回头再一次张望身后的风景。这是在我们沿着小路穿过荒原边缘，离开高地之前最后一瞥格伦科（Glenco）的景色。一条古老的军用公路绵延数英里，西面是黝黑的群山，东面是由沼泽、河流和湖泊组成的广袤荒原，荒原一直延伸到远处较低的山坡。这里曾经是巨大的喀里多尼亚松树林的一部分，但现在无论是针叶林还是落叶树群都已然变得罕见了。下山时，我们恰好和一群徒步旅行者遭遇，他们正在上山，他们散在山坡的各处，看上去一脸疲态。下山比上山相对轻松一点。可无论哪个方向我们都绕不开脚下的鹅卵石，看上去并不难走的鹅卵石路面过不了一会儿就会给人颜色看，任谁走在上面一段时间，都会觉得双脚酸痛难耐。从北上穿越未知山区、意欲击退雅各派的士兵，到赶着牲口南下、希望在富裕边境地区的市场上卖掉牲口赚大钱的牧民，再到现在或是希望寻找生活的某种意义、或是单纯为了欣赏风景的徒步旅人，人们穿越时光，将风尘和疲惫拓印在这条鹅卵石子路上。几个世纪以来，是这条穿山而过的小径穿越时空和风雨，将包括我们在内的形形色色的人与这片土地联结在一起。

在鹅卵石路上走了一天后,茂斯的脚痛得几乎无法继续向前。在快抵达图拉湖(Loch Tulla)时,眼前的景象让我们暂时忘却了脚上的酸楚——田园诗般的景象,放牧的牛群和平静的湖水背靠深色的群山,是你在19世纪油画中常可以看见的画面。而当我们抵达图拉湖边,四处都是"远离此处""请离开"的字样,很显然,这里的土地所有者并不欢迎西高地之路上的旅人。我们原本想在此处扎营,可一旦这样做,被驱逐是必然的,所以我们只得在傍晚时分迎着大批飞舞的蠓虫继续前行。在经过一座桥边密密麻麻的帐篷群后,我们来到了湖对面的一家酒吧,我们本想在酒吧附近扎营,可最终还是被赶到了那片帐篷聚集地,很显然那儿是唯一被允许扎营的地方。

徒步旅行的过程中总是会有让人觉得困窘的时刻——你明知道今晚的露营会格外不尽如人意,可你却无能为力。我们坐在酒吧里,边喝茶边观察着酒吧里的人,打量了一阵我们便知道今晚必定是困窘的一晚。这外面没有一辆露营车,所以里面的人要么在酒吧里熬一夜,要么就在桥边扎帐篷。一群年轻女性边喝酒边打牌,一瓶杜松子酒已经空了,这是她们的第二瓶。她们是刚毕业的学生,徒步想必是为了要释放先前积攒的压力。其中一个年轻人说道,他离开米尔恩加维时背包重达22千克,现在只剩下10千克了。不一会儿一群男生便张罗着给那些女学生买第三瓶杜松子酒了。

我们把帐篷搭在桥边的营地外围,这时蠓虫越来越多,空气中全都是飞舞的蠓虫,让人难以呼吸。我戴着防蠓虫面罩,面罩上布满了试图穿过小孔的昆虫，它们几乎完全遮挡了我的视线。可即便这样，我还是第一时间看到了不远处的雄鹿。那是一头体格健硕的雄鹿，它那蓬松的毛发被夜里的露水沾湿，头顶的鹿角像是裹了天鹅绒一样。它站在帐篷间安静地吃草，对于人类的出现似乎毫不在意。几周来我一直希望能够看到野生鹿，然后拍到一张像样的近照，而谁知道这只鹿就这么猝不及防地出现在我们的帐篷边，距离近到像是想要和我们坐在一起喝茶，可蠓虫总是遮挡住我的视线，我在按下快门的瞬间也不清楚自己拍得怎么样。威武、温顺，却又充满野性，它的闯入让这些挤在一道的帐篷显得更加局促。眼看着它过河，向远处走去，然后消失在旷野中，我顿悟并非它闯入了人类世界。恰恰相反，我们才是不速之客啊。

原本已经昏昏欲睡的我被一阵尖叫声惊醒。酒吧已经关门了，酒吧里的年轻人已经回到帐篷里了。

"这些该死的蠓虫，简直是一群疯子！"

"生火！用火把它们赶走！"只听见窸窸窣窣一阵向河边跑去的脚步。

然后就是树枝被扯断的声音，有人开始用手机播放音乐，音乐声越来越响。捡木头的人回来了，他们试图点火，湿木头上燃起了几朵火花，现场一片骚动。他们在离我们帐篷差不多 2 英尺远的地方点火，透过帐篷我们可以隐约看见火光。茂斯拉开睡袋，把脑袋探出帐篷。

"伙计们，伙计们，别在我的帐篷旁边点火，如果火花溅到上面我们岂不是遭殃了。"

"不会烧到你的帐篷，伙计，我可是生火的一把好手。"

茂斯只得回到帐篷，一边拉上拉链，一边吐出刚才飞到他嘴里的蠓虫。我们屏住呼吸，双手交叉，祈祷火苗千万不要飞过来，可由不得我们，火光越来越亮，年轻人聊天的声音也更响了。

"我告诉你，伙计，不愿意独立的话那就不配做苏格兰人。如果你不想独立，你就等于背叛了我们的历史和所有为之奋斗的人。"

"简直是胡扯，老兄。如今的苏格兰不是只关于历史，独立还是不独立对于我们来说并没有什么差别。"

"你怎么能这么说?! 当然有差别了。"

争吵愈演愈烈，说到激动处有人把酒瓶摔在地上，然后女生们陷入沉默，再然后雨势越来越大，暴雨浇灭了用来驱赶蠓虫的火把，所有人只得回到帐篷。我试着入睡，但脑子里始终回响着刚刚听到的争论。我想起了先前遭遇的雄鹿，它们的生活有关吃草和漫游，无关边界和领地。虽然它们从未宣称自己是这里的主人，可它们切切实实在这些山丘和沼泽地间栖居，不经意间你便会和它们面对面。人类是从什么时候开始笃信我们需要"所有权"和"边界"的呢？也许是从开始关注"边界"的那一刻，我们便切断了和这片土地的天然而质朴的联结，转而寻求以更为复杂的方式来解释这一切，以至于这些年轻人在醉酒之后仍在为脚下土地的归属而争论个不休。人类似乎一直在争夺对土地真正的掌控，可我们真的能掌控它吗？如果可以，那么我们怎么解释发生在这片土地上的不受控的全球气候变暖还有干旱呢？

19

"你能听到风笛的声音吗?"茂斯停下来仔细辨认在蠓虫群、雾气和细雨的包裹下微弱的音乐声。突然一大群穿着背心和苏格兰短裙的男人从树林里走出来,他们的胳膊和腿都袒露在空气中,看样子是一点都不畏惧恼人的蠓虫。其中一人肩上扛着CD播放器,播放器放着的是风笛演奏版本的《苏格兰之花》。

"音乐很不错,伙计们。"

"是啊,再过几天就是苏格兰对阵英格兰的比赛,希望能在金洛列芬看上这场比赛,《苏格兰之花》恰好给我们提振一下士气。"苏格兰足球队正在踢欧洲杯的晋级赛,似乎每个苏格兰人都对此极为关心,甚至是在徒步过程中也不愿错过关于比赛的任何消息。

后来我们动身前往奥奇桥,坐在酒吧里的长椅上喝茶,CD播放的风笛声已经十分模糊了。现在才早上十点,可感觉我们已经走了好几英里。当我们正要离开时,一群女人突然出现并坐在了我们边上。

"你是雷诺·温恩吗?我们来自康沃尔,是你给了我来这里徒步的灵感。"其中一个个子较小的女人告诉我们,她来西高地徒步是为了庆祝她的 50 岁生日。

显然,这个团体中个子较高的一位女士并不情愿这样的安排。"你是雷诺·温恩?真的是你吗?我讨厌你。"

我一下子愣住,心想一个陌生人怎么会对我如此不满。"哦,不。为什么这么说?"

"我不想来这里,我原本想去水疗按摩。"寿星拿起她朋友的包,边帮她背上边说道,"好吧,可这次又不是帮你庆祝生日。"

与我们在拉斯角步道的遭遇不同,西高地之路上多了不少有趣的社交,在路上行走一天,就仿佛是参加了一场漫长的聚会一样。人们成群结队地享受着大自然赋予的美好时光,当然更重要的是享受疫情后得以再次与彼此相聚的时光。旅途中的垃圾会被回收处理,就此消失不见,宿醉也会退去,但置身旷野的记忆却会永存。我和茂斯此行的目的是想要真正和脚下的土地建立某种新的联结,而我们遭遇的旅客的目的也大抵是如此吧。女性,西高地之路上常见得到女性徒步者。这里见证着刚毕业的年轻女性以及寻找生活新意义的中年女性的足迹,和这么多女性徒步者的遭遇让我意外又欣喜。这与水边以男性徒步者为主的情况迥然不同。

沿着多伦山(Beinn Dorain)和奥达尔山(Beinn Odhar)下面宽阔的山坡行进,对面是谷地的主干道。这是一片广阔空旷的土地,看得到步行和驾车的旅客。我原本设想这里应该是一幅雄鹰翱翔、野鹿吃草的画面,但实际上除了乌鸦和羊群,天空和山丘上空无一物，路边的树丛就只是树丛，没有布谷鸟藏身其中。茂斯坐在燥热的山坡上，努力倾听是不是有他熟悉的、掩映在林间的灰色大鸟低沉的叫声，可惜的是他什么也听不到。

"回想起来，自从我们离开金洛列芬后，我好像就再没听到过布谷鸟的叫声了。"

"我也没有。还有自从在桥边看到那只雄鹿之后，我也再没听到过任何鹿鸣声。好像我们从奥纳奇-伊加克山脊下来进入格伦科之后，就再也看不到什么野生动物了，格伦科就像是一道屏障一样。"

"不过还是听到了之前在夜里把我们吵醒的鸟叫声。"

"是啊，真想知道那到底是什么鸟。"

茂斯撑着僵直的身子站了起来，我看得出他很疲惫，也知道他的脚疼极了，可我们还是选择继续前进。

我们把帐篷搭在廷德鲁姆（Tyndrum）溪流边一片蠓虫密布的草皮上。几个世纪以来，这里一直是旅行者会停下来休息的地方，旧时是赶牛人的中转站，现在是高地旅客的歇脚处，也是方圆数英里内唯一的加油站。我们经过时恰好赶上停电，加油服务暂停，本来排队等着加油的汽车不得不纷纷倒退，偶有司机下车与加油站的工作人员争吵几句。我们买了些三明治，因为停电，高温会使得食物迅速变质，所以加油站不得不将三明治降价出售以求短时间内多卖出去一些，一个三明治只要几便士。天一黑茂斯便进入梦乡，一睡就是十几个小时。入夜后的时光总是格外漫长，我无法入睡，翻身时睡袋和气垫床间产生的摩擦声都会打消我本来就不多的睡意。

我试着把注意力集中在茂斯的呼吸声上,把他的呼吸想象成是催眠曲,可是他的呼吸太轻,捕捉呼吸使我注意力高度集中,反而更难入睡。他累坏了,无论是躺着还是坐着,或者是站着,只要时间过长,睡意就会像一条看不见的厚羊毛毯一样将他包裹起来。我的身体开始吃不消,这几天我吃不下睡不着,每天太阳升起我便要按照既定的计划行走,前些日子脚上的水泡带来的痛感甚至还会带来某种刺激,可最近几天我只是感到一种疲惫的倦怠。高大的树木遮蔽了月光,帐篷里一片漆黑,陷入全然黑暗的我感到无比的孤独,尽管此时我并不是独身一人。

未来如果我当真要面对没有他的日子,那等待我的便是如此这般的孤独吗?最深重的恐惧往往在暗夜露出它的真面目,如一头露出獠牙的怪兽和我迎面对峙,于是我避无可避,只能直视它。这大概就是对未来的预演,曾经让我的生活充满光亮和喧闹的男人离场后,留给我的大约便是空洞的、被黑暗缠绕而成的茧房,我将被它缚住,挣脱不得。一路上多数时候我是乐观的,可即便是最乐观的时候,我也知道一次徒步不可能对茂斯的病情有质的改善。的确,他的思维更清晰了,身体更强壮也更灵活了,可仿佛一切已经抵达了一个不可再被逾越的阈值,似乎就是到这儿了。

在洛蒙德湖的湖头处,一群黑山羊在岩石间睡觉,其中几只在醒过来后站起身涉水走到湖中,水深差不多没过它们的脚踝。傍晚的阳光从湖面上散射至四周,在两侧高耸的黑暗山丘的映衬之下,湖面就像是闪着光的银镜。柔和的空气温暖而静谧,几乎没有一丝风吹动水面。我们无处扎营，只能在蠓虫肆虐的湖边露营，这周围原本不许露营，湖边的告示牌提示我们此处禁止露营并且会有管理员巡逻。虫子几乎爬满了我们的蚊帐，我们的身上也喷满了驱虫剂，可即便是这样，裸露在外的皮肤仍然有已经红肿起来的、被叮咬过的痕迹。要是能爬到再高一点的地方就好了，有风的地方就不会有这么多蠓虫，可问题是高处不一定有平地供我们扎营。正在绝望之时，一艘渡船出现了，是开往对岸酒店的客轮。我们登上客轮，希望在对岸能找到躲避蠓虫的地方。

"没办法，我们已经满客了，这儿也不能供你们露营。那些徒步旅行者都是从罗瓦德南（Rowardennan）到克里安拉里奇（Crianlarich），整整要走完 20 英里才停下来的。你们今天没计划好时间吧？"说完这位酒店前台工作人员本来是要回办公室的，可他突然又顿了顿说道，"好吧，我们在房车公园后面还有一间简易的小木屋，如果你们愿意的话，可以住下"。

当然了，我们当然要住下，躲开那些吓人的蠓虫，还要用浴室洗热水澡，我们怎么会拒绝。我们连声道谢，看见我们这副欣喜若狂的样子他似乎有些诧异，可能是在想早知道我们这么迫切不如再多收一点钱。进入小屋我们迅速锁上木屋门，没几秒蠓虫就像恐怖片里的僵尸一样扑向门上的玻璃，我们坐在屋子里的塑料床垫上看着已然被虫子铺满的玻璃，心里终于松了一口气，我们安全了。直到天亮的时候，蠓虫差不多消失了，我们才敢出门到淋浴房去洗澡。

20

"你们要往北走吗?虽然不容易,不过至少你们现在已经走过了最糟糕的路段。"离开时,我们把钥匙交给了那个前台工作人员,他如是说。

"不,我们要往南走。最糟糕的路段,什么意思?"我开始感到不安,自行车店的女人没提到过什么难走的路啊。

"这条路沿着湖边延伸约20英里,其中很长一段路上几乎全是巨石——穿越这条路简直就是穿越地狱。中途放弃的人一般就是在这里放弃的。"

我们坐在酒店外面的长椅上,头顶是炎热的日光,我们眯起眼仔细阅读着旅行指南上关于前路的描述。

"你看上面写着那是'一条极为崎岖的路'。也许我们应该就此停住,然后坐公共汽车返程。"从威廉堡过来的一路不算艰难,可茂斯的脚已经受不住了,我不认为他还有能量迎接那条"巨石路"。合上书,我认命了,就是这里了。

可茂斯背起背包,对我说道:"停下?不,我去酒吧再去买几根土力架，然后我们就去搭下一班渡轮。当然，除非你不想走了，那我们就停下。"

最开始巨石散落在各处，对我们的行进还没有造成多大影响，可不一会儿我们就感受到了"巨石路"的威力，脚下高高低低的大石块走起来很是吃力。不过因为我们是向南走，所以是下坡路，走起来总归是要比那些从北出发、要在此处上坡的人来得轻松些。我们陆续经过一些从北过来的人，他们很显然已经精疲力竭，每个人都大汗淋漓，边爬行边咒骂着路难走，不时还会因为周身酸痛发出呻吟。我们沿着湖边走，下坡的趋势并不是特别明显，坡度算得上平缓，大约可以被定义为散落着巨石的平缓路面。在经过北部高地沼泽的历练后，我们倒觉得这巨石路还是可以应付的。我跟在茂斯身后，看着他在巨石堆爬上爬下，他的脚步稳健，没有任何要失去平衡的迹象，偶尔他还会停下和我说几句话。也许，也许……好吧可能只是也许……

一群女孩停在台阶上，待我们从高一点的地方下来后问道，"你们有经过罗布·罗伊（Rob Roy）的洞穴吗？"

"没有。"

罗布·罗伊是雅各派第一次起义的参与者，他的一生可以用"亡命之徒"和"叛逆者"两个词概括，直到50多岁时他才获得赦免。传说罗布·罗伊曾经流亡至这里的某个洞穴，总是有旅人乐此不疲地攀爬在巨石间，寻找与这位故人有所交集的遗迹。我们继续向南走，各色旅人从对面经过，包括穿着苏格兰短裙的男人们、带着徕卡相机的女孩们、拿着 CD 播放器在湖对面播放《苏格兰之花》的老奶奶们。在遇见一个从头到脚穿着闪亮的蓝色化纤材质衣服的男人时，我们再次被询问。

"你们有经过罗布·罗伊（Rob Roy）的洞穴吗？"

"没有。"

太阳躲在树冠后，不知不觉越过了山顶，即便是站在树荫下，也能感受到日照的热度。在绵延的巨石路上，不远处出现了两个男人的身影，他们各自扛着自己的山地自行车艰难地跋涉着。

"他说我们可以在两天内走完这条路，他说他以前走过，还说我们会度过一个愉快的周末，压根儿没告诉我还有这么一段路。"这位挂着徕卡相机的老人似乎是在发自内心地抱怨，并不是在开玩笑。

"我都跟你说了，那是 15 年前的事了，我只记得当时快到奥奇桥的时候走了很长的一段下坡路。"

"你跟我保证说什么这段路值得一走，因为能看到罗布·罗伊曾经住过的洞穴。"说罢，他看看我们，似乎要向我们确认洞穴的存在，"你们有经过罗布·罗伊的洞穴吗？"

"没有。"我们摇摇头。他们想要骑着自行车前进，可刚骑起来车轮和脚踏板便碰到巨石上，发出"砰砰"的撞击声。

"怪不得威廉堡自行车店里那个女人说骑车比步行更难。"茂斯在我前面继续走着，突然回头对我说道，"我一直惦记我的自行车"。

在接近一家大型酒店的地方，巨石的阵仗终于弱了下来，酒店里挤满了一车车的游客，酒店周围挂着"禁止露营"的牌子。我们坐在长凳上犹豫着接下来该怎么办时，一群看似70多岁的女士出现了，她们和茂斯聊起天来。

"我们从罗瓦德南一路走上来，住在湖的另一边，但我们的朋友掉队了。她到现在还没来，我们一直在等她，所以错过了最后一班渡轮。"

"哦，天呐，你们现在打算做什么呢？"

"就坐在这里喝喝酒，看看日落。也许渡轮上某个好心的年轻人会可怜我们，再开一班船把我们带过去。"

"你注意到这里南边有任何可以露营的地方吗？"

"没有。你应该给莱斯打电话问问看。"

"莱斯？"

"是的，他在山上经营着一家旅舍。我有他的电话号码。"

她们说的这家旅舍里人头攒动——尽管打电话时，莱斯告诉我们这里只有一半的房间有人预订。来这里的大多是沿着路线向北徒步的年轻人，他们笑着、吵闹着。茂斯和一个独自坐在破旧皮沙发上的年轻人聊了起来。

"这条路似乎很受欢迎。真高兴在这儿看到这么多年轻人。"

"那是因为这里离格拉斯哥（Glasgow）很近。现在是大学的学期末，很多和我们一样的学生都会选择在暑假前来西高地之路走一走。它让我们联系在一起，我是说……重新联结在一起。"

"怎么是重新联结呢？苏格兰的大学生大多数也都不是土生土长的苏格兰人吧？"

"是有不少人来自别处，但我们都是苏格兰人。我们的生活关于大自然、山脉，还有眼前的这片旷野——我们就是它们。虽然可能这里某块土地的所有权在纸面上属于哪个外国的富翁，可那仅仅是纸面上，实际上我们拥有这片土地，我们和它有与生俱来的联结。我说的'重新联结'就是这个意思。"

深夜的光线透过雕花玻璃照在破旧沙发皮革的裂痕上。我看着蜷缩在沙发一角手里捧着书的这个年轻人不禁想，在英格兰是不是也还有和他想法类似的年轻人，执意认为他们和英格兰野外的某块地方有着天然的联结。我当然知道答案，也许这也是为什么英格兰还称得上是旷野的地方在逐渐萎缩的原因吧。

"明天我要继续往北走，我想去看看罗布·罗伊的洞穴，你们有经过那儿吗？"

"没有。"

早晨没有一丝风，天气很暖和，通常在炎热的白日，蠓虫的数量会减少一些，可今天不知怎么的，白日也没能让它们消停。巨石路被我们甩在身后，沿着平顺的湖边小路前进本应该是惬意的事情，可我们却无心停下脚步欣赏湖景。《苏格兰之花》的伴奏声也无法分散我们的注意力，蠓虫简直是如影随形。想要尽量降低被这些家伙叮咬的概率，你能做的只有不停地走，甚至一边走路一边吃喝。

小径沿着湖岸向前，偏离湖岸的拐弯处便是巴尔马哈（Balmaha）。对于从南面出发向北走的人来说，可能远看只觉得它是一个不起眼的小村落，但对我们这些从北边蠓虫肆虐的河岸过来的人来说，它简直就是一片宁静的绿洲。我们在一棵巨大的橡树下转了几圈，然后喝着酒馆里的冰水，再然后在不受蠓虫侵扰的科尼克山（Conic Hill）边露营。茂斯在地图上描画着线路，并不时翻看着旅行指南。

"真不敢相信明天就要结束了。不过这里离米尔恩加维大约还有 18 英里。一口气走完 18 英里是不是有点太远了。或许我们今天可以再走远一点。"

"今晚我一步都走不了了。明天没问题的，我们肯定可以走完 18 英里，不过就是要早点出发了。"话虽这么说，但我不觉得我们明天当真能抵达米尔恩加维。但我们要见的人已经在那儿了，所以我们必须尽全力早点到。

天气暖和且阴沉安静——这种天气通常是蠓虫频繁出没的日子。但随着我们离湖泊越来越远，蠓虫开始减少，我们再不会遭遇只是停下来说会儿话便满嘴是虫子的窘境。小路逐渐开阔，各色人等在路上相遇，一群又一群刚刚下火车的旅客即将开始他们的西高地之旅，每个人脸上都带着兴奋的神色，没人向我们打听前方的路况，当然，我们也没有不识趣地主动告知他们"巨石路"有多难走。我们已经完全进入了低地地界，将群山甩在了身后。跋涉了这么远并且能安然无恙地站在这里，本是一件值得庆贺的事，可背向高山和旷野，面对前路我们却充满了失落感。

"干吗要沮丧呢，接下来的事还是值得期待的。"我试图活跃气氛，即便我和茂斯都对告别高地感到不知所措。

"我们不如和自己做个约定,约定一定要再来一次高地。"过往每一次度假结束我们都会这样许愿,不过心愿总归不会每次都实现。

穿过小巷和村庄、树林和田野,路边顾长的蓟草和一尺多高的蕨类植物不时剐蹭着我们腿部的皮肤。茂斯已经筋疲力尽,双脚疼痛,肩膀也因长时间背负背包而疼痛难忍。在快抵达穆格多克郊野公园(Mugdock Country Park)的边缘时,我们几乎就要停下来,然后支起帐篷,干脆放弃明天按时赴约。可这里有大量的野生动物出没,绝不是能够扎营的地方,所以我们必须继续前进。穿过橡树林和成片的野花,空气中弥漫着密集的鸟鸣声。眼前是穆格多克城堡的遗迹,我的想象力随着奔跑的鹿群一起飞驰了起来——男爵与农奴,封建权力与苦难交织铸就的古堡在 1980 年被赠予格拉斯哥人民。剥离掉沉重的过往,这里如今只是森林里僻静的一隅,是可以供旅人们愉快来往的一隅。我便是愉快的旅人之一,唯独不那么令人愉快的是我的脚抽筋了,茂斯的脚也痛得要命,差不多每隔二十分钟左右就要脱下靴子按摩一下双脚。很快,我们步入了有建筑物的地带,几天前在高地的跋涉仿佛只是一场梦境。在小路的最后几米处竖着几块锈迹斑斑的钢板,钢板上刻着一路上那些代表性地点的名字,这些名字不仅是空泛的记忆,而是会如刺青一般烙印在我们身上,不可磨灭——尼维斯、布阿凯尔-艾提夫-莫尔、洛蒙德……

西高地之路的起点处有一座混凝土方尖碑,来到这里,便意味着反方向行进的我们来到了此行的终点。我和茂斯开心地绕着石碑跳舞，心中满怀喜悦和感激。我们凭着双脚丈量了苏格兰的旷野。二十出头的那次苏格兰之旅让我们爱上了高地。这一次的旅程意义更加深刻，跨过沼泽、穿越石楠树和巨石的每一步都像是创造一种新 DNA 的过程，而这种 DNA 已经成为我们生命的一部分。

"饿死了。来点薯片吗？"

"好，急需补充盐分，吃完薯片我们看看能不能打到出租车。"

在石碑边的长椅上吃着薯片，我们不禁感叹道我们终于来到了西高地之路的终点。我没有说出口的，是茂斯从柯尼克山开始连续走了 18 英里，这才是真正让我觉得惊叹的。他忍着脚部和肩膀的剧痛完成了这段路，现在他手里拿着薯片，笑着跳着，还哼唱着《苏格兰之花》，我真不知道这一切是怎么发生的，或许我永远也不会知道，也不需要知道，我要做的只是加入他，和他一起唱着歌，享受着当下的欢乐。

***

出租车把我们送到镇外几英里处山上的一家宾馆，这是附近区域唯一还有床位的一家宾馆了。接待我们的是一位有着一头亮银色头发的优雅女士。

"你们终于来了！他一小时前刚离开。"

"哦不，他不是说明天早上才到吗？我们还以为我们会先到。"茂斯的肩膀垂了下来，脸上立刻没了神采，"那我们现在该怎么办？"

"没关系呀,他来的时候我在,所以他就把它们交给我了。过来看,它们就在车库里。"我们跟着她来到一个整洁的车库,车子停在一扇翻门后面。是我们在威廉堡买的自行车,司机提前一天把它们送来了。

"真不敢相信司机竟然把它们提前送到了。"茂斯在这位女士的帮助下迫不及待地撕下了包在车身的塑料膜。

"你们打算骑着它们去哪儿?"

"沿着由格拉斯哥到爱丁堡的运河小道,然后穿过边境,一直骑到英格兰。我实在是走不动了,脚疼得厉害。这一路上我们可是当真凭自己的双脚穿越了苏格兰。"

他一边说着,一边继续兴奋地撕着塑料膜。我们在买自行车的那天,戴夫打来电话,在电话那头他问道:"要和我们在柯克·耶特霍尔姆(Kirk Yetholm)碰面吗?"从那一刻起茂斯似乎就兴奋了起来。

| 第二部分 | 由北而起 193

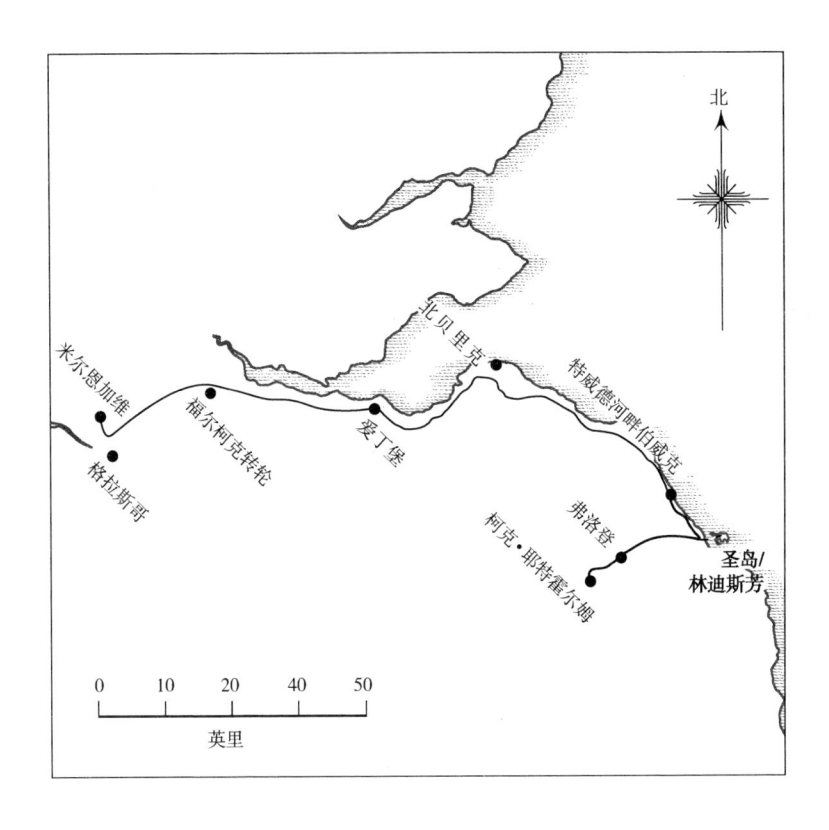

边界线：
由米尔恩加维至柯克·耶特霍尔姆

21

格拉斯哥的街道上挤满了球迷,他们即将前往酒吧观看欧洲杯小组赛最后一场苏格兰对阵克罗地亚的比赛,整座城市热闹极了。人们脸上满是兴奋和期待,仿佛苏格兰晋级是板上钉钉的事。随处可见格子呢、苏格兰裙、鸡冠帽、羽毛帽,一些人脸上还涂着象征苏格兰的蓝色油彩。把骑行需要的物品归拢好,我们把剩下的物品和背囊一并寄往柯克·耶特霍尔姆,并赶着在开球前抵达了宾馆。苏格兰最终以0∶3落败,可第二天走上街头我发现没人因为输球而展现出沮丧的样子,人们依然穿着格子裙高唱着《苏格兰之花》,为自己的队伍能走到这一步而感到自豪。

我已经15年没骑过自行车了,不然我不会对茂斯的"一天内从米尔恩加维骑车到爱丁堡"的提议毫无概念,只是任由着被他说服,"这一路上完全平坦,况且我们的车子有很多齿轮,我们会飞起来的。只有大约50英里,到了爱丁堡我们甚至来得及喝上一杯茶。"

但骑车和徒步还是不同的，骑车需要调动肌肉的方式完全不同，那些帮助我们从谢格拉一路至此的肌肉现在要以另一种形态被拉伸。早知道我应该把步行靴、炉子和气垫床一并寄到柯克·耶特霍尔姆去，把这些家伙全都放在自行车的挂篮上简直是太不明智，每每停下来，我的车子就会因为超重而失去平衡。

"不行，我们做不到的。"接近傍晚时我们骑到了福尔柯克转轮（Falkirk Wheel）。福尔柯克转轮是连接福斯和克莱德河以及联盟运河的船舶升降机，借由这个升降机轮船可以由低处的运河被运至更高处。福尔柯克转轮让人感到一种陌生的巨物压迫感，驶离它让我感到逐渐放松。沿着运河推着车穿越一条满是石子的湿漉漉的小路，头顶只有微弱的路灯光，我一度因看不清前路两次摔倒，自行车压在我身上，挣脱之际，我差点要滑进河道。

"没问题的，离天完全黑透还有好几个小时的时间呢。"

现在是我因体力不支而抱怨，茂斯反而成了一往无前的那个。我只能不停踩着脚蹬，双腿肌肉如炸裂一般地酸疼。我试着分散注意力，数着路边出现的鸭子、天鹅和鸬鹚，迎面吹来的暖风让我短暂地感到惬意，可过不了一会儿，我便又陷入了痛苦，想要立刻放弃骑行。经过一番挣扎，我们还是在当天抵达了爱丁堡，在仲夏的暮色中，我们推着自行车沿着王子街一路前行。每走一步我都觉得自己是在消耗自己最后一丝气力，可茂斯却丝毫没有表现出疲态，他眼里闪着光，不时对天空中桃红色条纹状的晚霞以及山丘上城堡的轮廓发出赞叹。

记忆的大门突然打开，我问道："你还记不记得35年前的今天，我们在苏格兰做什么？"

"有吗？我们在苏格兰？是吗？"

我知道他的记忆大不如前，可连这个都忘记那实在是说不过去。正要发火之际，我想到自己不也是在接近晚上的时候才想起来嘛。

"我们当时在天空岛（the Isle of Skye）。"他听到后停下脚步，手扶着额头若有所思的样子摇了摇头。"我们那时刚结婚。"

爱丁堡是建立在历史之上的城市，这历史关于伫立在山丘之上的城堡，以及于彼处居住的人们。从公元前 8000 年前后的中石器时代开始，一直到青铜时代和铁器时代，这里都有人类生活的痕迹。居住在高耸于山坡的城堡上，他们不仅可以便利地欣赏到数英里外的景色，也可以依势抵御来自外敌的威胁。从旧时到今日居住在这里的人们与这片土地共生的方式，似乎并没有太大的改变。无论是爱丁堡的老城还是新城，那些显眼的石头建筑无一不是由周围山丘的石块堆砌打磨成形。现代的爱丁堡是苏格兰的工业、科技中心，也是苏格兰议会所在地，但与苏格兰其他城市别无二致的是，这里的建筑透露着关于当地历史与地貌的种种过往。

"建筑看够了，我们得去买个新睡袋了。我用新的，然后坏的丢掉，把你的旧睡袋还你怎么样？"

"可以。"

我们走进一家看上去品类丰富的户外用品店，挑选好睡袋后走到柜台，这时候睡袋还没有被填充好，还是以束口袋和羽绒内胆的形态被松散地塞在大塑料袋里,但收银台的女孩向我们保证很快就会把它填充好。

"就一会儿工夫就好,我可是塞睡袋的世界冠军。"

"什么?塞睡袋的冠军?"眼前说话的是个看上去样子聪明、妆容精致的年轻女孩,我不禁思索她怎么会参加过塞睡袋比赛。本来我以为她只是为了活跃气氛随口一说的逗趣话,可当她开始行动起来时,我想她说的可能是真的,简直就像是变魔术一样,几秒钟的工夫内胆就被安放在束口袋里。

"你是怎么做到的?塞睡袋的世界冠军?太不可思议了!"

"嗯,说实话,当时其他参赛者都不满 10 岁,而且他们中的大多数都是童子军。"

"可我还是不知道你怎么能做到如此迅速地塞好睡袋。"

回到宾馆,我们打算重新整理挂篮,好第二天早上直接出发。茂斯把新买的睡袋拆开来,说道,"我得试试她那种方法,简直太快了"。只见他一手拿着束口袋,一手拿着内胆,照着那位年轻女孩的样子忙了起来。那双之前在康沃尔时颤抖无力的手,当下竟然力道十足地在塞睡袋——站在一旁的我正惊叹于这转变时,茂斯的叫声让我一下回过神来。

"哦,该死!"

"怎么了?!"

"哦,该死,我的手",他扔下睡袋检查着手指,"整只手都很疼,但可能真正有问题的就是这根手指,可能是骨折了"。

"不会是刚才塞睡袋时太用力伤到了吧。"我看到他的无名指已经变色了,看上去有种怪异的僵硬感,"你说得对,它肯定是断了。要去医院吗?"

"没意义,不过是一根手指,他们最多就是拿绷带把它和旁边的手指缠在一起固定住。"

"至少先把戒指摘下来,不然一会儿手指会肿起来的。"

"我不摘,先去洗澡,你帮我先用胶带暂时把它缠起来。"

"疼不疼?要不要吃点止痛药?"

"刚才疼,现在没事儿了。也许不是骨折,说不定只是扭伤了。"

他的手显然失去知觉了,不过总比疼要好。我找到胶带开始帮他简单包扎时,他的伤指已经肿了起来,淤血甚至蔓延到他的手背处。

骑车离开爱丁堡要面对复杂的路况和川流不息的车流。之前两天的热水和冷水浴大大缓解了我因为骑行导致的肌肉酸痛,所以我现在并不觉得有什么不适。倒是茂斯,我看着他用受伤的手握着车把,不时还需要用力捏刹车,我有些担心,可他坚持说自己并不觉得疼。离开爱丁堡 30 英里后,我们进入了近郊,一侧是托内斯核电站,另一侧是北海。两天后,我们行至特威德河畔伯威克以南的一条海岸小径,我意识到自己在骑行时观察力锐减,伯威克有很多值得仔细观赏的风光,如果是徒步时,我理应会为这些风光兴奋,而骑行时,我的注意力完全在路况上,最多就是留意到沿途的发电站。

驶入海岸上高地起伏的干草地时，光线一下子变了，大海在地平线上铺展开来，我的嘴唇尝到了海风的咸味。云雀的歌声通过空气入耳，我的感官被再次激活。云雀的叫声是高地、荒原以及海岸的声音标志，在过去 25 年里，这种棕色小鸟的繁殖数量下降了 50%，它们因此被列入《英国保护红色名录》（*UK Conservation Red List*）。我们把自行车放在地上，躺在干燥的草地上，试图在湛蓝的天空中寻觅云雀的身影。到处都是云雀，战栗高亢的鸣叫随着它们振翅高飞被带入云中，而后随着它们俯冲向下直至回落地面调整呼吸，鸣叫声又骤然停止。云雀似乎是在用鸣叫来转移人们的注意力，如乐曲般此起彼伏的鸣叫让人很难觉察到它们究竟在哪里落脚筑巢。

"听啊，它们的叫声见证了我们这些年在山中徒步的时光。20 多岁时在斯塔福德郡的荒原上它们就在，在威尔士也是。不过近年来，我们倒真不怎么听得到了。在康沃尔的海岸边和农场的草地上偶尔会有，不过不像在这儿，也当然不如从前。"茂斯一只手半遮着眼睛，认真数着天上的云雀。

也许生物多样性危机就是这么来的，我们总是对一些事情习以为常，直到某个物种的数量锐减到极致时，我们才惊觉问题的严重性。和布谷鸟一样，云雀也被驱逐到为数不多的栖息地以求得生存。就好像是迁徙的燕子一样，没人会留意它们什么时候离开，我们只是会在它们离开许久的某一天惊觉"哦，它们不在了"。

我们在岬角上打瞌睡，正当鸟儿的歌声要哄着我们入眠时，茂斯突然跳了起来。

"哦不！几点了？！要去林迪斯芳（Lindisfarne）的话我们现在就得走了，马上就要涨潮了。"他边说边看着远处的小岛，"如果赶得及那绝对是走运"。

林迪斯芳也被称为圣岛，之所以被称为圣岛，是因为几世纪以来这里都住着圣徒和凯尔特基督徒。抵达林迪斯芳需要经过一条堤道，涨潮时，堤道会被淹没。我们只有一个小时的时间，先要骑车4英里穿过松软沙滩抵达堤道的起点，然后穿越1.5英里的堤道，离开堤道时，潮水差不多就会涨起来。岛上不允许露营，所以我们预订了酒店仅剩的两张床位。我们刚骑上堤道，潮水便像两堵墙一样从两侧逐渐逼近。迎着强劲的风，蹬车不容易，无论我怎么用力，车子仍然只是龟速移动，我和茂斯之间离得越来越远，我压低身子，试图拗出流线型的造型减少阻力，心里暗暗许愿圣岛的圣灵千万要保佑我赶在完全涨潮前登岛，可事与愿违，我的速度丝毫没有提升。我身边经过不少开车的人，看着我吃力地蹬着踏板，有的人透过车窗指指点点，有的人干脆打开车窗冲我大喊，"赶快离开堤道，要关闭了。"

"我正要！"恍然间我觉得自己在做一个梦，就是那种你拼命奔跑却不知道终点在哪儿的梦。

终于茂斯又出现在我的视线里，他平躺在堤道边临时停车带的草地上，我跟着倒在他身边，呼哧呼哧地喘着气。来不及了，堤道已经完全被海水淹没，海水将我们与圣岛暂时隔离开来。圣岛的海拔高度刚好在水位之上，不过但凡海平面再上升一些，半个岛屿可能就会消失在水中。临时停车带另一边是骑自行车的一男一女，他们在忙着修补车胎。男的在骂人,女的在抹泪。

"你们还好吗?我们能帮上什么忙吗?"我拖着疲惫的身体走过去,茂斯仍然瘫在草地上。

"该死的裂口。"原来是他的内胎裂了口,他正在往外胎里面塞新的内胎。

"我们没赶上,要再等好几个小时堤道才会再次开放。"女孩绝望地哭了起来。

"你们打算怎么办?"

"该死,除了等下去还能怎么办?"男人盯着女人继续道,"都怪你,非要进那家该死的饰品店"。说着把外胎翻出来。我不知道他暴躁的缘由,又不是非要赶着做什么,何必如此。

"你们有吃的东西吗?"

"没有,我们打算到岛上后再吃。"

茂斯拿着巧克力棒和香蕉走了过来,然后我们也没有再理会他们。我心里暗自庆幸还好我们的车胎还安然无恙。

我们在傍晚时分赶到岛上,冰淇淋车刚刚收摊。我们慢悠悠地穿过小岛,太阳在西边下沉。东方虽然没有落日,但天空像是晕染了油彩一般呈现出难得的彩色,这色彩似是要流淌着滴入海中。在岛屿边缘的岬角上,一座城堡静静地矗立在落日余晖的光晕中,美得不真实。看着此情此景,我不难理解为什么亨利八世执意要把修道院的石料搬到更靠近陆地边缘的地界重建城堡,便于防守和视野开阔都是原因。不知道近千年来在修道院里与圣徒们共处一室、共享餐食的修道士们是否认同亨利八世的想法。后来爱德华·卢廷斯（Edward Lutyens）以当时时兴的工艺美术运动[1]的风格重新设计了亨利八世曾经的防御工事，格特鲁德·杰克尔（Gertrude Jeykll）在他的军械库前设计了一座花园，不知道若是亨利八世早早能预知这一切，会作何感想。

我没有宗教信仰，我们来这里也不是为了精神上的追求，更多是出于好奇，但不得不承认，这里的确是有一种连我们这种非教徒都能共感的、超凡脱俗的氛围。潮汐使得这里成为远离尘世般的存在，它将圣岛与大陆隔离开来，第一批修道士从苏格兰西海岸的艾奥纳来到这里时潮涨，亨利和他的士兵离开时潮落。如今潮水已不再有抵御外敌的功用，它只是为意欲登岛的游客不时制造些不便，可正因为它的存在，圣岛才是圣岛。被潮汐浸润的空气中闻得到千百年来人们生存互动的气息，一只蛎鹬扇动翅膀，在小岛和班伯城堡（Bamburgh Castle）之间的水面掠过，在微弱的暮光中它发出鸣叫，像是意欲诉说有关这座岛屿的光阴与生命的故事。转眼蛎鹬飞入南边雾霭中，渐渐消失不见，而这样的画面，怕是在潮涨潮落中重演过数百年。

茂斯靠在一处古建筑断壁残垣的石墙上，他看似在注视着远处天空最后一丝光亮，但实际上另有所思。

"怎么样？你在想什么？要走吗，去好好睡一觉。我不知道你什么感觉，但我真的累死了。"

---

[1] Arts and Crafts movement，19世纪下半叶英国的一个美学运动。——编者注

"我也一样累,但我这几天意识到,不管再怎么累,我都要尽力把握当下的时光,抓紧每一刻。"

"如果累过头了,你想把握也没办法啊,累过头了你当下只会想要睡觉。"说着,我脑子里便浮现出我们刚出发时他几乎走一会儿就想要睡觉的时光,那时的我们就像是在大雾中前进,疲惫而无助。医生一再提醒让他不要太累。他几乎耗尽了自己的所有意志力才走到今天。现在的我担心哪怕是多一个小时的体力运动,甚至是一阵方向不对的风,都有可能把他刚有的一点好转磨灭,甚至让他的身体变得比在康沃尔的时候还差。

"出发之前我可能和你的想法一样,可走到现在我明白了一些道理——生存,死亡,还有生死之间无尽的空虚,我们靠什么填补这些空虚呢,靠的就是赋予每一刻价值。举个例子,就好像是一锅蘑菇汤一样……"

天几乎完全黑了下来,在北海的一个小岛边缘,寒冷的东北风从斯堪的纳维亚半岛吹来,他却任性地把生死比作一锅汤。

"你说什么?"

"做一锅汤需要大量的蘑菇,可往往扔了一大堆蘑菇进去,总量也就是两碗汤而已。蘑菇汤虽然简单,可味道复杂——百里香、大蒜还有泥土的味道——这不重要。总之,我想说即便你只喝一碗,能尝到的味道也很丰富。"

"泥土的味道?那可能是我没把蘑菇上残留的堆肥洗干净。"

"你没必要这么做。"

"怎么说?"

"每次我提到死亡的时候,你要么是开玩笑,要么转移话题。你不明白吗,汤不可能一直滚烫,它总是要冷却下来的,炉火熄灭之时,也恰恰是汤最浓郁的时候。"

"要是蘑菇汤总是让你想到死亡,那以后我可能要改做番茄汤了。"

"你看,又在转移话题。"

"好吧,我懂,这么说我们这次旅行就是在为一锅好汤收集食材了。"

"它已经是一锅好汤了。"

"是,好得不能再好。"

我们在暗夜中离去,黑暗中存在着联结生死的某处,那便是我们所有人的生存之地。

第二天骑车离开村庄时,我被涌上小岛的人潮吓住了,虽然才上午十点,但停车场已经爆满,一车又一车的游客被挤到堤道上,前夜的宁静被人潮彻底打破。我只有在足球赛当天的体育场外看到过如此这般的人潮。眼前的小岛怎么会吸引这么多游客?

离开小岛回到大陆后我们在一家咖啡馆停了下来,一边喝茶一边研究地图。接下来我们应该向西拐,沿着边境线向柯克·耶特霍尔姆进发。走出咖啡馆,外面凉意四起,看样子可能要下雨了。我的自行车胎被扎了,轮胎完全瘪了。要是在茂斯生病前,他闭着眼都能换车胎,现在我没把握他是不是还保有这项技能。他先是从自己的车子上取下打气筒,想要先给我的车胎打气试试看,可惜打气筒的气嘴与我车胎的气门不匹配。这打气筒显然是专门为茂斯的自行车配备的。不能打气,就别提什么更换内胎,如果换不了内胎,我们就哪儿也去不了。没办法,我们只能坐下来再点一壶茶,商量接下来该怎么办。我本来是想叫一辆出租车把我们先带到一家自行车店去修车,可无奈手机没有信号。我给茂斯的伤手重新换了胶布,他的手指依然已经发青,戒指周围的肉也肿胀了起来。

"就说你应该早点把戒指摘下来。"

"不碍事,你重新拿胶布固定一下就可以了,过几天就会好的。"

我们在四周来来回回走了几圈,可最终发现再怎么走也是徒劳,这附近压根儿没有信号,于是干脆继续喝茶,周围的人就英国脱欧和苏格兰独立进行争论。虽然脱欧和公投都已经成为旧事,可其影响仍未平息。尤其是在这里,在英格兰和苏格兰的交界地带,人们似乎不认为自己是英格兰人,也不认为自己是苏格兰人,更多时候他们把自己当作过渡地带的居民。陷入争论的两方一度火药味十足,我甚至担心,一方会不会抓起桌子上的蛋糕丢向另一方,不过最终气氛还是和缓了下来,大家还是达成了某种共识。

"我当时是投票支持英国脱欧了的,可实际上我并不愿意英国脱离欧洲,我希望的是我们在欧盟内部保持真正的独立。我觉得脱欧可能会引发动荡,我并不想动荡发生",说话的老太太已经喝完了茶,说着话她的怒气逐渐消退。

"我不想苏格兰独立,可我必须申明我是苏格兰人,不是英国人。"穿着运动短裤的年轻人捡起老太太掉落的餐巾递还给她,继续道,"我想说的是,我们的想法实际是一样的,我们想结婚,但需要保留各自的姓氏。我们是合作伙伴,但也是个体"。

"我不会嫁给你的,亲爱的,我可不会和一个穿短裤的男人生活在一起。"

他们互相交换了电话号码,而我们起身离开。车胎的问题还是要想办法解决。一对夫妇从停车场对面的一辆车的后备箱里取下两辆自行车后留意到了我们,妻子扶着自行车,丈夫走到我们身边。

"你们怎么样?轮胎怎么扁成这样……"

"没事的,只不过好像这个打气筒型号不对……"茂斯想要再打气试试看,他大概在想,也许刚刚只是没把打气筒组装好,或许这次就可以了。不过折腾了一番,事实证明打气筒气嘴就是和我的车胎不匹配。

"跟我到我的车那边,我有管子和打气筒,肯定对得上。"

茂斯跟着他穿过停车场,等了一会儿这对夫妻骑车离开,茂斯拿着东西向我这儿走回来。

"他们跟我说,用完以后把打气筒放在他们车底下就行。真是慷慨的两个人。"

尽管手指缠满了胶布,茂斯还是几分钟内就把内胎换好了。在闲坐了几个小时后,现在我们终于可以继续上路了。显然,有些记忆永远不会消失,可有些就难说了。就在我们全神贯注换胎的过程中,停车场有人前来,有人驶离。

"天啊!"

"怎么了?"

"我不记得他们的车是哪辆了。我只记得是在一辆红色的车旁边,可现在那辆红色的车不见了。"

我们在一排车子前走来走去,企图辨认出那对夫妻的车子,最后把打气筒和一张纸条留在了一辆后排座位被放平了的车底。骑车离开的过程中,我暗自祈祷但愿我们放对了地方。

***

从树篱后面的空地收起帐篷,我们迎着从西面吹来的冷风推着自行车继续上路。骑到弗洛登战役旧址(Flodden Field)时我饿坏了,于是停下来吃东西,我一边嚼着士力架一边想,在曾经有那么多人死伤的战场吃东西是不是有些不敬畏。16世纪时,住在这里的人们便已经习惯了动荡的日子;在那之前,边境流民之间的小规模冲突已经屡见不鲜,居住在南北两侧的人经常会出现争端,引发争端的事件包括偷窃货物和牛羊、抓俘虏等。1513年,苏格兰人和英格兰人之间的战斗,让詹姆斯四世和1—2万名士兵葬身在这边境农田的泥泞之中,这场冲突的惨烈程度远超过平日里的争端。旧时以血水为代价的战役如今只由一个十字石碑来铭记,石碑边是一个小小的停车场。打开车锁,继续骑车赶路,曾经葬身于此的、成千上万的魂灵让我觉得沉重。似乎从16世纪起,人类已经把世界改造得面目全非。我们改变了旧有的生活方式,取得了令人惊叹的成就,可我们真的是在更好地自我进化吗?1513年的那场战役如果是为了人类为了求得更好生存面貌而付出的代价,从那以后,我们是否真的获得了更好的生存面貌呢？几百年来，我们本可以一同努力寻求一种理想的生活方式，这种生活以没有人挨饿，没有人无家可归，气候不再被破坏为终极理想。可似乎我们所做的更多的是在浪费时间，为地图上的一条线而陷入无限的博弈甚至是争斗。我一边骑车，一边幻想着一个不被边界定义的世界的样子。

"你这是在模仿约翰·列侬[1]吗？快骑，否则天晓得我们什么时候能和他们会合。"

经过鲍蒙特河上的石桥，抵达柯克·耶特霍尔姆一家宾馆的铺满碎石的前院时已经是傍晚时分。一对夫妇正在花园里喝茶。我们那位大块头、大嗓门、操着北方口音的朋友拎着茶壶站了起来。

"还以为你们不来了呢。我们可已经把所有的蛋糕都吃光了。"

---

[1] 此处指的应该是约翰·列侬的代表作 *Imagine*，该曲想象了一个没有国界的乌托邦世界。——编者注

| 第三部分 |

脊梁

在阳光的视线之间
我们的无边国度
是不断结壳的沼泽

——谢默斯·希尼,《沼泽地》

地图标注：

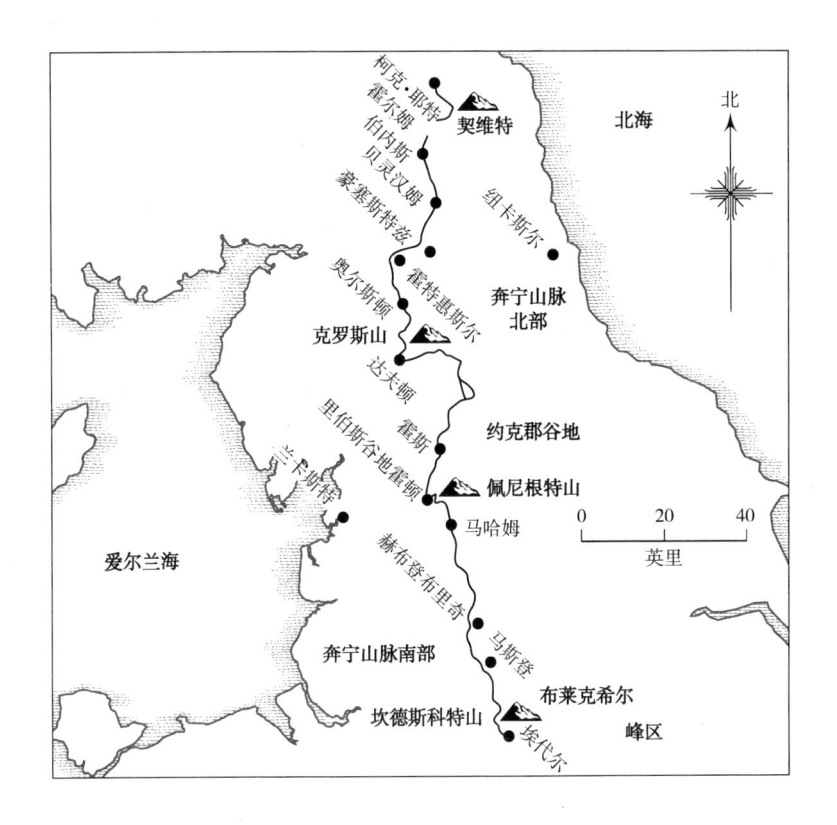

- 柯克·耶特霍尔姆
- 契维特
- 伯内斯
- 贝灵汉姆
- 豪塞斯特兹
- 纽卡斯尔
- 奔宁山脉北部
- 奥尔斯顿
- 霍特惠斯尔
- 克罗斯山
- 达夫顿
- 霍斯
- 里伯斯谷地霍顿
- 约克郡谷地
- 佩尼根特山
- 兰卡斯特
- 马哈姆
- 北海
- 爱尔兰海
- 赫布登布里奇
- 奔宁山脉南部
- 马斯登
- 坎德斯科特山
- 布莱克希尔
- 峰区
- 埃代尔

比例尺：0　20　40 英里

北

奔宁之路：
从柯克·耶特霍尔姆到埃代尔

22

"为什么要这么麻烦,你们骑车回家不好吗?"戴夫弯着腰,试图拆下踏板,这样他们就可以用纸箱把自行车快递回康沃尔了。

"这么远,我们可骑不动。我本以为背包旅行已经够累了,结果骑行简直更要命。"我从他手中接过踏板,把它扔进纸箱里。"对,你们可不能骑车,之前都在电话里商量好了,我们在这里稍事休息后,咱们四个得一起徒步旅行,直到你们必须回去工作为止。把你们送走后我们就坐火车南下。但我想不通你们为什么非要我们过来——哦,我知道了,你们不会看地图,哈哈。"

"别胡说八道了,你巴不得我们来吧,没有我们的生活多无聊啊。"

我把自行车驮包扔给戴夫,好让他挂到自行车上,然后我们开始打包纸箱。

"你弄好了吗?"朱莉把她打包好的纸箱放在茂斯的自行车座上。

"嗯，大功告成。"

"那我们去酒吧？"

茂斯穿过迷宫般的房间去寻找厕所，朱莉趁他不在时悄悄问我：

"他最近怎么样？上次分别的时候我们非常担心茂斯，但我不得不说，他现在看起来跟以前不一样了。"

"在拉斯角的时候都还是老样子，但从那以后，他脑筋转得愈发快了，动作也更灵活了。但谁知道呢？我每天晚上睡觉前都会祈祷，早上醒来也会不自觉地屏住呼吸，害怕看到他又变得和以前一样。"

"那有不好的情况发生过吗？"

"还没有，我觉得应该暂时不会出现那种情况。"

"我最近读到一些文章，里边说渐进式的阻力训练要比平地训练更有助于帕金森患者恢复。而且我想到过去你们徒步的大多数地方其实并不平坦。"

的确，我们走过很多沼泽地和巨石地带，那些地方可说不上平坦。我的思绪飘向在西南海岸小径步行的那段时间，当我们走在那条连绵起伏的小路上时，茂斯的健康状况竟然奇迹般地改善了。我当时还纳闷，我们所向往的大自然是否真的掌握着茂斯健康的钥匙，原来其中的奥秘比我想象的还要简单。

"你终于回来了。我还以为你掉厕所里了呢。"茂斯一出现，戴夫立即换了话题。

"唉,你也知道,我都好几周没见过冲水马桶了,一有自来水还真是舍不得离开。"

"我们刚刚还在说呢,预计我们到家的时候,你们已经到达奔宁山脉了。所以你们不妨继续前进,把这条路走完,反正来都来了。"

"没戏,你知道奔宁之路[1]有多长吗?"茂斯嘴上拒绝,但我捕捉到他的脸上掠过了一丝稍纵即逝的光芒,旁人可能不会注意到,但这种微妙的表情我却见过无数次,再熟悉不过了。他抬起头,与我目光相遇的那一刻,我们彼此心领神会。

奔宁之路沿着"英格兰的脊梁"奔宁山脉(Pennine hills)一路延伸,起于峰区的埃代尔,终于苏格兰边境的柯克·耶特霍尔姆,全长 268 英里。这里天空辽阔,沼泽地蔓延交错,天气多变无常。1965 年,这片荒野迎来了英国建设的首条国家级步道——奔宁之路,然而,大多数人不明白它的意义所在。但这条徒步道的倡导者汤姆·斯蒂芬森却畅想着它未来的样子——"一道微弱的线,在地图上细细勾勒,随着岁月流逝,感恩的朝圣者的脚步将在土地上留下永恒的印记。"合上奔宁之路徒步指南,我不禁回想起我的朋友帕迪·迪利翁引用的这句话。这就是我们几周来一直在做的事情——追随着前人的脚步,留下我们自己的故事,在大地上续写传奇。

---

[1] the Pennine Way,奔宁之路,英国最古老的国家步道,全程 400 余千米,走完全程需要 20 天左右。

在享受了几晚拥有床铺和热水的奢华生活后,我们已经被惯坏了,极不情愿离开这里。但到了下午早些时候,快递公司终于把装着自行车的纸箱取走,我们也就准备出发了。我背上背包,一种令人安心的熟悉感涌上心头。一切都会好起来的,有帕迪的指引,我们不用担心;而且这里毕竟是他的家乡,奔宁之路大概不会太为难我们。然而,几个小时后,随着热浪的侵袭,我意识到他的指南中遗漏了一些必要的常识。苏格兰的蠓虫令人闻风丧胆,而奔宁山脉的牛虻同样让人难以招架。我们仅仅走了8千米,就收获了无数巨大的肿包,几乎每一块裸露的皮肤都未能幸免。与蠓虫叮咬后出现的瘙痒性小红疙瘩不同,牛虻叮咬会使皮肤肿胀成一个红色肿块,幸运的话,肿块大小会如同一便士般,但不幸的话,可能就会扩大至两便士大小。这些肿包在晚上会奇痒难忍,需要几天时间才能消退。尽管天气闷热,一点儿风也没有,我们还是放下袖管和裤管,尽可能将皮肤全部遮盖起来,汗流浃背地走向远处的一个小木棚,这是我们此行所经历的第一个避难小屋。距离比我们想象的远多了,我们顺着路走,沿着小路下坡,穿过一片沼泽地,看到一群女人从另一边走过来,一边唱歌一边笑着,头发湿漉漉的。

"你们好啊!太神奇了,这里居然有其他人!你们是我们今天见到的第一拨人。你们从哪里来?"女人们个个精神抖擞,兴高采烈。

"我们刚从柯克·耶特霍尔姆过来,正要往南边去。你们也在走奔宁之路吗？"在这些充满活力的女人面前，戴夫笨拙地拖着脚步。

"我们不走，那条路太辛苦了，而且水也不够。我们刚从停车场过来，就在那边。我们一直在亨霍尔（Hen Hole）的瀑布下游泳来着，其实我们是诺森伯兰美人鱼，在这里游泳，享受着美好时光。"话音刚落，她们彼此对视，爆发出又一轮富有感染力的笑声。

"瀑布在哪呢？我也想冲洗一下这些肿包。"我环顾四周，一点水的迹象都没有，更不用说瀑布了。

"你们会找到的。因为这是最近的一处水源，是步行者的必经之处。"

我们看着她们越走越远，突然意识到我们都没有考虑水的问题，仅仅是带着足够一天用的东西就离开了村庄。所以现在我们需要重新把水瓶装满，为今晚和明天一整天做准备。我们没想到在一片巨大沼泽地上，喝水居然会成为一个问题。但这里的确没有溪流，唯一的水源储存在泥炭棕色的沼泽中，完全无法饮用，除非你将它过滤，然后消毒，最后煮沸。我越想越绝望。

如果能找到足够的水，那么在夜幕降临之前，我们就有充足的时间在避难小屋做好饭。

建造避难小屋的木材比花园棚舍的木材更为坚固，但归根结底也只是一个简单的木屋。亨霍尔小屋（Hen Hole Hut）坐落在山脊附近，可欣赏到契维特高地（Cheviot Hill）北部的景色。这时，一个70多岁的男人出现在门口，头上的羊毛帽子拉得很低，遮住了散乱的白发。他似乎在欢迎我们来到他的家。我看到屋子里面,他的睡垫和睡袋已经铺好,这个叫塔姆的老人显然是打算在这里过夜。昏暗压抑的氛围我不喜欢,于是我们面朝夕阳,把帐篷搭在了荒野上。

"塔姆,你知道哪里有水吗?"茂斯摇晃着没剩几滴水的水瓶。

"你得从这里下去,要走不到一千米,路很陡,但那也得去,只有那里有水。"

我们争论了一会儿谁去,最终戴夫"保护团队"的童子军言论获胜。朱莉正在嘲笑他,丝毫没有要下山的意思。

"让他去吧,他喜欢做营地的杂务。"我看她已经脱掉了靴子,于是我也脱了鞋,但茂斯跟着戴夫下了山。

"等等我,老弟,你一个人拿不了这么多瓶子。"

"你怎么才来,我还以为我真得自己去了。"

我和朱莉坐在小屋外的长凳上看日落,塔姆告诉我们他近些天来一直沿着奔宁之路步行,明天将是这段旅程的最后一天。他独自徒步旅行,看起来十分自洽。

"我不赶时间,所以路程多远都没关系,我会慢慢欣赏路上的风景,按照自己的节奏生活。"他正在调整膝盖上的一个电子设备。

"那是什么?"朱莉喜欢和别人聊天,她对任何事物都抱有极强的好奇心,一打开话匣子就收不住了,总有各式各样的问题等着你。

"这是 GPS 追踪器。它能告诉我当前的位置、步行的总里程数以及步行速度。我一般一小时能走 3.7 千米,这样我就能准确地知道我距离目的地还有多远,以及我什么时候能够到达目的地。"

我看着已经被翻得卷毛边的帕迪·迪利翁旅行指南,意识到自从我们开始步行以来,我们很少考虑时间和距离的问题。这几周以来,我们一直保持着"每天只走两页"的节奏,无论我们正在使用哪本指南或者地图,我们都只走到下一页所提到的最后一个位置,很少会继续翻看下一个地点是哪里。他们滔滔不绝地交谈着,直到天色渐暗,冷风乍起,茂斯和戴夫还没有回来。又等了许久,他们终于出现了,带着水瓶满载而归,打水过程看起来要比想象中体面得多。就在我们打着手电筒刚刚煮好面条的时候,我们发现,似乎要变天了。

荒野上的风呼啸而过,刮个不停,本来开阔的视野瞬间被低空的云层所笼罩,除了沼泽和小路我们什么也看不见。帕迪告诉我,奔宁之路的特点之一,就是它曾经是一条宽阔的小路,周围是裸露的黑色沼泽。但因为成千上万步行者的踩踏,这里的植被被消磨殆尽,转化成的泥炭,已经有大腿那么深,现在几乎无法通行,传说这片沼泽连马匹都能完全吞没。奔宁之路的其他路段也是如此。但几年前,人们在路上铺设了石板以便安全跨越沼泽地。随着时间的推移,沼泽草重新长了出来,盖住泥炭,这里的自然生态逐渐恢复了些许,徒步者可以安全地通过。

英国许多凉爽潮湿的地区都有这样的覆被沼泽,从设得兰群岛（Shetland）到苏格兰北部，横跨奔宁山脉，以及威尔士部分地区和英格兰南部的荒原，面积超过 250 万公顷，约占世界覆被沼泽面积的 13%。这里沼泽地区面积广阔、没有树木覆盖，储藏着大量的泥炭和雨水，苔藓和草丛植被覆盖在泥炭之上。泥炭是由植物的残骸演变而成的，在潮湿的条件下，它们无法完全腐烂，而是被埋藏在地下。每株植物在其一生中储存的碳总量都被封存在泥炭之中。健康的沼泽含有大量碳，植被死亡时，健康的沼泽可以把植物封存起来，泥炭中的碳含量会持续增加。在当前的气候危机时期，健康的沼泽对我们而言是一份无法估量的宝藏。据估计，英国的健康泥炭地蕴含着超过 30 亿吨的碳。但当这些沼泽地区被破坏，因农业、泥炭开采或燃烧而失去植被时，它们就会成为一个巨大的气候威胁。仅英格兰的退化泥炭地每年就会向大气中排放约 1000 万吨二氧化碳，因此恢复沼泽地对于减缓气候变化至关重要。然而，沼泽不仅是自然界的宝藏，更是我们文化的一部分。它们连接着这片土地，从南到北，潜移默化地存在于我们的日常思维之中，即使我们未曾察觉。如今，它们的健康不仅影响着自然生态，更与我们自身的福祉息息相关。南希·坎贝尔写了一本关于描述雪的五十个词的书[1]；我相信我们也可以找到五十个用于描述沼泽的词，尽管这本书的情调会远不如前者浪漫。

我们冒雨前进了数千米，经过温迪盖尔山（Windy Gyle），据

---

[1] 指《雪的 50 种表达》，中文版由中国社会科学出版社·鼓楼新悦出版。——编者注

说它是这条路上视野最好的一处地点。但雾好似在我们周围形成了一堵墙,我们的视野只有不到 20 米。所以我们一边继续沿着小路走,一边联想与沼泽有关的所有词语——沼泽、泥沼、污水坑、泥潭……当然了,最重要的任务是小心翼翼地保证每一步都稳稳地踩在石板上。

不久后,我们到达了下一个避难小屋,坐在里面避了一会儿雨。三个十几岁的男孩已经在里面扎好了帐篷,他们都穿着短裤和白色的酒店拖鞋,统一的运动衣和靴子整齐地堆放在长凳上。看来他们是为了儿童慈善事业来走奔宁之路的。

"我们只有两周的时间,之后就得回去上班了,但我知道我们一定能做到的。"

"怎么选了一双这么不耐脏的鞋?"

一个男孩把脚翘起来,欣赏着自己那双耀眼的白色拖鞋。"我妈妈说让我们带着在屋里穿,显然她并不了解这是什么样的屋子。"

当我正琢磨这拖鞋还能白多久的时候,门突然被撞开,两个男人挤了进来,后面还跟着另一个男人和一条狗。这只狗面朝角落站着,一副悲伤沮丧的表情。5 平方米的木棚子变得更加拥挤,更加潮湿闷热。男孩们的拖鞋也被弄脏了。我们正要离开,去外面搭帐篷的时候,又有一个男人带着一个男孩进来了,突然间,事情变得有趣起来,那不妨先看会儿热闹。他们在讨论下雨天骑着自行车穿越沼泽地的经历。那个牵着狗的人说他要去外面露营,但其他三个男人和小孩说他们就在这儿待着,哪儿也不去。

"孩子们,你们要么挤一挤,要么就滚出去。我们本来就打算来这里,所以连帐篷都没带。你们既然有帐篷,那小屋就归我们了。"那个身材高大、声音洪亮、浑身湿漉漉的男人看了眼孩子们的背包,抬起下巴示意门口的方向。

"是啊,滚出去吧,小屋是我们的。"这个男孩就像这个男人的缩小版,就连穿着都很像。在雾气缭绕的沼泽里的木棚中目睹了一场领土争夺战,这种感觉真是奇怪,但更奇怪的是,男人和男孩如此无礼,却没有受到任何训斥。我们出去搭起了帐篷,在里面避雨做饭。

早上起来,我们开始收拾行李,男人拖着不情愿的小狗沿着小路离开,十几岁的孩子们从帐篷里出来,他们的白色拖鞋被泥炭染成了棕色。接下来的几个小时里,我一直在思考,边境线、国家和战争的概念是否都是这样开始的——身材高大的尼安德特人声称洞穴属于自己,然后把小个子的人赶出去,再将这种思路灌输给自己的孩子。

尽管昨天下了雨,但我们还是没有水喝。远处一只小鹿在地平线上奔跑,这是我们在西高地之路上看到的唯一一只鹿,仔细想想,这一路走来我们几乎没有看到任何野生动物,偶尔会看到一只云雀或野翁鸟,但也仅此而已。这里有很多绵羊,比我们在整个拉斯角步道上看到的还要多。每一块干涸的土地上都铺满了羊粪,草根都快被啃秃了。

雨停了,气温逐渐回升,我们走在平坦的沼泽地上,周围是丛生的沼泽草和羊群。黑压压的积雨云正在南方积聚蓄力,云体每小时都变得更加阴沉。霎时,一道闪电劈向荒原。

渐暗的景色映衬出耀眼的光芒,隆隆作响的雷声接连不断。然后是暴雨无情地落下,我忙不迭戴上帽子,巨大的雨滴持续不断地打在防水外套上,那声音震耳欲聋,仿佛世界末日已然到来。我们不知道应该要敬畏地站在原地,还是恐惧地逃离这里。最终我们的做法可以说是两者兼而有之,我们看到针叶林中有一条陡峭的小路,泥泞的水流冲刷着下坡的路。

但我们没有继续前进,而是在树林里停了下来,因为看到一位白胡子老人正顶着倾盆大雨,踏着泥泞,慢慢地向我们走来。他用垃圾袋把背包裹住,但里面已经被水浸透了。

"我们有多余的背包套,你要吗?你的东西应该都湿透了。"茂斯开始在他的背包里翻找。

"不用,小伙子,我没事。我走得比较慢,一天最多走8千米,不管下雨还是晴天,潮湿还是干燥,对我来说都没有太大的区别。明天太阳一出来就晒干了。下面应该有个小旅馆,我本来想去那里擦干身体再弄点儿吃的,但我找不着路了。不过没事,我在森林里找个地方扎营也行,也能躲雨。"

我们和他道别,希望他快点找到避雨的地方,在厚厚的干燥的松针上扎上帐篷。

我们脚下一滑,直接滑到了山坡下,没想到居然看到了旅馆的牌子,于是我们加快脚步朝那里走去,想赶快避开这暴风雨。旅馆里一对年轻夫妇跟我们打招呼,说他们还剩下两个房间,现在正在给其他客人盛牧羊人馅饼[1]，问我们要不要也来一点。男主人将我们的行囊放置在一个干燥的房间里，几分钟后我们就在温暖的房间里吃上了热乎的食物。这间旅馆是由看似之前是公租房的两间房屋改建而成的，湿漉漉的徒步旅行者在这里得到慰藉，人们可以在舒服的床上睡上一晚，如果没有空房，也可以在花园里搭上帐篷。不管怎样，在这里都至少可以晒干衣服，吃些热食，这里犹如一片绿洲，我真希望那个老人也能找到这里，我宁愿他今晚住我的房间。

[1] 一种传统英式料理，由土豆、肉类和蔬菜烤制而成。——译者注

23

穿过伯内斯（Byrness）之后，一望无际的针叶林连绵数英里，宁静的深绿色气息弥漫四周。除了偶尔看到一些往北行进的徒步者外，几乎听不到其他动静。针叶林拥有我们人类世界所需的大部分木材，从桌子到书页，但对于自然世界来说，针叶林是一个死寂之地，很少有野生动物居住，更别提在此繁衍生息。但松树对人类生活有着不可替代的价值（除了我们争相购买的卫生纸之外），它们的真正价值是轻易察觉不到的。天气炎热时，松树会释放出一种化学物质称为蒎烯，肉眼看上去针叶林间会出现一种蓝色的薄雾。这种薄雾能够保护植物免受阳光的炙烤。对于人类来说，这种雾气也同样具有保护作用。科学家发现，当我们吸入蒎烯时，它会与我们的身体发生化学反应，降低压力激素皮质醇的水平，并增强我们的抗癌杀手细胞的活性。所以难怪一天结束后，我和茂斯都感到非常放松。我开始思考是否能找到一种方法，让这些减压、固碳的"巨兽"自由生长和繁衍，是否能够减少人类对木浆制品的依赖，而不是过度地将整个地球都覆盖上竹林。

天空清澈澄净，深蓝色的夜空逐渐笼罩了无边无际的荒原。我们来到了惠特利峰（Whitley Pike）附近，但并没有发现适合露营的地方，于是继续往前走。沼泽上覆盖着丛生的野草和低矮的灌木。我们每走一步，都看到水像从海绵中渗出一样，灌木随着我们行走的节奏，在被水浸透的泥炭上跳动。随后我们到达了山顶，看到堆石标[1]和奔宁之路路标下有一小块干燥的土地。戴夫和朱莉在那里勉强支起帐篷。我和茂斯别无选择，只能睡在路中央了。但没关系，经历过森林里涤荡灵魂的倾盆大雨后，我们亢奋得不得了，还有什么是我们经受不住的吗？

夕阳的最后一抹余晖消失在地平线上，但从南到北的天际线被深沉暗淡的酒红色所照亮。我们坐在山顶，沉浸在各自的思绪之中。然后我们听到了鸟叫声，从苏格兰北部开始就一直听到这种叫声，但是我们不认得这是什么鸟。这附近没有鹿或者老鹰，也没有兰花或者杜鹃，但这只鸟好像一直在呼唤着什么。

"那只鸟又来了。这到底是什么品种？我都不认识。"

"得了吧，茂斯，你连这都不认识？"从戴夫脸上得意的傻笑中我可以看出，他在卖关子。"我们在寒冷潮湿的北方都见过这种鸟，你在南方能没见过？我简直不敢相信。"

"那你倒是说说看它叫什么。"

"那不行，不过我可以给你个提示：它是金色的。"

---

[1] Cairn，以石堆标示地点或某人埋葬的地点。——编者注

我还是想不出来。我试着在脑海中想象一只金色的鸟,但除了鹦鹉,我什么也想不到。

"嗨,我怎么把它忘了呢,一只金色的鸰!"

"看吧,你是知道的。"朱莉看着我微笑。我们坐在夕阳下,看着茂斯拿着那把戴夫递给他的钥匙,从一个上锁的盒子里拖拽出一段记忆。

我们在满天星斗下进入梦乡,听着鸟儿的叫声,这只鸟儿现在有了名字。

茂斯撕开他手上沾满泥泞的黑色绷带,露出肿胀的皮肤,戒指将浮肿的手指勒成两节,看起来像是一根紫黄相间的香肠。我们围成一圈站着,对着伤口又戳又挤。

"疼吗?"朱莉似乎是唯一一个对他表示同情的人。

"就是有些灼烧感,其他还好。"

"你知不知道,再耽搁一会儿,手指会坏死的。你为什么不把戒指摘下来?白痴。我的折叠刀里要是有锯子就好了。"戴夫在摆弄他的多功能折叠刀。里面有剪刀、锉刀、牙签和指南针,但幸好没有锯子。

在戴夫开始试图用指甲锉锉穿戒指之前,我把茂斯的手指重新绑好。几乎是同时,巨大的雨滴开始落在我们的防水衣上。

"北方的好天气啊。我们走吧,也许能及时赶到贝灵汉姆(Bellingham),去那里的酒馆里吃派和土豆泥。"戴夫收起他的折叠刀,背上了背包。

朱莉在一边翻白眼。"你也不是纯正的北方人好吧,戴夫。"

路上我们遇到了几个往北走的人,他们都不约而同地问我们大概走了多少英里,花了多少天。当我们说不确定时,大多数人都嘲笑我们。雨还在下个不停。一个戴着英国国旗帽子的人告诉我们,英格兰队在欧洲杯半决赛中击败了丹麦队,踢进了决赛,但这里的欢呼与庆祝远不如我们在格拉斯哥看到的苏格兰输掉比赛时的情景热烈。我们在雨中继续前行,怀念那种来自塔坦军团[1]的热情欢愉。在众多穿着防水服的步行者当中,只有一个人询问了关于这条路本身以及风景之类的事情。

"是啊,今天我们在浓雾中走得很辛苦。不过会好起来的。等你到了达夫顿(Dufton),从那里到蒂斯河谷米德尔顿(Middleton-in Teesdale)的那一小段路,你就会明白,一切辛苦都是值得的。"当那个穿蓝色防水服的男人离开时,我们意识到很少有人会提到他们所走过的土地。拉斯角小径上到处都是步行者,其中大部分都是想要累积一个漂亮的步行里程数,也有那么少数几个人在匆匆而过时注意到了一些宏伟的东西。但谈到奔宁之路,所有人关心的事情好像就只剩下里程、时间和天气了。

我们前往贝灵汉姆的途中遇到许多人打着伞参加结婚派对,新娘穿着一身白色礼服,泥泞沾染了她的裙摆。一时间,意料之外的盛宴让我们幸福得不知所措,我们立即向它大步走去。

---

[1] "塔坦军团"是对苏格兰国家足球队球迷的称呼,源于他们在观看比赛时穿的格子裙(Tartan),这是一种传统的苏格兰花呢,代表着苏格兰的文化和历史。——译者注

我们三个人点了派和土豆泥。戴夫吃了一份精致的三文鱼和沙拉，试图向朱莉证明他可是见过世面的人。我们隔壁桌是四个60多岁的男人。很明显他们也是步行者，正在讨论今天不俗的成绩，彼此祝贺成功走完了20英里，比帕迪在书中描述的14英里还多了6英里，而且现在才下午三点。

"我的身体还没那么僵硬嘛，20英里轻松拿下。"这个谢顶的男人看起来很疲惫，好像不太轻松。

"我也是，感觉很好。"其他三个人齐声点头。

"我们买一些明天要吃的三明治吧，要奶酪的还是火腿的？"谢顶男引导着话题走向。

"我要金枪鱼的。"那个小个子男人似乎很挑剔。

"他们没有金枪鱼，只有奶酪和火腿。"

"但我就想吃金枪鱼三明治。"

"但他们只有奶酪和火腿。"

"那我明天早上去 co-op 超市买金枪鱼三明治。"

"如果超市也没有金枪鱼三明治，那你就不吃了？"

"你要去超市的话，就给我带一包哈瑞宝果汁软糖吧。"我从他的表情可以看出，这个穿蓝色毛衣的人都被馋坏了。

"给我也带一包。"

"我也要。"

"我也要。"他们都想吃果汁软糖。

"但我也可能不去超市。"

"你必须得去，你还要吃金枪鱼三明治呢。"

"没错,你必须得去。"

"你得去,你那么爱吃金枪鱼。"

他们纷纷起身,拖着 60 多岁、刚刚走了 20 英里路的身体去吧台点三明治,动作僵硬笨拙。我拖着 50 多岁、僵硬笨拙的身体起身准备离开。我不知道自己走了多少英里,只知道我也很需要一袋果汁软糖。

我们从超市买了一些食物,我看见朱莉往篮子里放了一大袋香肠卷。

"背着很沉的。"

"我知道,但戴夫一会儿就饿了,我得提前准备好。"

我看着篮子里的那袋糖果,意识到步行者都一样,无论是不是负重步行者,我们都会腰酸背痛,也都食欲旺盛。

一望无际的农田上渐渐出现了大门、台阶、石墙和愤怒的牧羊犬。放眼望去,漫山遍野全是羊,青草在羊粪的掩盖下几乎失去了存在感。绵羊数量的增加,与之相伴的是野生动物数量的减少。这让我想起了康沃尔的农场。我们搬到那里时,那里的土地也是被过度放牧的状态,但这几年,通过减少牲畜数量和化学农药的使用,情况才有所好转。现在是 7 月初,田野里的草即将结籽,人们开始准备割草做粗饲料了。食草昆虫趴在草上大快朵颐,但螳螂捕蝉,黄雀在后,天空中满是低飞的燕子,它们也在狼吞虎咽地吃着源源不断的食物。茂斯走在我前面,在尘土飞扬的地面上跌跌撞撞地走着。我知道是脚的问题,那段时间我们每天都走 5 英里，从那时起脚就开始疼了，有时候疼得他睡不着觉。有那么一刻，我真想干脆不走了，坐上火车，回到我们的果园和田野里去。但这个念头也只是转瞬即逝罢了。

傍晚时分，突然间，我看见了这片土地的另一种可能性。整个山谷都开满了野花，漫山遍野的蓬子菜散发出浓郁的蜂蜜味，空气中充满了小昆虫，这番景象令人陶醉。但这条小路很快就把我们带出了山谷，我们回到了绵羊和马蝇的地盘。一位老人出现在前面。他瘦削结实，行进速度很快，穿着莱卡面料的运动衣。可能在跑步，也有可能是个骑行者。我们走近一看，他几乎要流泪了。

"你好，你是在走奔宁之路吗？"其实我敢肯定他不是我们的同路人，因为他的背包很小。但我不知道除此之外还能怎样寒暄。

"呃，是的，可以这么说。"

"你只打算走完其中一段吗？"

他的表情很耐人寻味，好像我说了什么贬低他的话似的。

"这条路我已经走过四次了，这是第五次。但以后我再也不会来了，无论是这条路，还是其他长途路线。"

"怎么了，为什么？"我们都等待着他的回答，以为他会说自己得了某种绝症。

"我已经 72 岁了，之前每次只需要 10 天就可以完成，但这次我发现我无论如何都做不到了。"他看着地面，摇了摇头。"这让我很难堪，或者说，我为自己感到羞耻。我不再是以前的我了。

我就是无法接受这个现实。"

我想知道这是不是所有那些只关注时间和距离的负重步行者的命运。当他们不能再遵守时间表时，他们在这些非凡的风景中所花费的时间是否就变得毫无价值？我递给他一个果汁软糖，但他摇了摇头，转身走开了，像一只穿过马蝇群的惠比特犬一样沿着小路飞奔而去。我想知道，如果是伯内斯森林里的那位老人遇到了他，会对他说些什么？我希望那晚老人在厚厚的松针上度过了一个宁静的夜晚。他不在乎路途有多远，唯一的愿望就是尽可能多地去感受脚下的土地，直到他再也走不动为止。

我们在开阔的沼泽地上搭起帐篷，夜幕降临了，农场上点点灯光陆陆续续浮现在无边无际的黑暗夜空中。我看不见戴夫和朱莉，但我知道他们也一定坐在帐篷里欣赏着夜色。

"想不通我为什么只吃了一份三文鱼，我快饿死了。"

"我打赌你现在能吃下一个香肠卷。"

"你怎么回事，又馋我。"

"对，不过我这儿的确有个香肠卷，如果你要吃的话。"

"什么！我太想吃了，我爱死你了。"

我们刚要拉上帐篷拉链时，就看到点点亮光开始从天上掉下来。在遥远的地平线上，光点开始落到地上。它们一个接一个地出现在天空中，然后掉落下来。我们开始数数，"10，11，12"，接连不断。一个刚落在地上，另一个就出现在天空中。但无一例外，每次只有一个亮点。

"朋友们，你们得看看这个，这不会是外星人进攻吧。"茂斯很兴奋，试图用他的单筒望远镜观察亮光，他确信自己目睹了一场入侵。我听到附近的拉链打开了，戴夫一定会出来晃悠。

"我的天啊，那是什么？"光点持续落下。"你们觉得那些是直升机吗？"

"除了直升机我想不到还能是什么。"没过多久，亮光全部消失，我们以为结束了，但接着西边又出现了亮光，紧接着越来越密的光点从天空落下。

"那里有军事基地吗？"

"不知道，但我从来没见过这样的场面。"

30分钟后，亮光终于熄灭了，我们都做好了和外星人战斗的准备，我们推测它们马上就会涌向山顶。就在这时，我们听到朱莉从另一个帐篷里传来的理智发言。

"可能是军事演习。还有一种可能，我听说汤姆·克鲁斯在附近拍戏，也许直升机着陆的镜头需要重拍几次才能通过。"

听到这话，我们都从高度警惕中放松下来，尝试入睡。

第二天打开帐篷时，我们没有见到外星人，甚至也没见到汤姆·克鲁斯，眼前还是那片熟悉的、只有马蝇和绵羊的荒原。

24

我们在针叶林里耽搁了三个小时,一边要绕开脚下倒伏的树木,一边小心不要踩入齐膝深的泥泞之中,三个小时后我们终于离开了这片树林,来到了阳光明媚、连绵起伏的农田上,有种拨开云雾见青天的感觉,接下来的路要好走得多。我们翻过一堵石头垒成的城墙,突然意识到这就是大名鼎鼎的哈德良长城,城墙始建于公元122年罗马帝国皇帝哈德良统治时期,标志着罗马帝国在不列颠岛的边境,守卫着荒凉的西北边界,阻止北方部落的反攻。它从西到东横跨整个英格兰北部,全长73英里。它被联合国教科文组织列为世界文化遗产,尽管现在已经破败不堪,每年仍有成千上万的游客前来参观。罗马帝国结束在不列颠岛的统治后,北方部落之间开始自相残杀,后来他们要求休战。休战时期,边境在各方的想象中呈现出新的样貌,他们把大部分石头移走,用来建造农场、房屋和绵延数英里的田野边界。现在放眼望去,这堵墙似乎已经和谐地融入了周围的乡村,就像在湿润的纸上渐渐晕开的水彩一样。但这堵墙是建在天然屏障上的,残垣断壁仍然矗立在悬崖顶上，在南方的天际线上留下一个壮观的轮廓。

从英国西北边界一路走来，我们感觉自己就像来自雪线附近的野蛮部落，准备向南进攻，一举征服南方大片开阔肥沃的土地。这支衣衫褴褛、臭气熏天、背着帆布背包的四人大军，估计会把游客吓得不轻。我们瞄准豪塞斯特兹堡[1]向其进发，然后打乱队形，"突袭"了英格兰遗产委员会下属的商店，一人买了一个冰淇淋。至此，我们对堡垒的"攻击"宣布告一段落，因为这会儿已经超过营业时间，堡垒暂停营业，谁来也不接待，来抢劫的部落人也不行。于是我们一脚踢开脚边的羊屎，坐到城墙上开始享用冰淇淋。

傍晚时分气温下降，潮湿的雾气开始上升，在城墙下方形成一层薄雾。我们在几乎黑暗的环境中前进，时不时地被薄雾所吞没，然后再次出现，就像沉默但坚定的百夫长[2]一样在黑暗中摸索前行。

我们沿着城墙走，看到一棵梧桐树孤零零地矗立在两座山丘之间。它就是著名的"罗宾汉树"（Sycamore Gap）。据"参观诺森伯兰郡"官网的介绍，这棵树是英国"上镜最多的树之一"。我在20世纪90年代一部关于罗宾汉的电影里见到过它，电影里有一幕就是凯文·科斯特纳和摩根·弗里曼在这棵树附近闲逛。我们把帐篷支在地势最低处，既能欣赏到"罗宾汉树"，又能不

---

[1] 哈德良长城的一个辅助堡垒遗址。——译者注
[2] centurion，古罗马军队中管理100名士兵的军官。——编者注

被人发现。[1] 因为我们知道在这里野外露营是犯法的。

"我们就陪你们走到这里啦,明天我们就回家了,你们想好下一步要做什么了吗?"朱莉总是在问问题,问许多问题,总是催促我们做出决定。这就是为什么我从未考虑过让茂斯去医院治疗,因为医生也是这样,总是有一大堆问题要问。

"我们要去纽卡斯尔。"等着瞧吧,朱莉马上就要问为什么了。

"为什么是纽卡斯尔?"

"因为我的背包带断了,茂斯的腰扣也断了,而且我在那里预订了第二针新冠疫苗。"

"为什么不等你们回到康沃尔再处理这些事呢,你不是说你们就走到这里了吗?背包坏了也没事,反正你们都要回家了。"

"因为我们要继续走下去,走完奔宁之路。就停在这儿太可惜了。"

"我就知道!我就知道你们会走完这条路的。"戴夫笑了,他很满意自己的预言成真了。

"奔宁之路之后的计划你们也有了是不是?"

"什么计划,戴夫,你又知道了?"

"你们肯定会步行回家的。"

---

[1] 2023 年 9 月,这棵地标性的树被一位 16 岁男子非法砍倒,现在已经看不到了。——编者注

***

霍特惠斯尔火车站虽小，但也覆盖了主要线路。戴夫和朱莉买到了向西回家的车票。我和茂斯则要去东边的纽卡斯尔。他们先上了火车，我们在站台上目送他们离开。这时戴夫探出头来：

"我打赌，你们肯定会走回家的，肯定会的。"

"别傻了，我们才不走回去呢。"

初到纽卡斯尔时，我们受到了很强的视觉冲击。要知道我们在野外待了好几个星期，中间只在城镇待了零星几天。一走出火车站，就看到了一片人山人海的景象。车站宽阔的入口处有一群人正在街头斗殴。尽管警笛震耳欲聋，警察逮捕了闹事者，但围观的人却越聚越多，年轻人们沉浸在愤怒中，不肯作罢。我一边看热闹一边走路，分了心，差点被一个坐在柱子旁无家可归的女孩绊倒。她的脸暗淡憔悴，对周遭发生的事情漠不关心，吵闹的环境好像完全没有影响到她。棕色的长发垂在她伤痕累累的手臂上，透过头发我看到她那饱经沧桑的、冷漠的眼神。她看起来不过25岁，甚至可能更年轻。我和茂斯失去房子的时候，我们的孩子也是二十出头，马上大学毕业，安稳的家庭生活骤然消散。他们如此年轻，如此脆弱，稍有不慎，人生轨迹就会骤然发生改变。斗殴者被警察塞进警车，围观的人渐渐散去。我深吸一口气，靠在墙上，给每个孩子都打了电话。虽然他们不算小孩子了，但我也得知道他们都好好的。茂斯和那个女孩开始交谈。

"你好，你还好吗？需不需要什么东西？"

她没有回答，甚至连头都没抬。

过了一会儿，商店都关门了，天色渐渐暗下来，那个棕色头发的女孩和另外两个男人站在一起。一个年纪稍大，穿着街头服饰。另一个年轻整洁，还背着背包。他们围着一幅街头艺术品交谈，好像在等待什么。后来一个高个子男人出现了，他穿着黑色衣服，看起来像酒店的门卫，三个人都很认真地听他说话。随后他带走了那个背着背包的男孩，告诉另外两个人待在这里，他一会儿回来。棕色头发的女孩待在原地，但年长的男人马上就走了，朝着火车站走去。

一个小时后，我们正要离开咖啡馆时看到那个女孩还在那里等着，门卫终于回来了。

"对不起，小姐，今晚没有空房了。来，拿着这个去吃点东西吧。"

"该死，保罗，你不能帮我找个地方吗？"

"没有地方了，小姐，抱歉。"

女孩慢慢地走开，回到火车站。保罗正要转身离开时，茂斯上前和他搭话。

"嗨，保罗，我听说你在帮人们找旅馆过夜。"

"是啊，怎么了？"

"我只是想知道你为什么选择带走那个男孩，而不管那个年轻的女孩？"

"他是新来的，我第一次见到他，他说他已经在街上流浪两天了。"

"但为什么是他,而不是那个女孩呢?她应该更需要一个过夜的地方吧。"

"他们都需要,但那女孩在这里住了几个月了,男孩是新来的。如果我们马上把他们带到青年旅社,他们就会有更好的机会。"

"更好的机会?"我不明白他在说什么。

"在彻底沦为流浪者之前,回归正常生活的好机会,这关乎结果。这个女孩知道,除非有新来的,不然我一定会先带她进去。"

保罗转身离开,继续他漫长的夜晚。这份工作让他不得不做出艰难的选择,而这样的选择似乎永无止境。我们找了一个安全的房间,虽然只有一张床,但足以远离城市的危险。我又给罗恩发了一条短信,短信中我再次感谢上天,我们成功熬过了失去家园的痛苦,也没有让我们的金发女孩在街上流浪,不用每天晚上都在发愁如何能够安全地过上一晚。

***

雨点打在酒馆的窗户上,模糊了视线,让人看不清远处的桥。我擦去玻璃上的雾气,又端详了一下,确认我不是在做梦。

"你能看见它们吗,如果仔细观察,你会发现周围到处都是。我看不太清它们是什么,但应该是某种小海鸥吧。"

泰恩桥的钢拱上筑有很多鸟巢。小海鸥在桥下俯冲鸣叫,把鸟屎溅到人行道和行人身上。茂斯把单筒望远镜抵在酒吧满是水汽的窗户上。"它们是三趾鸥。"

"但我以为它们只在海边的悬崖上筑巢呢，没想到也在内陆筑巢。"

"我也这么想来着。"

它们似乎是世界上纬度最高的内陆三趾鸥繁殖群，在这里筑巢已经60多年了。这一段时间，世界各地的三趾鸥数量急剧下降，而这个种群已经增长到1000多对了。它们只在繁殖季节才会来到这里。夏末时，它们将前往大西洋，在那里过冬。但是，尽管人类的干预可能会打乱鸟类的生活节奏和最佳繁殖时机，但清理桥梁并重新粉刷的计划依然在有序进行中。政府承诺这项工作将避开繁殖季节进行，但即使如此，也会不可避免地破坏鸟类栖息地。再次抹去窗户上的水汽，我在想，横跨泰恩河的桥梁何其多，不能把这座桥让给三趾鸥吗？市民们宁愿接受生锈的大桥，也不愿为了一层油漆，而冒着失去这些美丽温和的鸟儿的风险。

仅仅几秒钟，新一层的水汽又笼罩上来。

"我觉得我们需要做一些更令人兴奋的事情，而不是一边看着窗外的雨，一边吃个没完。毕竟今天是你的生日。"

"真不敢相信，我都61岁了。"

"真不敢相信你坚持到61岁了。但不管怎样，我要给你一个特别的生日礼物。去打新冠疫苗吧。还有，如果我们真要走完奔宁之路，我们就必须得去买新的背包了。"我离开酒吧，走进雨中，回味着茂斯 53 岁第一次被诊断出患有 CBD 时我曾是怎样的心情。如果有人告诉我，他会在 61 岁的时候从拉斯角一路步行到哈德良长城，沿途还会骑行一段距离，我确信我会如释重负地哭出来，8 年了，今天的我仍然珍惜他所迈出的每一步，仍然坚持把他推向下一英里，就像这是他的最后一英里一样。但如果我没有强迫他坚持步行，他会不会早就走完了人生的最后一步？我们陷入了一个无休止的"如果当初"的循环中，但我们所能做的只有勇敢迈出下一步，看看它将会把我们带向何方。

街道上满是欢庆的人群。英格兰队在欧洲杯决赛中对阵意大利队，纽卡斯尔的人们齐声高唱"足球要回家了"[1]，不过还差最后一个点球。全城屏息以待，主持人加里·莱因克尔几乎说不出话来，但他小声嘟囔着"胜败在此一举了"。足球却未能入网，纽卡斯尔发出一声叹息，随即陷入了沉寂，至少持续了有 30 分钟的时间。

第二天早上，有些人仍在前一天晚上的废墟中踢球，肩膀上披着英格兰的旗帜，足球仍在回家的路上。但那个棕色头发的女孩却无家可归。她靠在柱子上，茫然地望着街道。我想带她去荒野。我要让她站在风中，让阳光照在她的脸上。她可以站在无边无际的天空下，可以躺在繁星下，听鸟儿的叫声。我想让她知道她并不孤单。但我跟她说话，她不回应。我们给她一杯咖啡，她抬起头来，但我们可能看起来像鬼魂一样。似乎街道已经困住了

---

[1] Football is Coming home，来源于足球歌曲 *Three Lions*，代表英格兰球迷的希冀：英格兰夺冠，大力神杯回到足球现代起源的地方——英国。——编者注

她，没有一个属于她自己的安全空间，她只能待在那里。

火车停在霍特惠斯尔，我们回到哈德良长城附近。随后便陷入了接种疫苗后嗜睡、头痛和四肢痛的阴霾，不知什么时候才能好起来。唯一不疼的是我的肩膀。我无法对一个简单大方的漂亮背包无动于衷，虽然背包上没有铃铛和哨子，但它做工非常好。我背上它，感觉就像我的第二层皮肤。但是这个包的容量比我原来的旧包小了10升，我必须给自己减负了。我每扔掉一点多余的东西，就感觉肩膀上的疼痛也减轻了很多。倒腾背包的时候，我试着回想我背着这么重的背包一共步行了多少英里，越想越觉得不知道是应该感到如释重负，还是应该怪自己愚蠢，居然带了这么多无用之物。

日子浑浑噩噩地过着，我们甚少关注天气状况，更没注意到我们周围浓厚的历史氛围。到达奥尔斯顿（Alston）时已经是深夜了，街道寂静无声，co-op超市也即将关门，家家户户的灯渐渐亮起，这时我们听到了尖叫声。是雨燕。它们成群结队，俯冲而来，速度之快，让人眼花缭乱。它们越过屋顶，呼啸着俯冲到街道上，然后又马上飞走，出现在路的尽头。就这样不断地重复、重复。我着迷于它们流线型的黑色弧形翅膀，它们的和谐一致，它们嘹亮的叫声。突然间，我感到一阵清醒，仿佛随着鸟儿的飞翔，新冠疫苗的副作用也随之消失了。我们在河边扎营，拉上帐篷拉链，抵挡住横冲直撞的奔宁牛虻。

25

当我们到达加里吉尔（Garrigill）时，沿途尽是空荡荡的无人居住的房屋。这个村庄很小，酒吧都已经关门，当地商店的货架上也只剩零星几样商品。我从柜台上拿了两个蛋糕，这是店里唯一不需要烹饪的食物。柜台后的服务员连忙为我结账，我一离开就锁上了店门。我们坐在树下的长凳上吃蛋糕，一位老太太带着她的狗坐在了旁边。我们谈论起天气，最近天气太干燥了，已经有好几周没下雨了。但比起天气，我还有一个更关心、更好奇的问题要问。

"这附近为什么有这么多空房子？"她不想回答，假装在包里翻找狗狗的零食。但我还是坚持想得到一个答案。

"新来的移民收购了村里的大部分房子，导致房价暴涨。本地人买不起房子，就只好搬到别的地方去了。之后新冠疫情暴发，这些外地人也没法过来住，小酒馆和商店相继倒闭。几乎所有生意都关门了，很多人都失业在家。现在这里什么都没有了，之前花大价钱买下房子的外地人都在说'这里和以前不一样了'，他们都想在房子砸在手里之前卖个好价钱。"

说到这儿,她停了下来,深吸了一口气。当她起身离开时,我的思绪又回到了康沃尔,想起了那里的冬天是多么黑暗,村庄里亮起灯光的房子寥寥无几。我们沿着一条石砌的小路往前走,我意识到像加里吉尔这样的村庄在英国遍地都是。在这些村庄里,外来移民已经把房价炒到当地人买不起的水平。蓬勃发展的地方经济被无法持续发展的休闲设施取而代之。搭完帐篷后,我开始思考,如果我们能够率先解决当前迫在眉睫的"第二居所危机",这是否意味着我们在解决国家住房危机的方向上迈进了一大步。

奔宁山脉的荒原从北到南绵延,两边,湖区的山脉在夕阳散发出的金粉色光晕的衬托下,呈现出渐变的蓝色光影。我们碗里的米饭和豌豆也在夕阳下闪闪发光,变成了桃粉色,看起来比它们原本的样子有趣得多。这时,一个牵着狗的男人出现在我们身后的小路上。

"我本来想去克罗斯山(Cross Fell)山顶看日落的,但我估计去不成了,因为找不到地方停车。我一开始把车停到了村子里,但有个家伙叫我滚开。"

"别放在心上。你没错,他们可能碰巧心情不好。"

他沿着山坡蜿蜒的路向上走,直到消失在暮色中。光线逐渐变暗,深蓝色的天幕上点缀着一抹粉红,逐渐在遥远的地平线上消退成一条细线。我们拉上帐篷的拉链挡风,听金色的鸻飞掠过泥煤地，发出嘹亮的叫声。

第二天早上，我们走到格雷格小屋（Greg's Hut）附近的时候，又碰见了那个牵着狗的男人。

"我没能爬到山顶，但我看到了日落。你们看到了吗？实在是太美了！我过去经常跑马拉松，还有长途骑行，我以前是个严格遵守时间计划的人，但现在不像以前那样了，现在我会觉得那有什么意义呢？在乡村生活的意义是为了这个。"他指着广阔的地平线，仿佛一挥手就可以画出一幅壮丽的风景画。"我在阿拉伯国家长大，我们有一句谚语：inshallah，意思是'听天由命'。但很多人都误会了它的意思，它的真正含义是：'谁说得准呢？该发生的时候就会发生的。'但凭天意，我的朋友们，但凭天意。"他消失在石径上，我们朝克罗斯山的山顶走去。

我们顶着烈日站在山顶上，环顾山下，英格兰的景色于热浪蒸腾中仍旧令人惊叹不已。一对夫妇蜷缩在一个小小的海滩帐篷里，偶尔出来调整一根20米高的天线。我们在山顶的堆石标旁泡茶，忍不住猜想他们是不是间谍，抑或是外星人观察员。克罗斯山有英国其他地方没有的东西：一种被命名的风。我们一路上吹过无数种风，但舵风（Helm Wind）是迄今为止我们遇到的唯一有官方名称的风。它是一股强烈的东北风，从山谷东侧高地吹向克罗斯山西南坡。它的名字可能来源于克罗斯山上空时常出现的云帽"舵主"（Helm Bar）。但今天的风又热又干，山顶连一片云也看不见。由于这里视野绝佳，我们可以在这里待上一整天，沉浸在美妙的景色中，北至苏格兰，南至约克郡，西至湖区，我们不禁庆幸，在晴朗的日子登上奔宁大道的最高点真是太幸运了。而天气越来越热，我觉得我可能很快就会像周围的沼泽一样被晒得干燥开裂。于是我们继续前进，向南穿过小敦山（Little Dun Fell）、大敦山（Great Dun Fell）和诺克山（Knock Fell）。气温仍在持续攀升，我们的皮肤被晒得通红。

越过诺克山后，前方有一处山谷。神奇的是，我们一离开高地，舵风就消失了，热浪再次将我们包围，炎热程度有增无减。我们穿过布满岩石的宽阔河床，丰水期时这里偶尔会形成小瀑布，但现在河床是干涸的，没有河流，没有小溪，甚至一滴水都没有。只有被炙烤着的、热气蒸腾的沼泽，除此之外，还有被过度放牧的草地，植被大量减少，土壤裸露在外，上面还铺满了羊粪。我们终于在深夜到达了谷底。茂斯的脚疼得几乎走不动路，受伤的手指肿得厉害，我们不得不在绷带彻底阻断血液循环之前把它解开。高温天气让我头昏脑胀，我们的水也喝完了，口渴得喘不过气来，冷得瑟瑟发抖，我想应该是中暑了。

我们咬牙坚持着，终于到了达夫顿（Dufton）。即便太阳已经下山了，天气仍然很热，我们在营地的探照灯灯光下支起帐篷，然后冲个凉，洗去克罗斯山带给我们的一身疲惫。

第二天早上，太阳还没出来，天气就很热了，但树荫下相对凉爽。所以我们决定今天暂且不出发，在咖啡馆里闲坐一天。我用茶水送服了一粒扑热息痛，茂斯把脚翘在椅子上，希望休息一天可以让他的双脚得到充分的放松。但他的手指却肿得越来越厉害了，即便咖啡馆的老板给了他一碗冰水以缓解肿大疼痛的症状，但肉眼可见，他的手指头又肿了一圈。

"就说让你把戒指摘下来吧，这下好了。"

"行啦，行啦。"

走出达夫顿的那一段路尘土飞扬，炎热难耐。而且还有漫山遍野的羊，有在小路上的，有被困在树篱里的，有待在花园里的，空气中到处弥漫着羊膻味。我们到了地势较高的地方，从下边的 U 形山谷吹来一阵微风，这才觉得空气变得清新了一点。这是地质学家梦寐以求的地方。我们脚下的岩石是威因岩（Whin Sill）的边缘，它是一层黑色的火山结晶辉绿岩，构成了林迪斯法恩城堡（Lindisfarne Castle）的基岩。城堡位于哈德良长城下方的悬崖上，这里同时是高杯吉尔（High Cup Gill）的最高点，瀑布从岩石边缘流下，流入"吉尔"。"吉尔"是古挪威语，意为狭窄的山谷，但它远比山谷更引人注目。茂斯在 U 形冰川景观的边缘摆姿势让我给他拍照，U 形冰川的两个顶端都能看到辉绿岩峭壁的裂缝，它完美的比例和构造让人不禁感叹大自然的鬼斧神工，同时也让我感觉有点头晕。也许是景色美到让我目眩，也有可能是茂斯的衬衫所致。他从纽卡斯尔的一家慈善商店里淘到了这件亮蓝色的夏威夷衬衫，上面印着树叶和鹦鹉的图案。他非常喜欢，已经离不开它了。

我们来到一家咖啡厅里，准备点三明治吃，一开始并没有注意到坐在旁边的那对夫妇。

"这件衬衫很好看。"

我翻了个白眼。可别夸了,再夸他真不脱了。

"谢谢。"

"你们是在走奔宁之路吗?"

"是的,我们在往南走。你们呢?"茂斯说话间,我瞥了一眼他们的背包,不是很大,不足以装下走完整条路的必需品。

"我们没有,嗯,也算是吧,不过我们不打算一次性走完。我父亲一直想来看看奔宁之路,但他一直没机会来,所以这次我们带他一起来完成这个愿望。"我四处寻找他的父亲,但没有看到任何人。"我答应过他要把他带到这儿来,但家人不同意,所以我只能带一些他的骨灰前来。我必须这么做,我答应过他我一定会带他来的。"

他在讲述他父亲的故事时,我有些哽咽。这一生他没有实现自己的目标,没有做自己想做的事情,所有的愿望和希望到最后都变成了遗憾。我们转过身去,祝福他们一路顺风。你瞧,搁置梦想是很容易的。将梦想束之高阁,想着下次一定,或者放弃给自己的生命注入希望,这些都是最容易的事。与其带着遗憾到达终点,与其无奈地承认自己始终没有实现愿望的机会,还不如付出金钱、时间和精力,穿上那件鹦鹉衬衫,走一走那条路,或者付出任何其他代价,义无反顾地去实现自己的梦想。

"衬衫真好看,茂斯。"

"是的,我知道。"

我们来到了开阔的沼泽地。沼泽地是保护地面筑巢鸟类计划的重要组成部分,在这里,我这么多天第一次没有看到绵羊的踪迹,甚至也没有看到鸟,但也许它们都在地上。

天已经很晚了,我们到达了一个水库的边缘,水从牛绿坝(Cow Green Dam)的混凝土下流出,顺着大锅鼻瀑布(Cauldron Snout waterfall)流下,流入下面山谷里的蒂斯河(River Tees)。我们顺着水流的方向爬下来,然后搭起帐篷。尽管这里有很多马蝇和超大的蠓,但我明白为什么那个穿蓝色防水服的人说,从达夫顿到米德尔顿-因蒂斯(Middleton-in-Tees)的这段路是最美的。尽管腿脚酸胀,手指肿痛,茂斯还是呆呆地坐着,透过帐篷上的防蚊网观察瀑布,直到天黑,直到瀑布只能以声音的形式陪伴着他。

河岸边散布着一些河鸟,它们长着白色的脑袋,黑色的身体,在水里跳来跳去,反射的光线照在它们的身体上,熠熠发光。我们一路前行,眼前狭窄的山谷渐渐变成了开阔的农田。燕子在空中飞翔,田野里还有很多腰带盖洛韦牛和凤头麦鸡,好多好多的凤头麦鸡。这些鸟的叫声可谓是我童年的背景噪声。春天的时候,在田野行走很难不碰到它们的窝。大鸟带着幼雏在矮草地上奔跑曾经是很常见的景象,但现在不是了,它们被列入了红色保护名录,幼鸟数量稀少,它们的叫声很快就会被人们遗忘。但今天,我看到了大概有 30 只的凤头麦鸡飞过农田,所以还是有希望的。我一边走一边纳闷儿,为什么这里会有这么多凤头麦鸡。随后我们到了蒂斯山谷（Tees valley），我瞬间就知道为什么了。宽阔的河谷里开满了野花，有蓬子菜、洋地黄、百里香、绣线菊、兰花、茴香和欧芹，整个地区生机勃勃，植物和昆虫和谐共处。河的另一边，农民正在晒干草，蜜蜂和食蚜蝇在花丛中忙碌着。这让我想到了另一番情景：兰开斯特附近的青贮饲料田遭到了大规模的毁坏。这样一对比不难看出，为什么生物多样性在这里可以蓬勃发展，在别处却遭到了无情摧毁。

空气中不仅有许许多多的蜜蜂和食蚜蝇，马蝇同样也是成群结队，密密麻麻的。我们扔掉背包，跳进蒂斯河里，洗去灰尘、汗水和其他任何可能吸引来咬人野兽的东西，以缓解叮咬。

我逐渐觉得马蝇应该是奔宁之道的象征，当之无愧。

我们不情愿地穿好衣服，离开树林，再次回到热浪的簇拥中。山坡上有一片低矮的杜松林，我们在那里歇了歇脚，充分享受当下的徐徐微风。没过多久，我们先是听到了一阵艰难的喘息声，随后才看到了两个娇小、纤弱但却无比坚强的女人爬上山来。她们背的帆布包几乎是她们体积的三分之二。看到我们后，她们停下来，喘了一大口气。

"你们也在走奔宁之路吗？"这位老妇人的笑容很灿烂，嘴角咧到了耳朵根。

"是的，我们在往南走，你们呢？"

"我们也是，往南走。"

"你不会把见过我们的事告诉别人吧？"背着更重行李的年轻女子看起来很紧张。

"不，我们不会的，可是为什么不能说呢？"我的想象力开始自由飞翔。她们是在躲避什么吗？她们的背包里是不是装着所有值钱的家当？她们是被人贩子拐卖来的吗？还是说她们在玩高难度的捉迷藏游戏？

"奔宁之路是我一直以来的愿望。我一直住在泰国，但我小的时候，我就读到过英格兰的脊梁上有一条奇妙的小路，有着大片的荒野和广阔的天空，我想着总有一天我要走完那条路。但我丈夫对我说：'不，你得留在这里，你要做饭洗衣服，你不许离开这个国家。'不管怎样，今天的我做到了，我做到了。现在我和我的女儿在这里步行，我非常非常开心。"成功逃脱的老妇人高兴得容光焕发，她的幸福强烈到几乎在她周围形成了一种光环。

"这就是你不能告诉任何人的原因。"年轻的女人仍然忐忑不安。"我父亲说他要来英国找到她，带她回家。但她现在还不能回家，她得先走完这条路才行。"

老妇人在笑。"他就是个笨蛋。你以为他会来找我吗？他根本不知道奔宁之路，他也根本不了解我。我们当然要走完，我们还有很长的路要走。"

她们慢慢地从山的另一侧走了下去，老妇人爽朗的笑声回荡在树林中。

我们像以前许多人一样，沿着一条被成千上万只脚踩出来的小路，带着成千上万人的希望和梦想，穿越这同一片土地。我的双脚与他们的双脚相连，将我与走过这片土地的每一个人、每一个逝去的生命和每一个尚未发生的故事联系在一起。我们的能量持续不断地击打着这片大地，直到我们的身体与这片大地融为一体。

我们在米德尔顿-因蒂斯河谷的薯条店外面一边吃着薯条，一边听着当地人聊天。只言片语中我了解到，这个小镇有些防备外来人口，但却深受当地居民的喜爱。从街角闲聊的女士们，到街上捡垃圾的人们，再到教年轻员工如何与顾客打交道的咖啡馆老板。这感觉就像一个社群，如果有必要，它会欣然关闭对世界敞开的大门。

一位来自巴纳德堡（Barnard Castle）的出租车司机坐在我们旁边的桌子上，一边吃着派和薯条，一边等待着他点的其他餐食。

"幸好我离开了巴尼（Barnie），现在那里人满为患，游客太多了，堵车堵得要命。"

"怎么回事，那有什么活动吗？"茂斯往他的薯条上又淋上了一些醋。

"不，自从多米尼克·卡明斯（Dominic Cummings）事件[1]之后，那里的旅游业一夜之间爆火。不过是件好事啦，小镇需要钱。之前他们花了一大笔钱在药厂建了一座巨大的新楼，我听说

---

[1] 英国首相原首席顾问多米尼克·卡明斯在疫情防控期间被媒体曝光违反"居家令"，在疫情高峰期举家驾车远行，出现在了位于巴纳的旅游景点巴纳德城堡。

花了 200 万美元，但闲置了很多年。现在他们说要在那里生产新冠疫苗。但药厂不雇用当地人工作，我们什么也没得到，本地人没得到任何好处。但他们的意图也太明显了，谁要是还看不懂就真该去检查检查眼睛了。就这样吧，我得走了。"他把薯条盒扔进垃圾桶，开车走了。

"他想说什么？"我背起背包，准备离开。

"我不确定，但你知道吧，出租车司机消息可灵通了。"

26

奔宁山脉四周云雾缭绕，朦胧一片，雾气要好几天才能完全散去。水珠将衣服打湿，裸露在外的皮肤也都湿漉漉的。穿着防水服太闷热，脱了又失去防水屏障，让人进退两难，怎么都不舒服。沼泽、山谷和小路都已经融为一体，很难准确分辨出谁是谁。我们所能做的就是把注意力集中在脚下，保持在正确的路线上。我们感觉一整天都在走上坡路，但是一直也没看到哪里有山。我们开始感到绝望，这片永无尽头、阴冷黑暗的荒原将它的历史隐藏在雾气笼罩的沼泽之中。据说"血斧王"埃里克（Eric Bloodaxe）战死之地就在这潮湿的山坡上某个地方。这位约克维京国王宣称整个诺森布里亚为己所有，但他在此输掉了最后一战。随着诺森布里亚沦陷于威塞克斯国王之手，北方永远失去了独立。现在，我似乎仍能在这片地方听到维京人的呼喊声，即使此时此地已然是一个完全不同的世界。

我们终于透过薄雾看到了一丝光亮，再走近些便发现很多汽车聚集在路边。谭山旅馆（Tan Hill Inn）建在约克郡河谷一座

500多米的高山上,是全英国海拔最高的酒吧。他们正准备举办一个小型节日,预计第二天将有450名客人前来参加。我们一走出迷雾,就直接来到了派对的中心。

"尽管新冠病毒感染者数量飙升,但政府表示我们必须得接受要和它共存的事实。这就是我们和它共存的方式:继续过正常的生活,一切如旧。你们来得真是时候,但明晚肯定是找不到露营的空地了。如果你们在这就餐的话,今晚可以在旅店外露营,那么要吃点什么吗?"这位酒保和我们在这一地区遇到的其他人一样直率、切中要害。在约克郡,人们怎么想就怎么说。也许是我在南方待了太长时间,或者在苏格兰的峡谷里待了太长时间,所以变得委婉了起来。但这几天我一直在想,这里的人怎么这么没礼貌。紧接着我就想起了我的父亲,他来自约克郡南边的一个地方,也属于直言不讳的那类人——"把铁锹就叫作铁锹,何必叫成别的呢?"随后我意识到这样说话其实一点也不无礼,人为什么要浪费时间修饰话语的细枝末节去暗示别人呢?我仿佛能听到爸爸对我的建议:"女儿,如果你有话要说,就直白地告诉他们吧。"

"我要一个派、一份薯条和一杯茶。"

"不喝啤酒吗?"

"不喝酒,喝茶。"

"好嘞,现在就给你拿去。"我们的对话直白且高效。

我一边吃派一边看手机新闻。在昨晚的《新闻之夜》节目中,艾米丽·梅特里斯(Emily Maitlis)报道,亚马逊雨林现在排放的二氧化碳比吸收的还要多。我想到那绵延数英里的裸露沼泽,没有树木的峡谷,以及为了建造房屋而被破坏的生态系统。当我们坐在酒吧里,四周雾气弥漫时,感觉似乎没有回头路,我们正站在悬崖边上。我们吃着薯条,谭山派对仍在继续,世界却在熊熊燃烧。

热浪、羊群和数不尽的苍蝇带着我们穿过炎热的凯德村(Keld),那里所有商铺都关门了。横跨英格兰的东西海岸步道[1]在这里与奔宁之路相交。如果我们在这里改变方向,向东或向西步行的话,不到一周我们就会到达东海岸或西海岸。我们在阴凉处坐了一会儿,考虑了一下这个方案。最后我们决定留在奔宁之路上,朝着大顺纳山(Great Shunner Fell)走去。在帕迪的旅行指南中,他提示我们要做好准备,接下来要穿过一个闷热的沼泽地,但实际上这里只有烈日、泥炭和大量灰尘,并没有任何水体的迹象。

我从没想到奔宁之路上还有这么大片的泥炭地。在这宽阔的空地上看不见一棵树,唯一的阴凉来自石墙投下的阴影,当太阳升到天空的最高点时,这唯一一处可以遮阳的地方也不存在了。一只死兔子躺在路边,尸体已经僵硬,一群苍蝇嗡嗡地围着转。我把帽子拉得更低,遮住所有裸露的皮肤,隔着衣服我还是能感觉皮肤被晒得生疼。我拿出防晒霜涂在身上,涂完之后正要把它

---

[1] 一条从西海岸直达东海岸的贯穿之路,从英国西边的爱尔兰海一直到东部的北海。

放进背包的时候,我看到有什么东西穿过热浪迎面而来。仔细一看,我看到一个男人跟跟跄跄地走在小路上。也许是喝醉了。一开始我以为他穿着粉色的衣服,但当我们走近时,我们发现,那不是粉色的衣服,而是他粉色的皮肤。他的皮肤起码达到了二级烧伤的程度。他的脸、脖子、胳膊和腿不能说是被晒伤了,简直是被晒焦了。

"我涂了防晒霜,但是涂得不够多。"他没在开玩笑。他已经被晒得脱了皮,鲜红的、新长出来的皮肤露在外面,膝盖上长了巨大的水疱。

"已经两天了,但还是没有好转的迹象。"

这个人早应该去医院了,他为什么不停下来寻求帮助,或者回家呢?

"我只能利用休假的时间步行,我需要用这种方式来维持心理健康。所以我不能就这么回去。"

我想知道这种肉体上的极度痛苦是否真能对他的心理健康有帮助。这比起自我疗愈,看起来更像是自残。

"工作简直一团糟,除了我没人能解决。那么多问题都必须得妥善解决掉。但是我需要先一个人静几天。"

这个人不应该步行,他应该先去急诊室治疗灼伤,然后找个人倾听他工作上的烦恼。我们试图说服他先回到霍斯(Hawes)去寻求医疗帮助,但他不愿意,摇摇晃晃地走进了热浪中。步行不能解决所有问题。它可以给你时间来理清思路,或者暂时把烦恼抛在脑后,它可以给你提供更宽广的视角和空间。但在解决问题之前，你得先面对问题。又走了半英里，我们还是非常担心，于是我们往回走，希望能赶上他，确保他得到帮助。但我们找不到他，他消失了。

越过山头，避开路上越来越多的死兔子，沿着错误的方向跨过两处围栏后，我们发现自己来到了西蒙斯通庄园（Simonstone Hall）。在山顶热浪的裹挟下，我们跌跌撞撞地进入了一座石头庄园，看到了梦幻的一幕。满身灰尘、浑身发臭、极度缺水的我们，穿过一群穿着华丽礼服的宾客，孔雀摇扇般地扇动着翎羽，饮料托盘在眼前晃动。我们仿佛误闯了电影拍摄现场。一个男人拦住我们，告诉我们这不是一部电影，这是一场婚礼，而他似乎是新郎。

"你们需要帮忙吗？是迷路了吗？想喝点什么吗？天哪，你们吓我一跳。"

"别担心，婚礼会很完美的。我们迷路了，能不能给我们一壶水或者茶？"

我们坐在帐篷下喝茶，他的家人在一旁忙乱，新郎终于被赶到村里的教堂去见他的命定之人。到霍斯时，教堂外地面上有很多五彩纸屑，看来婚礼刚刚结束，新郎终于能松一口气了。

霍斯到处挤满了游客和摩托车，所以我们囤好了食物就回到了荒野，在多德山（Dod Fell）山侧扎营。安顿下来后，我们拿出了旅行指南时，这才意识到我们在约克郡有史以来最热的一天里，一共走了20多英里。我不可置信地又翻了一遍旅行指南，但毫无疑问,我们今天的确是创纪录了。

"注意啊,你在不知不觉中已经开始记录距离和时间了。"

"也许我真会这么做。"夜幕降临,茂斯躺在他的气垫床上,头靠着背包。透过高大的蓟和蕨类植物所形成的树篱缝隙,我看到奔宁山脉的三座山峰在夕阳的映照下成为一幅巨大的剪影。

茂斯在晨光中坐起来,试着转动他肿胀手指上的戒指。

"我得干预一下了,戒指都转不动了。要是它完全切断了血液循环怎么办?"

我看着手指,毫无疑问,看着一天比一天肿。"那我们怎么办?"

"我得把戒指摘下来,所以我想找一家医院,或者找一个拿着锉刀和钳子的人。"

"行,我知道医院在哪,也知道去哪儿找有锉刀和钳子的人,但我必须再说一遍:我早就告诉过你了。"

"好了好了,你只管泡茶好吗?"

我们早早地收拾好行囊,六点钟就开始了一天的步行,希望在天气变热之前赶到里伯斯谷地(Ribblesdale)的霍顿。但高温比想象中来得快,我们在新一天的热浪中穿过了尘土飞扬、绵羊遍地的荒野以及干涸的河床。当然,也看到了更多的死兔子,还有墙后面的死绵羊。我们走得越远,见到的死去的动物就越多,后来每几百米就能看到一只死去的母羊。小路开始变得崎岖,我们刚踏上去向佩尼根特山(pen-y-ghent)的岔路时,就看到近处的一只母羊一动不动，摇摇晃晃地站在原地，说不出它出了什么问题。但现在已经是7月下旬了，它还完整地"穿"着一身羊毛。我环顾四周，许多羊还没有剪毛。它们就顶着烈日站在外面的荒原上，没有树荫，也没有明显的水源。在如此恶劣的条件下，如果再没有兽医的话，她会死的。目前来看，水源和兽医都不好找，所以我们把她带到了一堵墙的阴影下。除此之外，我们无能为力，只能祝愿她早日好起来。

我们在上午晚些时候到达佩尼根特山的一侧，天气非常热，但我们还是穿着长袖衬衫，希望不要被晒伤，但它们早已被汗水浸湿了。

"我们来这儿干什么？不是应该直接去村子吗？"茂斯正在看旅行指南，距离山顶还有1英里的路要走。

"都已经到这儿了，比起明天再爬回来，翻过山坡这条路比较合理。就是有点难走。"

我们到达了山顶，但视线被热雾遮住了。这时候我们只想下山找个阴凉的地方。帕迪·迪利翁承诺我们会在奔宁之路上遇到很多东西，雨、雪、风是最常见的三种，但他完全没有提到中暑、脱水和死去的动物。也没有提到从佩尼根特山顶下来的路。这段路他仅仅用了"崎岖"二字来形容，但实际上那是一块近乎垂直的巨石，人们只能艰难地向上爬，一旦滑下去，就可能摔死。

27

兰开斯特医院有个护士是拆除戒指的专家。她拿出一些冰块和一管润滑剂,通过用力挤压茂斯的手指根,费了很大的劲终于把戒指拔了下来。我们原本以为这次肯定手指不保了

"这太不可思议了,我试了好几个星期了都拿不下来。"

"所以你当时为什么不马上把它摘下来呢?而且你怎么一声不吭的,大多数人都会痛得叫出声来。"

"我能感觉到有人在拽我的手指,但并不疼。"

"真是奇怪,好吧,去照个 X 光吧。"

几个小时后,茂斯骨折的手指逐渐消肿。我们下了出租车,敲了敲熟悉的门。

"天啊,你看看自己现在是什么样子。头发像被喷灯烧焦了,手指还断了。"戴夫接过我们的背包,进了屋。

"是啊,最近是有点晒。你不是说北方总是很湿润吗?"我瘫倒在老房子凉爽舒适的沙发里。

"不，北方总是这样阳光明媚，喜欢下雨的话你得回康沃尔。"

我们泡了个澡，昏昏沉沉地睡了两天，茂斯受伤的手指得到了充分的休息。然后我们坐上火车回到了里布尔河谷的霍顿。火车上人满为患，挤得我喘不过气来。周末人们都忙着去度假。

"我们要去约克，但我们都喝醉了，我们是不是坐错火车了，还有汤力水吗，苏西？"

苏西看了看她的包。"差不多都喝完了，不过我还剩下一瓶接骨木花味道的。"

"接骨木花是什么？"

"不知道，可能是种野花。"

"什么？去你的，我才不要在杜松子酒里放野花，我就直接喝。"

车厢里爆发出一阵爽朗的笑声，无论是谁发出的，都有着让人难以置信的感染力。

许愿一定要谨慎，这是条真理。当雨点落在奔宁山脉上时，我再次认同了这句话的合理性。我指的是真正的雨点，不是那种轻柔的、垂直落下的雨，而是像高压水枪一样，打得人生疼的雨。而且这雨可能还会持续好几天。

那时我们刚到方廷山（Fountains Fell），处于霍顿和马哈姆（Malham）中间，前不着村后不着店，离哪儿都不近。没几分钟，我们就成了落汤鸡，所以也就不找地方躲雨了。就算搭帐篷，估计还没搭起来,帐篷就也被淋湿了。所以我们决定还是不要白费力气,继续往前走吧。

走着走着,发现山头比云还高,雨量大到让我以为走进了一片瀑布。雨水灌满兜帽,浸湿打底裤,灌满靴子,我们似乎已经达到了饱和状态,再也吸不了一点儿水。我们不再觉得自己"被雨水打湿了",而是变成了"水做的人"。狂风把马勒姆塔恩湖(Malham Tarn)的湖水吹起 2 英尺高的大浪,拍打着岸边小路,湖水冲进我已经充满泥水的靴子里。大风把湖西侧的水卷起来,扔到东边,然后拍在我们脚下形成浪花。我看着茂斯在小路上涉水而行,低头承受着暴雨的冲击,水已经没过他的脚踝。茂斯在暴雨形成的水汽里若隐若现,我紧紧跟住他。虽然他现在手指骨折,脚踝周围神经受损,但在其他方面,要比过去几个月更专注、更强壮了。茂斯好似驾驭着生魂,乘风而起。我们在一堵石墙后搭起帐篷,把靴子里的水倒出来,然后睡在潮湿的睡袋里。一整天了,我们在荒原上没有看到一个人。

清晨,雨势渐缓,但大风依然把我们吹得歪歪斜斜,我们就像 20 世纪 70 年代明信片上逆风而行的卡通背包客一样,明信片下方一般会写"如果你不喜欢这天气,那就等 5 分钟再出发"。我们躲在石墙后面等了 10 分钟,但天气丝毫没有好转,所以我们决定继续前进,迎着风朝马哈姆湾(Malham Cove)走去。海湾上方平坦的石灰岩路面没有积水,但布满了巨大的裂缝,留下的表面就像一个托盘上回缩开裂的布朗尼。多孔的石头被几千年的风雨打磨得像玻璃一样光滑，我们好几次险些摔倒。海湾本身是一个 70 米高的石灰岩圆形凹地，明显可以看出，冰河时代的冰川融水曾冲刷过岩石边缘，形成了今天的样貌。除了 2015 年的一次暴风雨带来了一个瀑布之外，这里已经有近 200 年没有形成瀑布了，我们快步走着，希望今天的雨也不要打破纪录，不必让我们看到瀑布的奇观。

我们躲在马哈姆一间热气腾腾的咖啡馆里，透过朦胧的窗子，眺望着街道上紧闭的大门和空无一人的村庄。我们想着如果这里有空房的话，我们就住一晚。要是没有，我们就喝完茶继续赶路。倾盆暴雨转为连绵大雨，从泥泞湿滑的农田上方倾泻而下。天空灰蒙蒙的，一连下了好几天雨。时间开始变得模糊，日子就这么一天接着一天地过着。田野上的羊群躲在石墙后，背对着风蜷缩在一起，沼泽遍布的伊肯肖荒原上有无数为捕杀松鸡设下的陷阱，但看不到一只松鸡。数不清有多少天我们没有和别人说过话了，这几天来一直没有看到野生动物，也没有看到过路人，只有无尽的雨。在茶室里喝喝茶是我们重复日子里少有的惬意时光。帕迪在书里提到的我们都经历过了。前些日子我还抱怨奔宁之路实在是太干燥了，这也许是上天对于我的惩罚。

当我们绕道穿过金色山谷，前往赫布登布里奇（Hebden Bridge）小镇时，大雨停了，云层也消散开来，在那短暂的几秒钟里，我们看到了太阳。我不确定当时是晃神了还是眨眼了，又或是从异次元闪现了过来的，一个男人突然出现在我们身边，和我们并肩前行,好像他一直都在那里一样。当我在想为什么我对他的出现如此诧异的时候,我才意识到,我们已经好几天没有看到其他徒步者了。但这场雨仿佛将他们都召唤了出来。这个男人叫费萨尔,酷爱奔宁之路,他很喜欢和我们谈论有关它的一切。

"你们是在走奔宁之路吗?"

"是的,我们在往南走。"

"我也想走奔宁之路。总有一天我会把出租车停在车库里休息一段时间,我猜我的妻子到时候就会问我:'你为什么不工作了?'那我会告诉她,'因为我要走奔宁之路,从头到尾走完这条路'。每个周末我都会在小路上散步,散步改变了我的生活。我开出租车已经15年了,那会儿我还年轻,但后来一年比一年胖,直到我的背部出现了问题,连续几周都没有工作,我感觉很糟糕。于是有一天我想,今天我要去散散步。"

"有帮助吗?"茂斯在等着听后来的故事。

"有的。我一开始只走短程,之后循序渐进,每天多走一点。之后在八周内我减掉了25千克,我的后背感觉好多了,甚至感觉全身轻松,头脑清醒。后来带薪病假用完了,我不得不回去工作。但每次休息我都会抽时间走上30英里。有时我甚至在晚上步行。"

"你真了不起。"

"我爱奔宁山脉,这是我的家,我很自豪。我遇到了很多像你们一样优秀的人,我现在甚至会和我的兄弟们或堂兄弟们一起步行,但是和他们一起有一点不好,就是他们都跟不上我。我想我永远都不会停止在荒原上步行,我太爱步行了。"

"真好啊。"

"是啊,我的生活因此发生了改变。赞美安拉,也赞美步行。"

就像他突然出现一样,费萨尔突然消失在我们身边。我们这才意识到我们已经径直走过了陡壁谷河岸(Lumb Bank)的作家中心,错过了西尔维娅·普拉斯(Sylvia Plath)[1]的坟墓,已经到了目的地赫布登布里奇。

---

[1] 美国自白派女诗人,1963年逝世于英国。——编者注

28

赫布登布里奇的天空布满阴霾。在昏暗的灯光下，石制建筑的墙壁湿漉漉地泛着光，积水在街道上汇成小溪。寥寥几位行人匆匆走过，他们都戴上了大衣的帽子，同时把拉锁拉得紧紧的。在小镇地势较低的地方，水流不断冲击着石桥边的树木，发出怒吼声。断枝被冲上河堤，旁边还能看到一些废弃的塑料瓶和纸杯。这个城镇仿佛已经处于水合状态的极限了，但它也是在水力发电的助力下发展起来的。水能驱动着磨坊，把沼泽地上成千上万只羊的羊毛变成了布料。赫布登布里奇生产了许多服装，以至于一度被称为"裤子之城"。但现在情况不同了。据英国航空公司的飞机杂志《高品质生活》报道，赫布登布里奇是世界上第四大时髦的城市，也许是因为这里有大量不同寻常的商店和酒馆，也可能是因为这里现在也被称为英国的女同性恋之都。

我厌倦了浑身湿漉漉的感觉，厌倦了湿衣服的味道，厌倦了吃受潮的麦片棒，最重要的是，我现在肌肉痉挛，头脑麻木，骨头酸痛。我们在酒吧里吃饭，喝了一壶又一壶茶，与此同时，工作人员应该正在考虑他们是否有房间需要翻新,不怕被弄脏所以正好可以收留我们这两个湿漉漉、满身泥泞的流浪汉。我想,湿气还是侵入了我的骨髓,我现在满脑子都是脚下踩着热沙的感觉和咸味的海风。我不确定我是想家了还是单纯地厌烦了这里的沼泽地。茂斯筋疲力尽,我也很绝望,一小时后我还要参加一个线上视频活动,可我的头发现在还卡着枯叶和杂草。所以当我得知他们还真有一间带浴室的空房时,我松了一大口气,我不用在上百名美国观众面前出洋相了。

我们坐在床尾伸出脚来,由于整天泡在盛满水的靴子里,我的脚变得发白起皱,脚趾上的皮肤都肿了一圈。我想我可能得了壕沟足[1]。茂斯的脚也都湿了,长时间和湿袜子摩擦的地方有点泛红,但这让他几乎疼得难以忍受,于是他吃下了双倍剂量的止痛药。顿时我又被内疚淹没了,我停止了抱怨转而去洗澡。持续不断的热水逐渐平复了沼泽地和泥煤地带给我的烦躁。但我们冒着水汽的行囊和靴子沁出的水打湿了地毯,房间里充满了难闻的臭味。

"今晚我们的衣服肯定干不了了。"茂斯把湿袜子放在暖气片上,但发现暖气没开。

"可惜了,我真想穿双干袜子。"

"可以用吹风机把它吹干,但可能要花上几个小时。"

"我们明天出发的时候,去我们路过的那家小店里买几双新

---

[1] 因在泥水中时间过长而造成足部皮肉坏死。

的吧。"

"可是我们也就还有几天就能走完奔宁之路了,还有必要买新的吗?"

"雷,我的脚疼死了。我都想立刻坐火车回家了,但我必须走完这条路。就一双袜子而已啊。"他的脚到底有多疼,能让这个情绪稳定的人如此暴躁。我缓缓沉入温热的水中,内心的内疚又深了一层。

"我不是说不让你买袜子。"

"让买就行。"

这家露天小店尘土飞扬,有种略显老式的感觉。茂斯找到了几双超大号的袜子,但没有找到我能穿的标准码袜子。

"没有,没有中号的袜子,那可是人人都抢着要的码数。"那个女人站在一排袜子旁边摇着头,好像我要的是人们争相抢购的最新款 iPhone 一样。我只想要一双袜子而已,但我没有问为什么最热销的码数都没有。答案再清楚不过了。

我拿起我的背包,准备离开商店,这时另一个女人拿出一只步行靴,我看到店主斜着眼睛瞟了一眼。

"这鞋有 6 码吗?"

"没有,女士,如果你想试试的话,店里有 8 码的。"

即使住在世界上第四时髦的地方,而你的生意因为无法控制的原因而受到影响,换了谁也很难不发愁。雨季什么时候结束啊。

斯塔德利派克纪念碑（Stoodley Pike monument）最初是为了纪念1815年拿破仑兵败滑铁卢而建造的，但在几十年奔宁山脉独特天气的摧残下，纪念碑倒塌了，所以在1854年，人们重新建立了一座120英尺高的纪念碑，几英里外都能看到它的身影。一般情况下是这样。但我们这种一头又钻进云雾之中的人，肯定是看不到了。我们来到了另一片荒原的边缘，我开始相信奔宁之路可能永无尽头。刚走了几英里，我的袜子又湿透了，所以出发前穿干袜子还是湿袜子、新袜子还是旧袜子，这种纠结毫无意义。

"我的脚上全是水，每走一步都感觉像是在泥里打滑。你怎么样？"

"我还好，袜子还是干的。"我低头看了看自己的脚，每走一步都有水从皮靴里渗出来，最后我不得不承认，我的旧靴子是时候退休了。

云雾稍稍散去，浓厚庞大的积雨云乘着大风向东冲去。雨终于停了，我们可以坐下歇会儿了。我们把脚挂在黑石山一块突出的岩石上，任凭衣服被风吹干。南边，车流沿着蜿蜒的M62公路向东和向西流动。再往远看，西南方向看起来像一个小村庄的那个地方就是曼彻斯特。微弱的光线透出云层的缝隙，映照着阴沉沉的景象，沼泽和溪流被照亮，发出银白色的光芒。有那么一刻，我们因看到阳光而振奋起来，但很快阳光又消失了，黑暗冷峻的奔宁沼泽和石头景观又被打回原形。我迎着风闭上眼睛，一瞬间我好像又回到了克罗斯山，我在山上欣赏360度的美景，惊叹于那无边无际的天空、荒野和阳光，我们的皮肤都被太阳晒焦了。那仿佛是好几个世纪前发生的事了，这个黑暗的沼泽世界好像把我吸了进去，再也无法逃脱。或许在数千年后，我们的身躯会被后人发现，肉身在泥炭的保护下完好无损，然后被挖出来，作为泥炭人四处展出。科学家们会惊叹于他们在这些沼泽地中所发现的墓葬，千年前的钛罐和帐篷桩，这些物品会证明我们来自一个多么原始的时代。或者我们现在也可以继续前进，带着有一天我们能回到干燥地面上的平凡愿望。

帕迪·迪利翁在书中写道，M62公路的这一段是在奔宁之路开放后第六年修建的。与此同时，一座人行桥也建了起来，让行人可以安全地穿过高速公路，也可以停下来看看下面经过的车辆，然后发出"急什么"的感慨。我相信，在1971年任何一个阳光明媚的日子里，看着几辆汽车从新建的桥下经过，也许是非常安全的一件事。但在2021年8月初的某一个傍晚，这座桥下的车流呼啸而过时，我们每走一步都能感受到桥面震动，风大到几乎能把我们吹跑。我一点也不想在这里逗留。帕迪，今天的我的确很急，我想赶快从桥上下去。

棕黑色平坦的荒原漫无边际，直到傍晚时分，浓密厚重的云层开始散开，阳光穿透云层，一缕缕洒向大地。忽然，一阵劲风疾驰而过，驱散了久久未散的乌云，暴雨倾泻而下。荒野上的景色在黑暗与光明、金色与绿色中不断变幻。明天我们有两条路可以走，可以直接通过，往南方走，也可以绕几英里路，到那位桂冠诗人[1]出生的那个村子里去。这时一只灰色的大鸟出现了。一只游隼从几米外的岩壁上飞了起来,在大风中停留了一会儿,似乎被阻挡住了前进的路,然后又落回岩壁上。片刻后,它再次升空,但不是独自飞行,另外两只也一同起飞,在空中停留片刻,接着急速俯冲,最后再次上升。据我观察,它们似乎在测试空气,等待风力稍减,感受到气压的变化,寻找气流之间的空隙,以便顺利穿越。风把衣服吹得沙沙作响,没有衣物遮盖的地方突然生出一阵刺骨的寒意。游隼在风中盘旋,它们对空气的感知必定与我大相径庭,就像我对水的理解与鱼对水的理解是完全不同的。我们周围存在着其他维度,不是作为平行宇宙,而是以我们体验这个世界的不同方式呈现。那些鸟以一种我永远无法理解的方式感知空气;而我以一种它们无法想象的方式感受着大地。一只接一只的游隼在空中掠过,然后,它们找到了合适的时机,乘着气流消失在远方,只留下了一缕缥缈的云雾。我感叹人类的傲慢,当我们自以为有权利毁灭这个世界时,仿佛这一切都是我们的,仿佛我们可以为所欲为。

云团重新聚在一起,几分钟内我们就被包围在潮湿的空气中。山谷下面的景色被遮住了,岩石的边缘也消失了,我们又回到了沼泽和水汽的泡泡里。天快黑了。我们把帐篷搭在沼泽草上,希望它足够结实。

---

[1] 指下文的西蒙·阿米蒂奇,英国当代诗人,作家。——编者注

***

我从没见过西蒙·阿米蒂奇。他也在西南海岸小路上步行，但常常比我们晚几天，有时只晚几个小时。沿路数英里，人们都在等待一位著名诗人经过他们的房子，他们中的许多人都不知道他长什么样，只知道他是一个背着帆布背包向西走的中年男子。为了迎接这位陌生人，他们准备好了茶、蛋糕和各种烘焙食品，想要在这位闲逛的文学大师经过时把食物提供给他补充能量。茂斯长得一点也不像西蒙·阿米蒂奇，但当他背着帆布背包向西走的时候，人们以为他是西蒙，都带着食物从家里出来了。我们当时很饿，有时候感觉都快饿死了，而且人们在制作食物上倾注了那么多心血，我们再不接受岂不是太没礼貌了。所以当我们来到这里，来到这位伟人的出生地的时候，我们别无选择，只能绕道而行。

虽然从未见过西蒙，但那之后我读了不少他的诗，想要知道这个拥有如此广泛群众基础的人是谁。但不知何故，即使读遍他的文字，我也从未知晓他是怎么样一个人，直到今天。我们行走在一条蜿蜒绵长的下坡路上，小路在潮湿的空气中向下延伸，我们穿过云雾，转瞬间又开始下雨。雨不大不小，不是约克郡那种烦人的雨，而是一种垂直落下的雨。在这番景象中，我读懂了他的诗，进而读懂了他。在阴暗简朴的石屋中，在沿着山坡蜿蜒而下的街道上，正如他在诗中所写的那样，我仿佛看到那个男孩，"在村子里看到（他的）母亲/穿过街道"，"走向广阔天空的一个缺口／要么坠落，要么飞翔"。他的文字回响在街巷中，而街巷似乎也在回应着他。突然间，我对这个人有了更多的了解，他可能没有"赤脚走过泰姬陵"，而是"有一天踩在黑苔藓平坦的石面上／安静到（他）可以听见每一朵涟漪"。他成年后的诗作灵感来源，无疑是从童年时与这个地方、这个城镇、这片土地的连接当中获得的。

我们本想吃个蛋糕来纪念这一刻，但我们到得太早了，只有co-op商店和家庭咖啡馆在营业。我们去了咖啡馆，但面积很小，桌子之间临时设有防止病毒传播的隔离挡板，占据了很大的空间。起初我们以为要被拒之门外了，没想到受到了主人热烈的欢迎。我们在这个闷热但温馨的房间里，脱掉一层层湿衣服，把滴水的帆布背包塞到角落。然后我把靴子倒置放在地板上，把袜子挂在椅背，让水从椅子上滴下来，看着水汇成一条小溪朝门口流去。

"我们到底在干什么？"我靠在椅子上，累得动弹不得。

"吃早餐。"茂斯正在浏览菜单。

"我不是说这个，我说我们居然在这种恶劣的天气里还继续赶路。"

"你不是在提议现在就回家吧？再有两天就到埃代尔了，咱们就圆满完成任务了。"他的目光又回到菜单上。"你知道吗，当年我们说要长途步行，我的第一个念头就是奔宁之路。我当时都不敢想我能走完这条路。"

我点了一份我所吃过的最好吃、最丰盛的早餐，里面有一堆土豆,还有鸡蛋、南瓜、韭葱和青椒。我一边吃一边看着茂斯,他也在狼吞虎咽,就像一个月没吃东西一样。他的叉子每次都能精准平稳地把食物送到嘴里,同时他还研究着帕迪旅行指南里附带的地图。

"我想我们今晚应该在布莱克山(Black Hill)扎营,明天简单走一走,后天就到埃代尔了。之后我们就可以回家了,如果我们想回家的话。"他把地图收起来。

"我们想回家吗?"

"我们再点一壶茶吧。"

29

尽管一直在下雨，马斯登（Marsden）的水库仍然没被灌满，我们到时已经雨收云散，荒野重新出现在视野中。我们开始向布莱克山的顶峰进发。这会儿已经是傍晚了，人们陆陆续续在往山下走，回到各自的车里。我们在狭窄的山路台阶上停下来，等下山的人先行通过。这时一个戴着棕色煎饼帽的高个子男人跟我们说话。

"这么晚还要爬山吗，你们要去哪儿？"

"去山顶。我们今晚就在山上找个地方扎营。"

"我看得出来你们打算走完整条奔宁之路。你们看起来好像在徒步旅行方面很有经验。"他很有礼貌。"那你们觉得我这座山怎么样？"

"你的山？"

"我知道你在想什么，一个明明不属于这里的人怎么能把荒野称为他的山呢？因为我热爱这片土地。我经常来这里。我很年轻的时候就来到了这个国家，一眨眼几十年时间过去了。当初我几乎不会说当地语言,感觉自己像个外来者,但奔宁山脉敞开怀抱欢迎我、接纳我,成为我的朋友。我非常了解它们,从埃代尔到赫布登布里奇,这些山脉就是我的家。即使现在我已经融入了当地人的圈子,我的孩子在这里出生,我的家人也都在这里定居,我也永远不会忘记我真正属于哪里——就是这里,我属于这些犹如我老朋友的山脉。"

我看着这个温柔沉稳的男人走向停在路边的车,竟然鼻头一酸。远道而来的人对这荒野和山脉充满了炙热的情感,但本地的登山者往往只是匆匆而过,不断计算着里程和时间。显然,人类与脚下这片土地的连接是远远无法计算得出的。也许我们都需要放慢脚步,用新鲜的眼光看待这个世界,在我们所拥有的东西从指缝间溜走之前,要时刻提醒自己去尽情欣赏眼前奇妙的风景。

布莱克山顶没有地方可以搭帐篷,所以我们放弃了这个视野绝佳的露营地,沿着石板路穿过山南侧的泥炭沼泽。当我们终于在小路旁找到了个稍微干燥一点的小山包,在沙沙作响的沼泽草中搭起帐篷时,天已经黑了。几天来,我们几乎没听到过任何野生动物的声音,所以在听到鸟儿叫声的时候,我们都觉得很惊喜。于是我拉开帐篷想看个仔细,在落日余晖的映照下,一只雀鹰迅速地划过昏暗的天空,在我面前一闪而过,快速振动的双翅引起了一阵气流激荡。

小路的尽头是一条宽阔的泥煤路,成千上万的游客用双脚踩出了深深的痕迹。当我们终于翻越岩石边缘爬上了一条狭窄的山路时，绵延不绝的奔宁之路最后几英里映入眼帘。我们兴奋不已，不仅因为我们即将要结束这条漫长而艰难的旅程，还因为我们正在走进自己的历史。在我们前面伫立着布利克罗（Bleaklow）和坎德斯科特（Kinder Scout）两座山峰，在这里你可以看到许许多多泥炭坑、沼泽以及广阔的天空和悬崖峭壁，登上顶峰你可以眺望英格兰的心脏地带。许多年前，我们一起来过这里，那时候阳光明媚，微风吹拂，天空中云雾弥漫，我们在北部荒原和南边的沙石峭壁之间自由奔跑。与这片土地建立了连接，与彼此更是建立了深刻的联系，这些年来纽带从未被打破。今天每踏出一步，都让我离回忆更近一点，于是我努力感受当下：空气中弥漫的浓郁的酸性泥炭和干石灰岩的气味，红隼在我们头顶掠过发出的阵阵鸣叫，总是带来好消息的徐徐微风。一阵雨倏忽而至，倾洒在南边的平原上，乌云和雾气如幕帘一般遮住了远方曼妙的风景。21岁那年，在这个地方，我牢牢握住茂斯的手，至今我仍能感受到他手的温度。我们共同迎接着未来，那是充满无限可能的一生。

我们穿过东西向横跨荒原的跨奔宁自行车道，在石楠丛中找到一块岩石坐下歇脚，一扭头就能看到布莱克山。这一路走来，这片充满未知的广阔天地带给了我们无数惊喜，仿佛它终于对我们放下戒备，开始展露出其丰富的内涵。突然，不知从哪里冒出来一对夫妇在石楠丛中重重坐下。

"嗨，你们好，我们也在走奔宁之路，不过每次也就走上个几天而已，但我知道你们已经走了很长时间了。"

我低头看了看自己的衣服，又脏又破，时不时还散发出一股沼泽的臭味。"是啊，我们看起来确实有点邋遢。"

"尽管如此我也认得出你，你的书改变了我们的生活，改变了我们生活的方式。如果我没读过那本书，我们是不会出来步行的。"

这对夫妇看起来即将步入中年，但在微风和阳光的映衬下显得容光焕发，活力四射。"这本书也许能给你们提供一个思路，但它不会改变你们的生活。"

"为什么这么说？"

"因为书改变不了生活，它只能改变你的想法。敞开心胸拥抱任何可能性的人是你，拥有改变的勇气和力量的人也是你，这本书只是为你提供了一个契机。"

"你这样说让我觉得自己很厉害，好像一切都在我的掌控之中。"

"你可以成为任何你想成为的样子，我想我们都可以。要吃软糖吗？"

接下来我们结伴而行，一边吃糖，一边分享步行的经历。直到光线开始减弱，我们开始寻找适合露营的地方。

我们把帐篷搭在石楠花丛上，睡上去就像水床一样柔软有弹性。叽叽喳喳的松鸡在石楠丛中跳来跳去，猫头鹰在不停飞来飞去寻找啮齿动物。夕阳西下，余晖照亮了远处的曼彻斯特，整个城市就像一座白色的城堡。在城市灯火的映照下，我看见西边有一团黑压压的雾状物离我们越来越近，离近了一看，原来是蠓虫大军。

"我不记得我们上次来这里的时候看见过这么多蠓虫，不过那是将近 40 年以前的事了。"我拿着旅行指南手册在面前扇动，不让它们靠近。

"上次是没见过。但我知道原因，它们在向南迁徙，就像杜鹃往北迁徙一样。气候变化是切切实实正在发生的事情，但人们似乎感知不到。野生动物可比我们要敏锐得多。"

"也就是说，这和上次你忙着写毕业论文，过了整整两周才发现我剪了头发的事情是差不多的道理？"

"对，差不多，但是这件事能翻篇了吗？"

"那可不行。"我把旅行指南手册递给他，他挥动了几下，赶走了蠓虫。

从布利克罗（Bleaklow）的一边，我们穿过著名的蛇形公路（Snake Pass）来到坎德斯考特峰的北边。至此，我们的步行体验可以说发生了一个巨大变化。令我们身心俱疲、谈之色变的泥炭沼泽已成为过去，前方等待我们的是一眼望不到边的石板路。眼前的这片沼泽被人们赋予了新的意义，因为牌子上写着它是一片"七千年的覆被沼泽"。沼泽草和石楠重新生长出来，覆盖了裸露的泥炭，高度正好与石板平齐。这些植被将大量的碳安全地锁在沼泽中。我们踩着石板路，一步一步向前走。我突然好奇，其他人也是像我们这样走的吗？这应该是人类生活在这个珍贵的星球上都要遵循的理念吧：克制自己的需求在尽可能小的范围内，小心谨慎地对待大自然的一切馈赠。

踩在熟悉的石板路上,我竟忽然间萌生出一种家的熟悉感,一种温暖满足的感觉。我们年轻的时候,像梦想家一样坐在相同的岩石上,看着与今天相同的景色,肆意畅想着未来的生活。我们选择的人生之路带领我们得到了世俗意义上的成功,紧接着又失去。而今天,它又将我们带回到这里。这两个梦想家,现在是年纪一大把,智慧没跟上,他们坐在一块岩石上,想象着一条新的道路,但口粮是几乎没有了。

"这袋速溶土豆粉是从爱丁堡买的,我背了一路。"我抖了抖背包。又发现一袋柠檬油浸金枪鱼。

"我真不想吃这个土豆,但看来也别无选择了。"

我们坐在坎德瀑布(Kinder falls)脚下的河边,我把金枪鱼拌进加了水而做成的土豆泥里,一边吃,一边看着人们排队踩着石头过河。茂斯看了看他的叉子,又看了看我,扬起眉毛说:"我们以前怎么都没想到吃这个,真的很好吃。哇,我刚才一直在想要是能吃到面条就好了,但没想到我们在最后一天发现的美食一点不比面条差。"他看了看远处,然后又看了看我,这个意味深长的凝视看起来和土豆泥没半点儿关系。

雅各布之梯(Jacob's Ladder)的顶部挤满了人,很多都是从曼彻斯特来郊游的学生,有说有笑的青少年们争先恐后地攀上岩石,一家人在巨石上玩捉迷藏,还有两个气喘吁吁坐在地上休息的老人。当我们在路边休息,看着一群年轻女子到达石阶尽头时，这两位老人告诉我们，他们千里迢迢从印度来到峰区，打算在 20 多岁待过的地方开始新的生活。虽然他们现在都快 70 岁了，但仍然坚持每两周来爬一次山。

"我们喜欢这里，对于荒野的渴望好像与生俱来。到这里来的人彼此都是知音，我们都用脚丈量着同一座山的高度，享受着同样灿烂的阳光。"

下山途中，我和茂斯感觉心里暖暖的，仿佛找到了一种同属于这片荒野的归属感和共鸣，就像每个人一样——丈量着同一座山的高度，以及享受着同样灿烂的阳光。

雅各布之梯并不是真正意义上的梯子，你可以把它看成一个起点，沿着陡坡一路走下去，尽头就是埃代尔村。埃代尔村是一个规模很小的村庄，只有几家酒吧，但它的重要意义在于，它标志着奔宁之路的尽头。我和茂斯手拉手走进村子。到此为止可以说，我们和柯克·耶特霍尔姆村之间是一段 268 英里风吹日晒、泥泞不堪的征途。而从此地到塞格拉海滩，则是更为漫长的 700 英里，途中我们有时沿着海岸线，有时越过荒野，有时遇见野生动物，也有时漫步运河小径。这几个月以来我们走过石板小径、泥泞小路、宽阔大路，甚至穿越过公路和军用道路。我们花了将近 3 个月的时间，沿着这片土地上蜿蜒的线条，和沿途的人们建立连接，和脚下的土地建立连接。

我们用手机拍下写有奔宁之路起点的路牌，不敢相信我们居然完成了这样一段伟大的旅程，我和茂斯都难以自持，流下了激动的泪水。这时一家人提出要和我们一起拍照。

"你们走完了整个奔宁之路吗?"

"是的,我们做到了!"他们为我们欢呼鼓掌,就好像是一个专业的欢迎团队。

我们坐在酒吧里,点了一大壶冰水、一壶茶和许多食物。

"真不敢相信一切都结束了,真不敢相信我们已经走了这么远。看看你现在状态多好。你在果园里摔倒的那天,能想象未来有一天自己能走完奔宁之路吗?"

茂斯一边吃派一边笑着说:"那天我以为我这辈子都完蛋了,我以为我们再也回不到以前的生活了。"茂斯放下叉子,握住我的手。"我很难描述当时我控制不住自己身体的心理感受,但没过多久,我又能控制了。这真的让人难以相信,就好像时光倒流一样,我又回到了正常的生活状态。所以我有个主意,我不知道你怎么想,但是——"

我没让他把话说完。那天我们在山上吃土豆泥时,从他的眼神中我就很清楚他要说什么。长期的日晒雨淋使他的肤色变成了陈年铁锈般的深红色,尤其是在一头银发的映衬下看上去格外明显。无论茂斯吃多少薯条和面条,他的手臂都已经松松垮垮,虽然没有40多岁时那么强壮有力,但好在依然健康。更重要的是,在确诊之初笼罩在他脸上的黑暗迷雾彻底消失了,他的脸上重新焕发出了光芒,那是永不放弃的希望的曙光。我知道他想做什么,我也知道我一定会跟随他。自我成年后,我就一直追随着他那狂野的热情,像灯塔一样追随着他,陪他经历了大大小小的坎坷，走过了每一个隐蔽的角落和险峻的岬角。但我现在能做到吗，我还有力气吗？若干年前，我义无反顾陪着茂斯坐上了人生的过山车，这段旅程起起伏伏，可我感受不到岁月的流逝和年龄的增长，有他在身边仿佛会让我青春永驻，永葆热情和活力。但在今天看来，那些经历仿佛有了重量，在我们的身上都烙下了深刻的痕迹。我搭在桌上的双手布满了皱纹，皮肤松垮失去弹性，还出现了本不应该出现的棕色斑点，这双手明显不再属于年轻女性。而且我还患有腿部静脉曲张，每走一英里就会疼痛难忍，有时甚至会让我夜不能寐。再有，我的脚自从在拉斯角那里得了壕沟足之后还没有好利索……但当我看着茂斯从盘子里舀出豌豆，送进嘴里，且豌豆依然稳稳地停留在叉子上时，我就知道我会一直追随他的光芒，无论他将带我去向何方。

"好的，没问题，就这么办吧。"

"你还不知道我要说什么呢。如果你知道的话，可能都不会答应。"

"你是不是想说，咱们走回家吧？"

他没有回答我，只是闷头把一大口派塞进了嘴里，但他扬起的眉毛告诉我，我们要继续一路向南。

| 第四部分 |

心脏地带

一种感觉,仿佛是从视线之外
射出密集的箭,落下来变成了雨。

——《降灵节婚礼》,菲利普·拉金

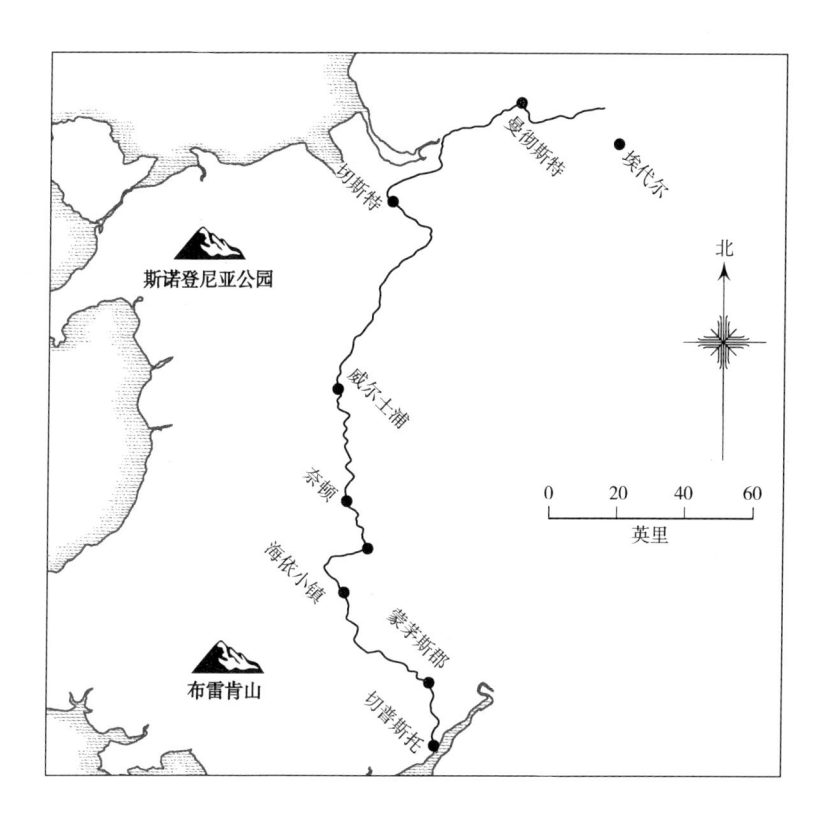

小径，纤路和奥法大堤之路：
从埃代尔到切普斯托

30

"太棒了,感谢,多亏帮忙。"
"没问题,一路顺利。"

男子和我们在商店外告别后便开车离开,我们沿着跨奔宁小径一路向西行进,侧看到的闪闪发光的城堡就在前方。那里就是曼彻斯特了,我们对它了解颇多,它是音乐史的中心,拥有世界一流的大学、厉害的足球队,同时还是北方人坚韧精神的代表。但它绝对不仅仅是一座闪亮的堡垒,它还是倾盆大雨中阴暗潮湿的城市,是生活的中心,通过道路、运河、铁路和飞机跑道连接各地,记录着过去和现在商业活动的轨迹。

我们找了一家旅馆,订了两个晚上的房间。我们清空背包,脱下和皮肤粘连在一起的袜子,在水池里洗脏衣服,然后吃完了所有免费赠送的饼干便倒头睡去,足足睡了12个小时。第二天早上,我们去市中心买步行靴。茂斯需要一双缓震效果好的靴子以减轻脚痛。我也需要一双防水效果好的靴子,好能让壕沟足愈合。但是露天商店的地下室被水淹了。我们也不想去其他地方闲逛，于是我们就在附近没完没了地喝茶，等他们把水抽出来。下午晚些时候，商店终于重新开始营业了，但我们发现，和北方其他地方一样，他们的步行靴库存也很少。茂斯没得选，只能买了唯一一双适合他尺寸的靴子，穿着那双靴子，茂斯看起来就像踩着两个巨大的黑色甜甜圈一样。我的选择就更少了，店里没有我的尺码，所以我拿了一双大一号的，又买了两双厚袜子，希望这样也能奏效。在回酒店的路上，我们又在日用品店里备足了止痛药和防水泡贴。排队结账时，我看柜台旁边放着一盒盒管状弹性脚部绷带。说不清楚为什么，我觉得好像有必要买上一盒。前面的队伍越来越短，绷带离我越来越近，我还是一直犹豫不决。但轮到我结账的那一刻，我终于伸手拿了一盒放进了我的购物筐里。也许我们走得太久了，也许长久待在闷热潮湿的环境下我得了真菌感染，但也许只是我需要多睡一会儿。

回旅馆的路上，我看到街上四处都站着无家可归的人，写有"曼彻斯特正在解决无家可归问题"字样的海报周围，满是乞求食物和帮助的流浪者。比起大多数其他城市来说，曼彻斯特的确在更努力地解决问题，但与英国其他地方一样，疫情防控期间推行的"人人住"活动（让无家可归者住进酒店空房）早已结束，这项活动的受益者又回到了疫情前风餐露宿的老样子。不能否认的是，疫情防控期间的这项活动取得了惊人的效果，也就是说只要政府有意愿，无家可归的问题完全是可以解决的。疫情前曼彻斯特制定的目标是，到 2022 年将露宿现象减少至一半，一些评论家认为这个目标需要 10 年,甚至更长的时间才能实现。现在看来,我完全同意这个观点。

雨终于停了,我们在运河边的咖啡馆里坐下来。我们今天的大部分时间都坐在书店里研究地图,想要找出一条适合我们向南步行的小路,但目前一无所获。

"也许我们不应该来曼彻斯特,我们可以沿着莱姆斯通小路(Limestone Way)向南走。"茂斯正在翻看他买的地图,但上面似乎全是公路和运河,没有步行小路。他又看了看地图,把它完全摊开放在桌上,然后抬头看着我,露出一副得意的神情,就好像有人刚刚告诉他他中了彩票似的。

"怎么了?"

"我们现在在哪儿?"他在地图上指了指,但我看不出他指的是哪里。

"什么意思?我们在曼彻斯特呢。"

"不对,再精确一点。"

"在咖啡馆。"我开始有点担心了。我们是不是已经走得太远了,要不直接乘火车回去算了。

他摇了摇头。"那咖啡馆在哪儿呢?"

我环顾四周,看了看那些远离公路、坐落在运河边上的砖房。"哦,我知道了,你是说我们在运河上。"

他把地图折起来,又吃了一个派。没错,我们就是在运河上。

布里奇沃特运河（Bridgewater Canal）横穿城市，经过建筑林立、破败不堪的工业群，直到最终灰褐色的城市景观逐渐被郁郁葱葱的绿色所取代。当乌云最终变成积云，在蓝天中飞速飘过时，我们意识到眼前的并不是布里奇沃特运河，而是曼彻斯特船舶运河。这条又宽又深的工业运河不会把我们带到我们要去的地方，再往前就是爱尔兰海了。我们选择了一条小路，开始沿着它向南步行。我们穿过灌木丛生的树篱和小路，来到了进入某种过渡性的边缘地带，直到天黑才停了下来。茂斯停下脚步，弯着腰，把双手放在膝盖上，看得出来，背包的重量已经使他不堪重负了。

"我走不动了，也不知道以后还能不能继续走下去。"他放下背包，坐在上面。"你觉得我们把帐篷搭在那里怎么样？"

我们离住宅区和公路都很近，经常听到车辆呼啸经过。田野里除了我们，还有一头掉了一半毛的老驴和一个铁丝饲料容器，它孤独地站在角落的一块泥地里。

帐篷里的茂斯整夜打着呼噜，帐篷外，汽车前灯刺眼的光芒穿透树篱，在帐篷上划过一道道弧线，驴子还时不时地磨牙，并发出短促的喷鼻声。真不明白我们为什么会在这里，在柴郡北边的小路上受这种罪。我们本可以赶上火车，舒舒服服地躺在康沃尔的床上，看着蒙蒂快乐地睡在桌子底下。但无论如何我必须承认，这是自我们当初坐上面包车北上以来，我第一次没有感到负罪感。因为我们来这里的原因是茂斯觉得他还可以走很长的路。这就够了，这个理由足以让我心甘情愿地去克服任何困难。

看不到尽头的小径穿过单一种植的耕地和没有一丝杂草的草坪，最终通向什罗普郡联合运河（Shropshire Union Canal）。我们踏上它的纤路，有种走出沙漠进入伊甸园的感觉。运河边的树篱上长满了野胡萝卜，空气中弥漫着昆虫的生机。平静的水面上笼罩着一层朦胧的雾气，但水禽的叫声打破了这种平静，鸭子和黑水鸡在芦苇中穿梭，时隐时现。燕子俯冲下来，尽情享用昆虫大餐。这里是一个完全不同的世界，有一瞬间让我感觉似曾相识。有那么一刻，我想起了西南海岸小径，在那里我们目睹了类似的场景。在海岸小径的陆地一侧，寂静的田野一望无际，仔细看，那里种植着大片的小麦、燕麦和羽衣甘蓝，除了偶尔看到几只乌鸦之外，几乎没有任何生物扰乱这片宁静。然而，小径却有着惊人的野生动物密度和生物多样性，感觉像个野生动植物保护区。透过树篱，我望向运河对岸绿油油无杂草的田野，我霎时明白了原因。英国的大部分田园都喷洒了除草剂，清除了大部分酢浆草、蓟花、荨麻和其他各种我们认为是杂草的植物，只留下绿色绒毯般的平整草地。所以我们一眼望去，总是能看到印象中经典的英格兰乡村景色，多少年来都一直如此。但实际上，这样的做法使很多昆虫都失去了赖以生存的栖息地。这方面我太有体会了，当你失去了家和食物来源，想要生存下来不亚于痴人说梦。

在我们翻越了各类地形之后，眼前的纤路感觉就像一条自动人行道。平坦舒适的地面，有弹性的新靴子，再加上跋涉过海滩和沼泽的双腿，我和茂斯在纤路上健步如飞，就好像我们来到一个没有重力的世界里一样，毫不费力。直到切斯特的罗马城墙出现在视野里，我们才提出是否要休整片刻。我们带的食物几乎都吃完了，而且时间还早，我们有足够的时间寻找露营地，所以我们走进了一家比萨店打算吃点东西。屋里很宽敞，有不少空桌，只有一家人正在窗户旁的位置用餐。我看到女服务员上下打量了我们一下，放下了手里的纸质菜单。

"抱歉，我们没有空位了。"

我环顾四周，至少还有 20 张空桌。"但这里没人啊。"

"位置都已经预订出去了，客人们很快就会来的。"

我看着茂斯，他耸了耸肩，我们都知道是怎么回事。这不是第一次了，她触到了我的痛处，我咽不下这口气。我脱下背包，把它靠在门边。我很惊讶自己怎么会有这样的反应，因为像这样的拒绝我们无家可归时早已司空见惯，但时至今日，我对于这件事居然还是如此敏感。

"现在请你假装没有看到我们的背包，那么你会说什么？"

"可是我看见你们的背包了。"

"就想象一下，如果你没看到的话。"

她环顾四周想要寻求帮助，但没看到任何人，所以她硬着头皮说。

"请坐吧。"

"我猜你就会这么说。但我们不吃了，我们已经不饿了。"

31

清晨,我们来到切斯特城里。街道很安静,没有行人,也没有汽车,只有几只在垃圾桶里翻找食物包装袋的海鸥。在空无一人的城市里行走,感觉就像置身于一个多重时光胶囊中,切斯特城古老的历史就像堆叠在一起的多层蛋糕,我们从切面中窥见它的历史轨迹。从罗马时期开始,经过中世纪、乔治时代和维多利亚时代,再到现在,街边的面包店终于打开门,迎接两名早已在外面等待的建筑工人。我们随后又回到了纤路上,把渐渐苏醒的城市抛在身后,融入了运河的寂静之中。

走了几英里也没有见到其他人,只有我们、河水还有野生动物。即使天气回暖,周围也没几个人。似乎只有遛狗人、骑行者和野生动物才会来到什罗普郡联合运河的纤路上。水面上浮动着成群的鸭子,母鸭带着即将成年的小鸭,还有一些刚孵出不久的雏鸭在运河边的芦苇间来回穿梭。一种宁静的氛围笼罩在平静的水面上,在高高的杂草丛生的树篱和成熟的树木之间,形成了一条野生动物的走廊。我们沿着几代人走过的路走了几个小时。曾经,马匹拉着满载货物的小船沿着曾是主要交通枢纽的水道前进。现在,这里则成为休闲的场所,人们在河边悠闲地享受着,时间似乎都过得慢了些。

在城市里的日子让我感觉度日如年,内心的压力每时每刻都在增加。最终在这个安静的地方,一种深刻的解脱感涌上心头。我开始意识到,我在人口密集地区所感受到的强烈的幽闭恐惧症,不是因为别人,而是因为我自己。我们在过去的3个月里骑车、步行,与尼德湖的鹿一起抖落身上的水滴,与峡谷里的鹰一起自由飞翔,与荒野沼地顶端的空气融为一体。在海岸小径的岬角上待了几个月后,不知不觉中,我们已经远离了曾经努力找回的正常的生活。"正常"二字已经从我们身边溜走,就像黄油从热刀上溜走一样。我们没有记录时间,也没有计算天数,只是陷入了一种存在状态,一种文明世界放松控制,野性状态就会悄然而至的状态。

也许是由于运河太过平直,或者是那固定不变的河面宽度,又或是我不理解的其他物理因素所致,在纤路上总有一种奇怪的视差感。我们匀速前进,向相反方向前进的窄船以稍快一点的速度驶过我们,但我感觉我们根本没有移动。好像包括时间在内的所有事物都掠过我们,只有我俩在原地踏步似的。经历了一天超现实的宁静后,我们在运河篱笆后的矮树丛中搭起了帐篷。我们煮了几个斗胆买下的鸡蛋,因为我们知道路途平坦,鸡蛋不太容易碎裂。然后吃了面包房买的点心,松软的面包放在鸡蛋下,被挤压得又扁又皱。我们在帐篷旁边煮水,静静听着芦苇中黑水鸡的叫声,就像几个世纪以来沿着这条水路行进的任何人都会做的事一样。当生活被删繁就简,只留下必需品时,时间就随着欲望一道,都好似停滞了。我们吃着鸡蛋,看着地下丛林中的一只田鼠。无所谓是何年何月,时间在这里失去了意义。

在喝下今天最后一杯茶的时候,我浏览着手机上的新闻。我把水壶从炉子上拿下来,好静下心来看完全文。联合国发布了一份气候报告,他们将其称为"对人类的红色警报"。他们说,到 2040 年,全球变暖可能会超过 1.5℃ 的警戒红线,很多人都无法在他们有生之年看到这种局面的改善。丧钟响彻田野,这些田野的唯一目的就是满足人类的指数增长。然而我们却只是观望,吃喝玩乐,繁衍后代,仿佛我们可以置身于任何可能降临到这个地球的灾难之外,仿佛我们只是这场表演的旁观者。

当我们在干草和饰带花的簇拥中醒来时,我仍然对睡前看到的报道感到震惊。

天空渐渐明亮,我们迎着初夏清晨的朝阳,又回到了纤路上。

沿着什罗普郡联合运河向西南方向行走,到兰戈伦运河(Llangollen Canal)这段路程中,植被变得越来越密集,运河岸边长满了芦苇、黄鸢尾花和矢车菊,我们需要仔细分辨才能找到花花草草和树篱之间的小路。耳边不时传来昆虫的嗡嗡声,蜜蜂懒洋洋地在花间盘旋,我们还看到了电光蓝色的豆娘、水黾,还有比奔宁之路上的马蝇咬人还疼的大号马蝇。但就像海岸线在某些地方成为野生动物的最后堡垒一样,这里也是如此。对于我们的生物多样性来说，这些"生命之带"正在成为最后的希望。

一对夫妇乘着小船经过，一边喊着早上好，一边挥手示意。他们艰难地通过了一个水闸。过了一会儿，他们又从我们身边经过，边走边向我们喊话。

"你们一定想喝杯茶吧？"

"是啊。"他们笑着离开了。

维多利亚时代的拱桥横跨运河，每座桥都保存完好且拥有编号。我们专注地边走边数拱桥的数量，以及每座桥之间的距离有多远。但是当我们看到对岸停靠着许多窄船时，我们的注意力就被分散了。起初只有零星几只船，看得出来是永久停泊在这里的，因为他们在船上修建了一座看上去随意无序，但却是精心设计的小花园。船屋上有露台、小屋和盆栽，还有休息区和储藏室。走着走着，我们突然看到船与船首尾相连，就像是运河里交通堵塞一样。一个男人站在一条没有任何装饰的空船上，向我们喊话。

"早上好！真是个适合散步的好天气。你们要往哪走？"

"我们往南去。天气真好啊。可是这里这么偏僻，怎么还会有这么多船？"茂斯说话变得越来越直接了，但这个人似乎并不在意。

"运河有一段很长的公共区域，可能有两三座桥之间的距离，这里随便停下也没人管。"他指着西边说道："我真是太幸运了，刚买完船就找到了这么一个好地方。"这艘船显然有着光鲜亮丽的过去，船身是棕色的，但如今已经锈迹斑斑，油漆剥落。但这个人发自内心的活力和热情令人动容。"我已经辞职了，我要把这船收拾一下，弄得舒适些，再装个炉子，过一过运河上的生活。现在不用付高额账单,也不用履行任何义务。你们都不知道我有多高兴。"

我们和他挥手告别,继续往前走。经过了至少一百艘船,还有一排排的盆栽植物,船主们都是那样兴高采烈。终于来到了船屋的尽头,运河又恢复了平静。离得老远,我们就看到有一艘船停泊在我们这侧的岸边,小路上还放着两把躺椅。我们走近一看,原来是刚才那对夫妇。

"你们来啦。把背包放下来坐会儿吧。茶里要放糖吗?"就像我们在运河上遇到的其他人一样,这对夫妇也对生活充满了热情。对自己的生活感到满意,也乐于与人分享他们的故事。

"谢谢你,我现在能喝下一整壶茶。"我们坐在椅子上,欣然接受茶和巧克力棒的馈赠。这对夫妇本来已经退休,住在自己的船屋上,但后来负担不起日常开销,所以又回去做兼职工作。工作时就把船停泊在岸边,休息的时候他们就乘船外出旅行。

"我曾经有一份不错的工作,在市政委员会工作了大半辈子,退休后每周开两天出租车,我从来没有这么快乐过。我妻子是临终关怀师,工作内容就是陪伴即将去世的人走完生命最后一段旅程,周末她会在船屋上打扫卫生。"

这时,他的妻子从船上拿了一些饼干出来。"是的,这里的日子很安静,生活很美好。生命的真谛不就是要保持工作和生活的平衡吗?我想我们已经做到了。"她打开船的侧门,两只大拉布拉多犬跳出来,沿着小路奔跑嬉戏。我确实也很喜欢这样的生活。

太阳渐渐消失在地平面上,天空变成了深蓝色,空气变得潮湿,草地和树叶上沾满了露水。我们坐在另一个水闸旁的长凳上,看着地图，寻找今晚的露营地。这时一艘船临时靠岸，排队等待通过船闸。

"你们迷路了？"

"没有，我们在找地方露营。"

两位老人在他们的船上忙碌着，享受着系泊与入闸前的每一刻。

"我们正在泡茶，你们俩要来一杯吗？"两个人中较年轻的那人手里拿着一个茶壶。

"我从来不拒绝任何一杯茶。"茂斯说话时，我看着他。他说话的方式，他的疲惫的表象下隐藏着别样的情绪。我读不太懂，但八成是满足。那人拿着几杯茶和一盘饼干出来了。那位老人告诉我们，他一生都在船上工作和生活，直到他的妻子生病，他放弃了工作照顾她直到去世。现在他和另一个人共同拥有这艘船，偶尔会出去玩几个星期。

"你妻子的事我很难过。"听起来像客套话，但我不知道除此之外我还能说什么。

"我不觉得。其实这是最好的安排。我没法离开我的船，但我也不能对她不管不顾，所以这是最好的安排。"

我们看着他们穿过船闸。我和茂斯说，我难以想象，与他共度一生的妻子去世了，他怎么还能这么务实。也许我面对茂斯的病情太过自私和脆弱了。也许我需要变得更坚强一些，开始学会放下。

"别这么说。"茂斯摇着头看着我，好像有什么我没明白的事情。

"我在试着解释我的感受。"

"先别说,说话的时候不要挥手,你会把最后一块饼干弄掉的。"我看了看我手里的黄油饼干,他一把抢过塞进了嘴里。

我们找到一条远离运河的小路,希望沿着它走能找到一块露营的地方,但道路两旁都是耕地,黄昏时,我们不再继续观望,翻过栅栏进入了一片玉米地。但这块地里除了玉米什么都没有。地上没有杂草,空气中也没有昆虫,只有排列整齐的一行行玉米,延伸至黄昏的地平线。但在远处的某个地方,我能听到画眉鸟在唱歌。光线渐暗,我走在单一种植的耕地里,不禁又想起了英国乡村成千上万亩种植着玉米、谷物和甜菜的田地。为了最大限度地提高产量,他们都喷洒了大量的杀虫剂和除草剂,野生动物无处生存,他们的栖息地被不断压缩,导致很多地区都出现了生态失衡的现象。但反过来想想,如果人类不大面积种植作物,就无法保障人们的粮食需求。有人曾提议,让数十万公顷的优质农业用地停止生产作物,重新回归原始状态,但这样做人类就会吃不饱饭。粮食安全是一场迫在眉睫的危机,而西方国家却对此闭口不谈。目前英国只能生产我们所食用的60%的食物,这使我们很容易受到世界其他地方气候和政治变化的影响,因此我们自己的粮食生产至关重要。但我们要付出的代价是什么呢?英国脱欧后,政府重新引入了一种被欧盟禁用的新烟碱类杀虫剂。这种杀虫剂可以预防甜菜疾病,但副作用是会杀死蜜蜂。如果篱笆另一边的农民向他的庄稼喷洒了大量的新烟碱类杀虫剂，那我们就算从园艺中心买多少个昆虫酒店[1]都是白搭，所以我们必须找到一个平衡点。茶里不加糖不会影响我们的生存，但如果我们失去了传粉者，对我们中的许多人来说无异于是一场灾难。

我们沿着玉米秸秆之间的缝隙行走，在玉米还没有长出来的空地上搭起帐篷。风势渐渐增强，呼啸声在田间响起，玉米秆被吹得沙沙作响，几种声音混杂在一起，让人根本睡不着觉。不出我所料，暴风雨果然接踵而至，巨大的冰雹敲打着帐篷，我们蜷缩在里面，祈祷千万不要冲破已经风化的防雨篷盖。

天一亮，我们就拉开帐篷，把弹珠大小的一堆冰雹推到一边。防雨篷盖已经被撕裂，只有部分地方还勉强有一丝连接。我们试图用强力胶带把它粘好，但稍微一摇晃，胶带就脱落了，杆子也滑了出来。我们的露营时代结束了。我喉咙发紧，眼泪流了下来。我把目光移开，希望茂斯没看到我这狼狈的样子，但我无法掩饰，只好坐在泥泞的田里哭泣。这个帐篷保证了我们的安全，保护我们穿越了西南海岸荒僻的岬角，它是我们的庇护所，是我们的救星，帮助我们度过了人生中最艰难的时刻，它对我们来说不仅仅是一顶帐篷。尽管支撑杆和楔子全都换过新的，但这个旧篷布却始终陪伴着我们。我不断回忆它陪着我们走过了多少地方，要接受失去它这件事令我灰心丧气。就好像一个在逆境中苦苦陪伴我们的老朋友突然间离开了我们。我擦去脸上的鼻涕和眼泪，茂斯收拾好它的残骸，

---

[1] 昆虫酒店是一种人工制作的小屋或结构，旨在为各种有益昆虫提供栖息地，有助于生态平衡和生物多样性保护。

然后在威尔士浦（Welshpool）订了一张床过夜。在远处的某个地方，我听到一只画眉鸟在唱歌，仿佛一切都没有改变。

蒙哥马利运河（Montgomery Canal）以其岸边的水生植物而闻名。它们长得繁密茂盛，点缀着运河两岸，昆虫穿梭其中，一片生机盎然。天空放晴了，8月中旬的冰雹成为回忆。我们还有很多路要走，但现在时间还早，不着急。我们机械地向前移动，几英里过去了，但中间几乎没有任何交谈。当我跟在茂斯后边的时候，我被他那双黑色的甜甜圈靴迷住了。两只脚一前一后走着直线，每只靴子都以同样的压力撞击地面，它们节奏一致，一二，一二，一二……我听得入迷了。茂斯曾经那种犹豫的步态消失了。我默默地跟着他，脸上又浮现出一丝笑容。一二，一二，一二。当我们到达威尔士浦时，已经很晚了，我们吃着薯片，找到了酒店，然后站在温热的淋浴下洗去一身疲惫。

"我找不到合适的三人帐篷，但有一个双人帐篷是咱们之前的同款。就是尺寸小了一点，你觉得行吗？"茂斯坐在床上浏览着购物网站。

"我们要把它寄到哪里呢？"

"唯一一家有空房的旅馆是在金顿（Kington），但我们得走三天才能到。"

我看着他坐在床上，一只手拿着旅行指南，一只手拿着手机。

"那这三天没有帐篷，我们住在哪儿啊？"

"我们可以用防风袋吗？这样睡袋就能保持干燥，而且这两天的天气看起来也不错。"他正在研究旅行指南,在购物网站上浏览帐篷,查看了天气预报,还准备预订酒店。我坐在他旁边,觉得一切都很反常。冬天的时候,他还一星期都回复不了一封邮件,因为他觉得回复邮件太复杂了。那现在是什么情况?话说回来,我不太相信那些防风袋能起作用,我很久没在山坡上用塑料袋睡觉了。

"那你要留哪里的地址?"

"我要给酒店打个电话,确认一下是否可以寄过去,然后再下单。"

我惊讶地看着他跟酒店沟通,订房间,订帐篷,然后还泡了一杯茶。

"我在想,我们没有带防风袋,这里也肯定买不到,所以我们明天早上要不要带一些结实的垃圾袋,以防万一?"

我还没从刚才的惊讶中回过神来,喝了一口茶说:"好啊,好主意。"

32

　　传说默西亚[1]国王奥法（Offa）在8世纪晚期决定修建一座堤坝。显然，没有人完全确定他是不是想把威尔士部落挡在外面，还是想阻止默西亚人逃往威尔士，或者他只是想建立一个非常明确的边界而已。但不管出于什么原因，堤坝建了起来。奥法命令军队的士兵开始挖掘沟渠，把所有挖出的土堆在旁边堆积起来形成堤岸，直到最终堤坝从北部的普雷斯塔廷一直延伸到南部的切普斯托。如果这是为了防御的话，那真是没起什么作用。威尔士人不同意他建造这个堤坝，于是这就成了威尔士人和英格兰人长达几个世纪争论的另一个焦点。后来还是科学平息了这段历史故事的诸多争议。因为专家运用科技手段证明，这座堤坝始建于5世纪，远早于奥法时期。一条名为"奥法大堤之路"（Offa's Dyke Path）的国家小径现在沿着堤坝蜿蜒而下，沿着英格兰和威尔士之间的边界蜿蜒而下。我们在这条路的约二分之一处越过了它，然后向南进入威尔士沼

---

[1] Mercia，500年前后建立的盎格鲁-撒克逊王国，范围大致相当于今英国米德兰地区。——编者注

泽，这是什罗郡（Shropshire）和赫里福德郡（Herefordshire）与威尔士的交界处。我决定忽略科学，因为在罗马人修建的堤坝上散步，一下就感觉没那么浪漫了。

黄昏时分，我们发现了一片树林，那里似乎有足够的遮蔽物，是个不错的地方。我们开始用垃圾袋和强力胶带制作防风袋，但是天已经快黑了，没办法，我们只能打着手电筒完成。气垫床和睡袋都能装进塑料袋里，但塑料袋太短，无法覆盖整个睡袋的长度，所以我们把第二个塑料袋的底部撕下来，把它粘在第一个塑料袋上，这样我们就有了一个又大又轻，但不太结实的睡袋。

湿冷的空气打在我脸上，我很想睡觉，但我却不合时宜地能捕捉到周围任何窸窸窣窣的声音。我听到有一只小动物在附近的树叶中移动，不知道是老鼠还是田鼠，但肯定不是兔子，我能听到它扒开草丛前后移动的声音。一只黄褐色的猫头鹰在附近某处发出叫声，然后我听到了一阵微风吹动树枝，在树皮上刮擦的声音。那只啮齿动物沉默了。我们也沉默着，认真听着。但是一点声音也没有，只有黑暗潮湿。睡意渐浓，突然一阵气流涌动，树叶扭打了一下，发出最微弱的叫声，然后又归于寂静。我们躺在塑料袋里，等待着一场野外求生剧情的落幕。

山丘、树篱和飘浮的白云绵延数英里，但周围几乎看不到一个人影。即使我们偶尔见到一些人，他们也只是在我们经过时独自咕哝着。1974 年之前，拉德诺郡（Radnorshire）是一个独立的郡，后来一夜之间被并入新成立的波厄斯郡（Powys）。但这个地方还是有些与众不同。这是一片绿色的土地，有农场和农民，有树篱和农业工程师，这是一个被现代生活的快节奏所忽视的地方。我们穿过主要城镇之一的奈顿（Knighton），沿着堤坝来到霍桑山（Hawthorn Hill）一侧的斜坡上。天空呈现出深邃的黑暗，夜空中繁星点点，一弯新月发出了微弱的光芒。

"我真的不知道我为什么会在这里，躺在一个垃圾袋里，还躺在山坡上，但我居然还很高兴。"茂斯在黑暗中用力地握住我的手。他睡意正浓时，月亮渐渐西沉。而我凝视着天空，直到我觉得自己好像要融入其中，被星星点点所包裹。后来它们开始褪色，一道苍白的光线划过蓝色的天空，带走了我脸上的露珠。

***

小镇金顿（Kington）的街道上弥漫着一种轻松的气氛，这里的商店麻雀虽小，五脏俱全，从捕梦网到步行靴等各种商品均有售卖。第二天早上，我们带着新帐篷和从咖啡馆买的一大袋糕点满意地离开。随后我们爬上了一座陡峭的山丘，来到了赫格斯特岭（Hergest Ridge）。沿途有一片片修剪整齐的石楠花，我们沿着这条小路穿过了一片广阔的荒地丘陵。有那么一瞬间，我们仿佛又回到了奔宁山脉。裸露的泥炭，细小的黄色蕨草和金雀花，站在高处，我可以一眼望见天空从北部的波厄斯一直延伸到西南部的赫里福德郡。茂斯在平坦的山脊上大踏步地走着，看起来很轻松，甚至他下垂的肩膀看起来也没那么明显了。不远处，一个农民正在修理拖拉机后面的割草机，茂斯停下来和他说话。

"遇到麻烦了吗，兄弟？"

"是啊，这块后板掉了，我自己没法把螺栓装回去。得有人帮我才行。我得先把割草机卸下来，然后再回家找人。"

"我来帮你。来，我帮你举着后板，你把螺栓穿进去。"茂斯放下他的背包，把沉重的金属板从地上拿起来。我没有走近，只是远远地看着他们。我的目光总是被北方吸引，被我们身后绵延数英里的地方吸引。仿佛我能感受到回到谢格拉（Sheigra）的路，仿佛能听到那个站在峭壁边缘、眺望日落的攀岩者对我说："你们正站在希望的路上。只要这样做，一切皆有可能。"

在山脊上的某个地方，走着走着，英格兰就变成了威尔士，我们又回到了边境上，在不同地区、不同文化之间穿梭。但就像在苏格兰一样，生活在边境上的人们并没有强烈的地域意识。他们生活在自己的小世界里，在这个空间中，籍贯并不重要，重要的是他们是否必须戴口罩才能进入便利店。沿着一条狭窄的岩石小道，我们进入了格莱斯特里村（Gladestry）。我站在一块巨石上，等候一群骑马的人经过。我顿时感觉自己很强大，很满足，好像我在寻找了很久之后终于找到了答案。然后我从巨石上下来，但当我的脚着地时，我能感觉到的只有灼热、刺痛。我一瘸一拐地走到村子里，路过一位老太太，她正对着一家上山的步行者大喊大叫，因为他们走错了路，误闯进了她的花园。

"离我的蜜蜂远点。你们竟敢破坏我的蜂箱。看吧，你们惹它们生气了。"步行者们见状便转身往回走,但老妇人拦住了他们。"你们休想再穿过我的花园,践踏我的植物。"一家人站在蜂箱旁,被困在这个女人的地盘里,孩子挥手赶走蜜蜂,但不可避免地被蜇了。我一瘸一拐地走开。似乎无论我们站在何种立场上,强势地捍卫边界总是常态。民族主义、分裂主义、权力下放,甚至是对主权国家的入侵,难道本质上都是一样的吗?我们都生活在同一个花园中,但我们所做的只是争论蜜蜂的所有权,而不是陶醉其中去分享它的美丽。

我拖着步子穿过数英里的农田,来到迪斯圭尔法山(Disgwylfa Hill)上的一个地方。我们在这把新帐篷搭在了金雀花丛和羊粪地之中。我们钻进帐篷,挤在一起。这帐篷的容量小得惊人,跟双人棺材似的。

"没事,挤挤暖和。"茂斯挪动身体想要翻身,但是没有多余的空间,我们必须头对脚,脚对头那样躺着,这样才能给彼此的肩膀腾出足够的空间,相对来说舒服些。"你要检查下你的脚吗?"

"不了,地方太小了,明天早上再说吧。"

一大早,我就在帆布背包里翻出了我在曼彻斯特随便买的管状脚部绷带。还好当初早有预感。"真可惜,我没有预料到那块大石头会让我受伤。"

"问题不是石头,而是你的靴子。你本应该穿7码,但却买了8码,脚肯定会打滑。"我穿上脚部绷带,穿上那双最厚的袜子,最后套上靴子,终于有了些安全感。我不知道这个绷带的效力会发挥多久，或者说出于人类痴迷于边界扩张的本性，这是否就意味着我很快就能适应穿 8 码的靴子了？我吃了双倍剂量的止痛药，然后单脚站立。嗯，问题不大。

33

但时间一长,脚痛就变得难以忍受。尤其是每次下坡的时候,脚踝承受较大的冲击,疼痛就会加剧。所以我不得不侧着身子下山,这样还能省点劲。终于熬过了这一早上,我们终于到达了平坦的怀伊河畔(River Wye),沿着它便到了英国的旧书王国——海依小镇(Hay-on-Wye)。该镇坐落于英格兰和威尔士的交界处,人们通常认为它属于威尔士。

街上,一群年轻人正在进行一场欢乐的婚礼派对,他们本来已经要进入一家酒店,但又多次返回街头拍照留念。我们坐在对面的咖啡馆,看着阳光照耀下一张张灿烂的笑脸。这么多年来,我们一直是这家咖啡馆的常客,当我脱下靴子坐在阳光下按摩脚踝时,前所未有的一种熟悉感油然而生,令人心生暖意。细细想来,这些年来小镇几乎没有什么变化。仍葆有书香气息和自由洒脱的感觉。即使是那座残破不堪的城堡,多少年来也还是那个样子,只是在石砌上稍作了些修补。我穿上靴子,埋头吃完了一大碗蔬菜沙拉,这次没有点派或者面条。

我们在咖啡馆里待了很长时间，每次想走的时候都因为脚太痛了而不得不一再拖延。这时一位女服务员走过来，显然想让我们快点离开。我们只能又点了些茶和蛋糕，顺便和她闲聊了几句。

"今天很忙啊。"

"夏天以来的几乎每天都差不多这个样子，大家都在国内度假，蛋糕都不够卖。你们这大包小包的要去哪里？"

我愣了一下，不知道该怎么说。因为我们的经历似乎太不寻常，说出来有吹牛之嫌，我有些难以启齿。但无论如何我还是如实相告了。

"我们3个多月前从苏格兰西北部出发，一路向南步行。不过我们很快就要到家了。"

"你们家就在镇上吗？"

"没有，在康沃尔。"

"什么？你们要走回康沃尔？"

"没错。"

"从苏格兰到康沃尔？"

"是的。"

她拉出一把椅子坐了下来。"天呐，这简直是一场史诗般的徒步经历。但是你们这个年纪还吃得消吗？"

又是那个老掉牙的问题，年轻人为什么总觉得几条皱纹就能阻止我们去冒险呢？我有点无语，但我觉得如果我是她，我估计也会问出同样的问题。

"你只需要一步一个脚印地坚持走下去，就完全没问题。当然，前提是脚不能受伤。"唉,我的脚真不争气,茂斯刚稍有好转,我又受伤了。

"前几周我的脚刚扭伤,疼得要命,不过我包里有一罐药膏缓解疼痛特别有效,我去拿。"我还没来得及拒绝她就走了,但很快她拿着一小罐彩色的东西回来了,闻起来像太阳晒干了的奶酪。不过我们还是说很感谢她,然后准备离开。

"你们的经历实在是太不可思议了,希望你们一路平安。"

下午晚些时候,我们离开了小镇,开始向黑山(Black Mountains)边缘的海布拉夫山(Hay Bluff hill)进发。我们走了好几英里才走出山谷,站在高处才看到山雨欲来时汹涌的天空。但我们没法掉头,再走回去实在是太远,要是这阵强风能把我们吹回山谷就好了。我们只好越过开阔的沼泽地,向下一个坡地走去。疼痛一度让我想要半途而废。我们继续前进,希望能找到一个避风的地方。我们终于到达了东侧的一个洼地,在坑坑洼洼的沼泽地上搭起了帐篷。风越来越大,乌云向东快速移动,晚霞从云层中挤出一丝缝隙,洒下一道金色的阳光,照亮了山下的赫里福德市。这一刻,看着眼前紫黑色的山脉,我们对于"黑山"这个名字的由来,有了更加直观的认识。

凌晨三点,暴风雨的声音震耳欲聋,所幸我们头顶上有巨石遮风挡雨,帐篷才能保持相对静止和干爽。茂斯打着手电筒找水瓶,他突然转过身来,手电筒的光明晃晃地照在我脸上。

"你知道吗,在那个女服务员用'史诗'这个词形容我们之前，我从没把自己和这两个字联系到一起过。我们只是简单地走完一条路，然后再计划走下一条，如此反复而已。但现在回想一下，这些经历全部叠加在一起的确是很震撼。"

"对老年人来说的确是史诗级别了。把灯关掉，太刺眼了。"

"不行，我得给你的脚擦上点药膏。"

"现在可是凌晨三点了。"

"那怎么了，反正我们也睡不着。"

不过我们还是断断续续地睡了一会儿。多亏那臭奶酪味的药膏，不然我就可以睡个囫囵觉了。

早晨八点钟，我们打开帐篷，天灰蒙蒙的，雨已经停了，但风力不减，我们被茫茫浓雾所包围。我们见状便重新拉上帐篷的拉链，躺下继续睡觉，直到上午十点左右才再次醒来。

浓雾笼罩着山脊，我们的冲锋衣被狂风吹得哗哗作响，无奈之下我们只能弯着腰走以减小阻力，仿佛只要挺直身子就会被风从山上刮下来。我们沿着一条由泥炭和红砂岩组成的泥泞小路向前走，沿路开着许多石楠花。这时，我在雾中隐约看到了一个巨大的黑影，紧接着越来越多，直到我们穿过大雾，走近了一看，原来是一群小马。它们就这样一动不动地看着我们，看着近在咫尺的我们与它们擦肩而过。它们知道，与其在雾中狂奔，不如静静地观察这些人类。随着时间的推移，浓雾渐渐散开，视野变得清晰了一点，我看到眼前好像是一片田地和小果园。直到云雾完全消散，我认出下面就是蒙茅斯郡（Monmouthshire）了，西边是布雷肯比肯斯（Brecon Beacons）和甜面包山（Sugar Loaf mountain），南边是布里斯托尔海峡（Bristol Channel）。我们沿着延伸数英里的小径下山，每迈出一步,我的脚就经历一次剧烈的疼痛。终于，我们来到了潘迪村（Pandy）。

这里有一个露营地，我想问问我们是否可以在这里露营，但找不到任何工作人员。环顾四周，今晚似乎是营地咖啡馆举办的智力竞赛之夜，每个人都在努力回忆一些有趣的问题，比如1976年的英格兰足总杯[1]的冠军是谁。茂斯胜负欲达到了高潮，他差点冲过去告诉他们，那年南安普敦以1∶0的成绩击败了曼联。好在我及时把他拖走，我们当务之急是去找点吃的，毕竟背包里不剩什么余粮了，只有两袋速溶土豆泥和一听金枪鱼罐头了。

我们在村子的另一头找到一家广场酒店，一位女服务员拿来了一份菜单。

"不要点任何带蘑菇的菜，鱼也卖完了，鸡肉和蔬菜还有一点，但不多。"

"那今天的生意一定很难做吧，发生什么事了？"

"所有东西都被卡在了港口的卡车上。蘑菇已经缺货好几天了，但好像越没有什么顾客就越想要什么，几乎所有顾客都会点蘑菇。"

我们在酒吧里喝了汤，吃了一份薯条，起初店里除了我们之外空无一人，后来来了两个男人和两个男孩，他们坐在我们旁边的位置，服务员回来了。

---

[1] FA Cup，英格兰足球总会命名并主办的淘汰制足球赛。——编者注

"不要点蘑菇。"

他们一开始都安静地吃着派和薯条,后来其中一个人再也抑制不住他的好奇心,终于向我们发问。

"好大的背包,看起来不是短途旅行啊。"

"对,我们从苏格兰西北部出发,正在回家的路上。"茂斯把薯条放进汤里蘸了蘸,露出满意的神情。

"这距离可不短啊,你们的家在哪儿?"

"康沃尔。"

"不是吧,这把年纪了还走这么远?"我看着他,拜托,咱们几乎一样大。"我们只是和孩子们出去骑了几天山地车,给我累坏了!你们怎么坚持下来的?"

"有段时间是挺难熬的。"

"你们读过一本叫《盐之路》的书吗?说真的,你真该读一读。它会改变你对徒步旅行的看法。讲的是一对夫妇,先是无家可归,男人又被诊断出患有脑瘤还是什么的病,然后他们就在西南海岸小径上步行,最后男人死了。但书的确写得不错。"

我偷偷把手放到了桌子底下,戳了戳茂斯的腿,但他依然不动声色地继续蘸着薯条。

"哎呀,脑瘤,可真倒霉。"

我们收拾帐篷的时候,一位老人牵着狗狗穿过露营地。

"你们是来度假的吗?我也是,但严格来讲我这可能不算假期,我只是回来看看这个老地方。我在这附近长大,以前这里全是农田和树林。但后来他们为了拓宽道路把树全砍了。也许你们会觉得现在这样也挺好的,但我知道它和以前完全不一样了,我接受不了,就只好搬走了。"

同样的故事在全国各地一遍又一遍地重复上演。一定有办法能扭转这种破坏性的局面吧?

穿过起伏的农田,和羊群、马蝇和红隼打了照面后,我们来到了一个小村庄的边界。这也许是兰加托克·林戈伊德(Llangattock Lingoed)的白色小教堂,抑或是长满野花杂草的墓地,燕子在头顶盘旋,这个地方有着与世隔绝般的宁静,似乎被时间遗忘了。我坐在教堂墓地边上的长凳上,试图弄清这种奇妙的感觉是什么,但我形容不出来。我只能体会到这种感觉联通古今,具有强大的超脱感。一个女人和一个孩子举着捕蝶网在野花丛中穿行,他们捕捉昆虫,将其放进一个罐子里。然后他们走到旁边的一个酒吧花园,坐在长凳上谈论玻璃罐里的昆虫,最终将它们放生。在这个寂静而隐秘的地方,我闭上眼睛细细感受,一坐就是几个小时,任由这份静谧渗透我身体的每一个部分。如果我有宗教信仰,我会把这种感觉归因于神圣的教堂,或者将其归结于古老墓地所产生的磁场。但作为无神论者,我只能感受到时间的静止与内心的宁静。风轻拂我的脸颊,草木发出沙沙声,是唯一能够打破这种停滞感的感受。

我们继续往前走,内心出奇地平静,身体也充满力量,仿佛刚刚结束了一场深度冥想。沿着长满蓝色山萝卜花的小路,我们看到了真正多样化的农田,这是自米德尔顿河畔以来的第一次。路过空荡荡的房子和废弃的农场,绕过白色城堡的废墟,在头顶盘旋的秃鹭和红色风筝的见证下,我们穿过仿佛时间被冻结的田地,最后到达了蒙茅斯(Monmouth)。

自新石器时代以来,人类就在这里定居,在河岸上繁衍生息,延续了数千年。我们同样也在寻求庇护所,所以在咖啡馆里喝着没完没了的茶,认真地看着电视新闻。我们徒步的时候几乎了解不到任何新闻,但每次看,都会多多少少地颠覆我们的认知,让我们从远离尘世的平静中惊醒。政客们在讨论气候问题时,就好像气候是一种商品。塔利班占领阿富汗时,一位绝望的妇女把她的孩子抛过铁丝网扔给等待的士兵。自从看到这种新闻,我就再也找不到之前平和的感觉了。咖啡馆打烊了,我们去超市买了食物,然后接着向南走到了怀伊河(River Wye),我们在岸边,在喜马拉雅凤仙花丛中搭起了帐篷。

我打开帐篷,看到一道闪电般的蓝色影子飞快掠过,消失在河的上游。我们走过了那么多的湖泊、河流和运河,这是我们见到的第一只翠鸟。我闭上眼睛,试着把那蓝色记忆印在脑海里。今天我们走了很远的路,比预想中走得更远,我们已经接近比斯维尔(Bigsweir)了。尽管前两天下了大雨,水位还是很低,河水缓慢地流向大海。河对岸的路上不时有汽车驶过,但我听不见车流的声音。我的脑海里满是海鸥的叫声,因为我知道,大海离我们越来越近了。

我不知道为什么今天如此顺利,也许是海岸小径的回忆在召唤我们,也许是在苏格兰高地的历练恰好在此刻赋予了我们力量,也有可能是茂斯的脚终于在甜甜圈靴里找到了快乐。不过没过多久，河边的平原就消失了，我们爬上了一座陡峭的小山，在山顶上一边烧水沏茶，一边看着附近田野里咯咯叫的珍珠鸡四下奔跑不停。怀伊河谷（the Wye valley）地势陡峭，树木茂密，我们一离开河流拐弯处的标志性地形，就很难判断自己身在何处。我们爬啊爬，穿过黑暗的林地，在几百岁的老橡树和山毛榉中间行走，很快就顾不得思考我们的位置了，转而沉浸在欣赏不同纹理、形状和触感的树皮当中。路边一处布告栏上面写着"禁止进入此区域"，看到这则告示时我瞬间从沉浸式体验中惊醒。我意识到如果我们这样擅自闯入，肯定会惊扰到这片林地的睡鼠。这些小老鼠有着大大的眼睛和长长的尾巴，正面临着严重物种灭绝的危险。它们的数量在过去的20年里减少了一半，其中一个原因是栖息地的丧失，另一个原因是气候变化导致它们从冬眠中提前苏醒，但尚无充足的食物以保障生存。我们蹑手蹑脚地走出利皮茨格罗夫自然保护区（Lippets Grove Nature Reserve），尽量不去打扰它们。很快我意识到我们刚刚穿过了堤坝来到了另一边，走错了路，所以我们再次穿过两边由土和石头堆成的高堤，重新回到了小路上。

走着走着，透过树木间的缝隙，廷腾修道院（Tintern Abbey）出现在了视野之中。它是12世纪为西斯特教团修士建造的一座巨大的石制修道院，但现在只是一座废墟。在那个时代，人们认为教会具有巨大的权力和影响力，因此将大量财富捐赠给了教会。后来王室决定改变这种局面，开始将财富转移到自己的金库中，导致了教会财富的转移。那时，老百姓依旧过着艰难的生活，主要以萝卜为生。

我们走啊走，穿过一片枝繁叶茂的参天古树，我想象着，这些罕见而迥异的古老林地彼此相连，并不孤立，甚至可以说，土地里的根状真菌可以延伸至不列颠土地的每个角落，连接成一个整体。更神奇的是，它们还以某种方式把人类吸引到它们的连接中，让我们扎根在它们的土地上。在这种漫无目的的思绪中，我们又走出了几英里，切普斯托（Chepstow）就在我们脚下，一直延伸到远处的塞文河口（Severn Estuary）和奥法堤（Offa's Dyke）。

我们在切普斯托的桥上逗留，拍了些城堡的照片，然后沿着城市小径一直走到了塞德伯里悬崖（Sedbury Cliffs），那里是奥法大堤之路的终点，下面是一片盐沼地。傍晚时分，潮水已经退去，塞文河宽阔的河道成为一英里长的泥沙地。对面就是英格兰西南部，我闭着眼睛都能走回康沃尔。现在，我们和南海岸之间唯一的障碍就只有萨默塞特沿海平原和德文郡的几座小山了。

"我还是不敢相信我们已经走了这么远，照这个速度从这里走到英吉利海峡简直是易如反掌。茂斯又在看手机地图了。自从他能够定期给手机充电以来，他就离不开手机了，总是不断地查看箭头指向的方向。"

"没错，那太容易了，我都迫不及待要走去英吉利海峡了。"

当我们望向我们和南海岸之间的最后一片陆地时，我们的兴奋之情溢于言表。在步行这件事上，我们快乐的阈值越来越高。我们自以为已经很了解西萨默塞特（west Somerset）了，毕竟我们在高速公路上很多次都经过了那里，而且我们也去过了东萨默塞特

(east Somerset)的很多地方。但南海岸对我们的吸引力越来越大,我都等不及要出发了。

我什么时候才能不随便许愿啊。

| 第五部分 |

到南海岸去

万物皆有裂痕,那是光照进来的地方。

——《颂歌》,莱昂纳德·科恩

| 第五部分 | 到南海岸去　323

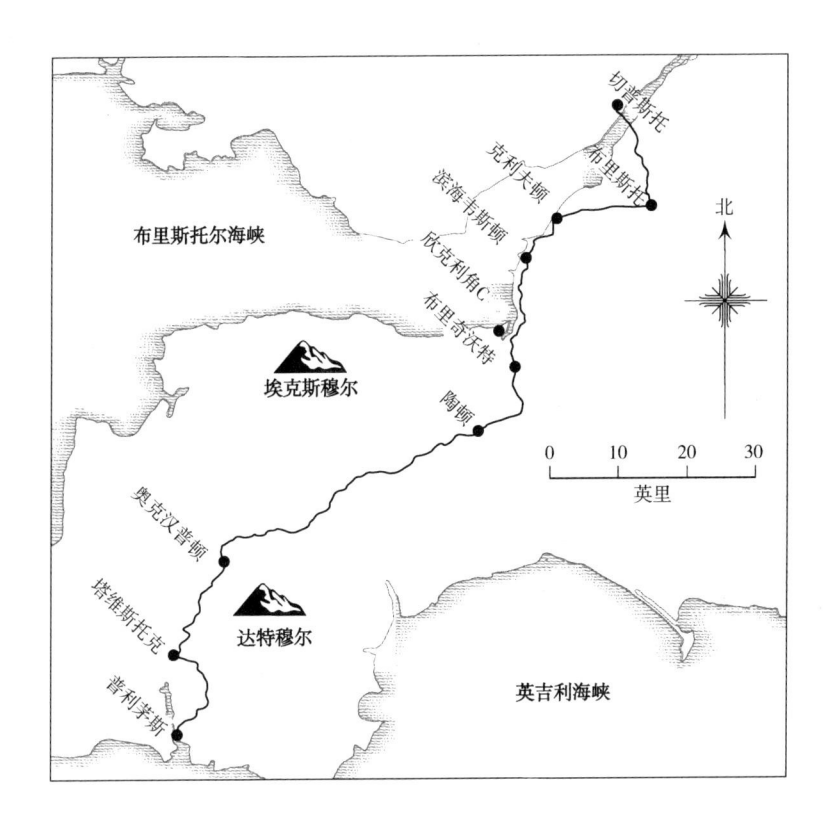

大道和小径：
从切普斯托到普利茅斯

34

在切普斯托短暂停留后,我们穿过 2 英里的城区,登上了横跨赛文河的赛文大桥。双向四车道的车流穿梭不停,呼啸声震耳欲聋。我们走在人行道上,感受着脚下桥面在不停地晃动,茂斯似乎无法适应这种震动,他靠在桥边的护栏上,把刚刚吃过的早餐吐得一干二净。

"头晕吗?我们下桥吧,到下面就好了。"

"我不知道是怎么回事,可能是早晨吃的鸡蛋不新鲜。"

"我们到桥下去找个阴凉的地方歇会儿吧,天气太热了,我感觉皮肤都要被烧焦了。"

这时,桥面的最高点出现了两个骑自行车的人。戴着自行车头盔、身着夏装的小女孩骑在前面,大人跟在后面。这幅超现实的画面和周围繁忙的都市交通景象形成了强烈的反差感。小女孩骑着车从斜坡上下来的时候,似乎时间都变慢了。她的脸上洋溢着兴奋喜悦,衣服也在风中飞舞。

地图上显示,过了赛文大桥,再往南走就很容易了。虽然这边没有国家步道，也没有好走的纤路，但有小路沿海岸一直延伸到埃文茅斯河口（Avonmouth estuary）。本来以为找到了一条完美路线，但很不巧，这条路上要么是有沉重的金属门挡住了去路，要么就是有"危险区域，禁止入内"的警示标志。我们只好重新研究地图，最后我们决定直接穿过几块田地，绕过这几英里长的封闭路段，最终回到海岸线上。后来，经过两个小时跋涉，越过荆棘、荨麻和铁丝网，中途还绕了几次路，我们最终回到了出发点，回到了高速公路上。

我们找了一个酒吧，要了一壶冰水，坐在花园里看着两个孩子同时举办生日派对，场面一度混乱。茂斯在酒吧的厕所里待了一个小时，今天早些时候吃进去的食物轮番轰炸着他的消化系统。他虚弱得很，所以我们放弃了海岸小路，转而向内陆的阴凉小道走去，最后在布里斯托尔附近的一片树林里搭起了帐篷。

"我不知道是不是鸡蛋的原因，按说如果是鸡蛋，现在应该已经排出去了，但我还是很难受。"他坐在一根倒在地上的树干上，脸色煞白，黑眼圈很重。

"睡一觉就好了，明天就没事了。现在我们离布里斯托很近，如果明天还不行的话，我们就找个地方睡一两个晚上。"

"明早要是还不好的话，咱们就坐火车回家吧。"

"就停在这里吗？不走了吗？"在曼彻斯特的时候他那么坚定地想要一路走回家，在奥法堤的时候还那么有精气神，很难想象如果现在停下来，他会有多遗憾。

"现在是真的不想走了，但是明天再问我一遍吧。"

第二天早上,我又问他。

"我们不走了,去坐火车好吗?走了那么远的路,你已经很厉害了。"

"咱们接着走吧,我很快就会没事的。"

头晕恶心的症状似乎已经缓解,所以我们继续前进,但刚走了一英里,茂斯就开始腹泻,只要看到茂盛的灌木丛,他就会停下来。还好布里斯托离得很近。我们马上在手机上订了一个旅馆过夜,穿过城区朝它走去,路上还买了一大盒泻立停。

我们路过的每个城市都有一些无家可归者,但是在布里斯托,这个情况尤为严重。也许是城区较小,大量流浪汉聚在一起比较显眼,也可能是因为流浪人群的数量在与日俱增。就像在曼彻斯特一样,所有因疫情防控期间的政策帮扶而得到栖身之所的人现在又都失去了这一庇护,现在街上无家可归的人数似乎比疫情前还要多。我们坐了一会儿,我在网上搜索为什么布里斯托有这么多无家可归的人。我大概能猜到原因是什么,过去几年里,新冠疫情导致许多家庭关系破裂,成为压死骆驼的最后一根稻草。但查到的具体数字还是让我非常震惊。布里斯托住房部门公布的数据表明,在我们开始步行的那段时间,该市单身无家可归者就增加了330%。

街上的购物者看着我们的背囊,用怀疑的眼神看着我们。其实我们对于这种眼神已经司空见惯,但每次我还是会很惊讶,在城市里背着背包居然会改变别人对你的看法。看到我们后，几个流浪汉停止了交谈，目不转睛地盯着我们，他们也怀疑我们可能是新来的。我们停了下来，茂斯告诉他们，我们只是路过而已。

"那可太好了，伙计，真不错，我们这里人太多了。那你们要去哪里？"一位头发花白的中年男子站了起来，似乎比其他人更健谈。其他人坐在一块硬纸板上，裹着各自的羽绒被，尽管天气已经很暖和了。

"我们去康沃尔。"

"啊？坐火车去吗？"

"不坐火车，我们要走过去。我们从苏格兰过来，都走了一路了。"

"天啊，那也太远了。"他转向其他人说："我们也出去走走吧，兄弟们，就当给自己放个假。"

一个年轻人摘下卫衣上的帽子，站起来说："我也听说过有些无家可归的人会徒步旅行。我们也应该这样，总比光坐在这里好吧。"

"你们应该试试。"茂斯递给他们几个刚从商店买来的三明治。

"相信我，它可以改变你的生活。"

* * *

当天晚上，茂斯在浴室里的时间比在床上躺着的时间还要多,不过好在他感觉好多了,所以我们第二天便离开了城市,穿过克利夫顿,越过了克利夫顿吊桥最高点。但还没到半小时,茂斯的消化系统似乎又开始作威作福,他不断地在灌木丛中进进出出。我们坚持着向前走,路边的房子越来越豪华。从城区中心到这里,只有短短2千米,我们就目睹了极端贫困和极端富裕的两种情况,对比如此鲜明。越往外走,扑面而来的富贵气息越浓重,"私人区域"和"禁止进入"的标志越来越多,似乎巨额财富和保护资产的强烈愿望是一个不可分割的整体。我们路过了一所私立学校,学校的大门上了锁,围墙上布满铁丝网,警示标志更是随处可见。比如"内有猛犬,请勿靠近""当心农药中毒"和"有死亡危险"。我们匆匆走过一条小巷,两旁是更大的别墅区和内容各异的警告牌,比如"此处有安全巡逻队",还有"小心自由放养的鸡"。

我们在一座中世纪堡垒的城墙下搭起帐篷,这里能看到下面高速公路上的车水马龙,以及远处海岸线上滨海韦斯顿(Weston-super-Mare)的万家灯火。止泻药不起作用,茂斯在树林里进进出出,蹲在欧洲蕨丛里,一蹲就是好久。我开始准备晚饭,把金枪鱼肉倒进脱水的土豆泥里。和我们那些在野外定居的祖先一样,食物、安全、温暖是最基本的需求,从这个意义上讲,几个世纪以来人类的追求并没有改变太多。尽管茂斯会更想要把冲水马桶也加到这份需求清单中。想到这儿,我很好奇中世纪的医生会用什么草药来代替泻立停,但我不敢深入研究,我怕我选错草药,再害惨了茂斯。

我们穿过 M5 公路上的一座桥,穿过六条高速而嘈杂的车道,进入了一片曾经环绕着堡垒的古老林地。今天发达的交通网络以及所造成的严重污染似乎完全没影响这里,倒显得像是世外桃源。巨大的老橡树和山毛榉树矗立在森林里,地上铺着一层干枯落叶,小松鼠在树枝间跳跃,还有我们自奔宁之路以来看到的第一只小鹿,在森林里悠闲地漫步。小径蜿蜒而下,通往克利夫顿这个宁静的海滨小镇。突然间,我们仿佛来到了另一个时代。现代化发展在高速公路的边缘驻足,使这个小镇远离了快节奏的喧嚣。我们仿佛坐着时光机回到了 20 世纪 70 年代。在这里,度假者可以回到更简单纯粹的时代,回到他们的青春里,重温疯狂打高尔夫和乘坐迷你火车的旧时光。

我们沿着海岸向南边的韦斯顿(Weston)走,走着走着就没路了。我们看了看地图,现在的位置和我们要去的地方之间有一大片宽阔的水域。疲惫不堪的茂斯坐在他的背囊上,脸色苍白,后悔自己怎么没选择坐火车回家。这时一个戴着平底帽、穿着胶靴的划艇男子朝他喊道。

"要送你们过去吗?"

"什么,你要送我们吗?"

"对,没错。"

我们连忙上了他的船。

"你在这干什么呢?这里好像不太适合划船。"

"我很喜欢在这儿划船,你们来这里做什么?"

"我们要往南走,走到韦斯顿去。"

他摘下帽子,笑了起来。"好吧,祝你们好运。你们会遇到惊喜的。"我们正要离开的时候,他在我们身后喊道:"在桑德湾(Sand Bay)过夜,这样你们明天走沿海步道就能直接到韦斯顿了。"

我们来到桑德湾,把背包丢在沙丘上。潮水很高,在沙滩上冲出一道向南延伸的沙弧。已经是傍晚时分,蔚蓝天空中的太阳依旧明晃晃地亮得刺眼。透过海面上的薄雾,我们甚至还能看到布里斯托尔海峡对岸威尔士东南部的景色。银鸥在上升气流中缓缓掠过,发出懒洋洋的叫声。茂斯烧水泡茶,我则在沙丘间徘徊,寻找搭帐篷的地方。沙茅草丛中有一个第二次世界大战时期的地堡,也许我们可以把睡袋铺在这里?这个混凝土搭成的掩体里曾经装有枪炮,用来守卫布里斯托尔海峡,但现在它却成了盛放尿液、纸杯和避孕套的容器。

正值8月旅游旺季,但这里出奇地安静,海滩上只有几个家庭度假。所以我们穿着内衣游到糖浆般丝滑的海水中,洗去汗水和灰尘,舒缓麻木的四肢和酸痛的双脚。海水并不凉,就像平日泡澡,在浴缸里打盹了半小时后醒来时的温度。不至于让人很难受,但也不适合在此久留。

我们擦干身体,穿上套衫,这时一个牵着拉布拉多犬的老人从草丛里走出来,来到海滩上。

"嗨,天气真好。"

"是啊,天气真好。"他把狗狗的牵引绳解开,自己慢慢地走到海边,站在齐脚踝深的水里,看着海浪拍打着他的小腿。

"多美的地方啊。"

"是啊,以前这个地方堪称完美,就像一处隐秘的宝藏。但是今年夏天,很多人都发现了这里,真让人难过。"他沿着海岸线走着,狗狗跟在他的身后。

夜幕降临,一轮明亮的人造光晕笼罩在韦斯顿的城市上空,现在我们和城市之间只隔着一个树木繁茂的山坡了。海面上映着一轮圆月的倒影,月光皎洁如水,但镇上的灯光更加明亮,几乎掩盖了月亮的光辉。在平坦的沙滩上,我们的帐篷无处可藏,于是我们就躺在一丛丛沙茅草中,躺在睡袋里,躺在从拉德诺郡买的大垃圾袋里,数着天上的星星,一直到我们都睡着。

35

起床后,当茂斯蹲在有灌木遮掩的沙丘后时,我正在查看火车和公共汽车的时刻表,试图规划出回康沃尔的最快路线。

"我甚至觉得已经不是吃坏东西那么简单了,我感觉我控制不了自己的身体了。"

"绝对是在切普斯托吃的鸡蛋有问题。我们坐火车去看看医生吧。你已经坚持走了这么远了,已经证明自己了。"

他盯着我,那意味深长的眼神让我有点发毛。"你知道的,这跟鸡蛋没关系。这是 CBD 的下一个阶段。是我完全对身体失去控制的开始。"

"什么阶段,腹泻阶段吗?"我想逗他笑,可心里却有一种奇怪的感觉在渐渐滋长,心里莫名有些紧张。"不可能,肯定是鸡蛋的原因。你还记得你哥哥刚从尼泊尔回来的前两个月都一直在拉肚子吗,你也有可能是这样,会好起来的。"

"无论如何我们先去韦斯顿吧,至少那里厕所比较多。"

划船的那个人说对了一半。对两个老年人的身体来说，炎热喧闹的滨海韦斯顿目前只给我们带来了惊，没有喜。

"我们可以直接步行去小镇的火车站，坐火车到陶顿（Taunton），然后再坐火车回康沃尔。"

"我们先吃点东西吧，一会儿再商量。"

咖啡馆里人满为患，于是我们穿过拥挤的街道，找到了一家便利店，想随便买点儿吃的。收银小伙把我们买的香蕉、面包和水放进袋子里，一脸疲惫。

"总是这么忙吗？"

"每年8月份都比较忙，但今年忙得离谱。这个夏天都要忙晕了，而且这周末又是公共假期，人会更多。再加上很多补货都被困在港口过不来，顾客想买的东西都缺货了。简直都乱套了。有些店主说实在受不了这么多人，周末要暂停营业，出城休息休息。实话说，要是可以的话，我也想去别的地方躲躲清静。"

我们随着拥挤的人群在街道里慢慢挪动，脚下炙热的柏油路面已经开始融化。终于回到了海边宽阔的混凝土小路上，潮水已经退去，海鸥们站在沙滩上，保持着合适的社交距离。

"这里好混乱，就算是为了坐火车我也不想在人群里挤着走了。我们继续步行吧，走到哪儿算哪儿。"茂斯佝偻着腰疲惫地走在人行道上，脸色苍白。如果我有超能力，我想让他瞬移送回农场，对他说，够了够了，你已经做得够多了。然后把他裹在厚厚的棉被里，让他踏踏实实睡个好觉。我想让他重返30岁，回到恣意洒脱的青春岁月，那时的他根本不知道CBD是什么概念。

但可惜我没有超能力,只能在他身后拖着沉重的脚步,自顾自嘟囔着。

"我觉得就是鸡蛋的问题。"

"你能不能别再提那些鸡蛋了。"

汽车、躺椅、烧烤架、尖叫的孩子和争吵的父母,沙滩上热闹非凡。一辆动物卡车停在海滩中央,一排驴子被拴在卡车的一侧,孩子们骑着驴沿着海滩而下,吃着冰淇淋,但心不在焉,毫无兴趣。炎炎烈日之下,筋疲力尽的动物在柔软的沙滩上拖着蹄子,低着头,无精打采,每一个动作都是无声的反抗。真是一幅经典的英国海滨景观。

天气闷热无风,一层薄纱状的云彩把蓝天染成了珍珠白。我们转向一个自行车道,把韦斯顿抛在身后。紧接着我们穿过一片片芦苇和深深的潮沟,路上遇到了许多骑行者,还有一些正用割草机和电锯修整绿化带的志愿者。

我们走上一座为观赏鸟类而建的板条桥,看到白鹭在泥里觅食,突然间,我竟萌生了一种意料之外的思乡之情。我们离开康沃尔时已是 5 月初,现在快到 8 月底了,整个夏天都要过去了。农场的泥滩上还会有白鹭吗?蒙蒂还会记得我们是谁吗?我们走在陌生的风景中,穿行在陌生人中间,看见海风吹动沙砾勾勒出旋涡的形状,眺望着一望无际的布瑞恩沙滩延伸至滨海伯纳姆。现在我只想和茂斯一起登上火车,回到自己的家,睡在自己的床上,而蒙蒂会睡在我们的脚边。

眼前没有路可走,我们只好顺着一条河流向内陆走,最终找到了一座桥，然后向西转回布里斯托尔海峡，沿着一条位于潮汐防御高地的小径前行。小径的一侧是河流的洪泛区，一侧是牛羊成群的田野。河流的对岸是辽阔的盐沼地，毗邻布里奇沃特湾国家自然保护区。欣克利角 C 核电站（Hinkley Point C nuclear power station）的建设工地也在盐沼地附近，可那里是许多珍贵涉禽的家园。天色将晚，色彩丰富浓郁的日落呈铁锈色和琥珀色。在它的照耀下，海洋变成了熔岩，山丘变成了铜山。

我们把帐篷搭在小径和木栅栏之间的一块区域，希望涨了潮后那里不会被淹没。这时，天空变成了蓝青色，照亮了柏瑞河（River Parrett）河口深处的潮沟，形成了通道金色的条纹。

我们像老鼠一样蜷缩在帐篷里，睡在泥泞的沟渠旁，听着涉禽的夜啼。我能听到涨潮的声音。那不是平常的水声，也不是海浪拍打的声音，那是一种低沉的、缓缓流动的水声。茂斯的呼吸平稳安静，他似乎刚换好毛衣就睡着了。

"我感到筋疲力尽，一丝力气都没有了。"

"我还以为你睡着了呢。"

"还没有，我太累了，我感觉身体很沉，感觉那不是真正的我自己。"他半睡半醒的，我不懂他在说什么。"这些天来我总有这种感觉，就像我能感觉到我的身体，但它并不属于我。"

我把他的胳膊搂得更紧了一点，紧紧地抓住他。这条手臂曾在我成年生活的每个时刻都牢牢地抱着我。"我觉得自己正在失去控制。别放开我。"我握住他的手，擦去眼泪。

"我永远都不会放开你。"

我醒来时,看到帐篷在颤抖,同时传来一阵刺耳的鼻息声。我急忙跑出去,以为是哪个愤怒的人想让我们离开。但周围一个人也没有,只有一群好奇的夏洛莱奶牛趴在田野的木栅栏上,正舔着帐篷的防雨布。后来它们慢慢地走开,消失在雾中。

茂斯很晚才醒来,我们吃麦片棒的时候,浓雾渐渐散去,核电站的建设工地又出现在视野里。这里的鸟类比我们在苏格兰看到的还要多。有苍鹭、白鹭和杓鹬。两只蛎鹬低飞过沟渠,然后飞向大海。这里确有鸟类,但这片广阔的泥滩并不像我们期望的那样,吸引了数量众多的鸟类在此栖息。

"我们还剩下多少食物?"现在是上午十点左右,茂斯还裹着睡袋坐在帐篷门口。

"足够我们吃到布里奇沃特(Bridgewater)了。"

"我们能先待在这儿吗?我不确定我还有没有力气继续走下去。"

我看了看食品袋,还很充足。"咱们回伯纳姆(Burnham)吧,我们可以先坐公共汽车,然后再坐火车,今晚你就可以回家睡觉了。"

他已经爬回帐篷躺下了。"不行,我走不动。"

他一直睡到了下午。要是剩下的这条路会让他用尽最后的力气可怎么办。虽然在曼彻斯特的时候,是茂斯提议要继续前进,但如果不是我在春天的时候硬把他从家里拖了出来,他现在根本不会在这里受罪。强烈的愧疚感好像要把我吞噬,就像蛆虫爬过枯木一样，啃噬着我的骨头。就像我们的生活一样，在巅峰时是丰富的，是充实的，但随着潮水的退去，现在变得湿滑泥泞，不堪一击。

茂斯从帐篷里爬出来，夕阳照在发电站钢框架上高耸的起重机的金属制品上，把它的丑陋变成了人类努力的闪闪发光的纪念碑。直到太阳再次落山，建筑工地又回到了原来的样子，一大片钢铁、起重机和泛光灯。该项目于2018年开始建设，据说建设成本接近230亿英镑，整个生命周期将耗资455亿英镑，这将使得外国能源公司控制英国相当大一部分能源基础设施。对于一个项目来说，这是一个非常庞大的金额。而该项目预计将为仅600万户家庭提供能源，在其仅有的60年寿命期内，能源公司将获得巨额回报，同时他们承认在2026年最终投入使用时，能源价格将不断上涨。我很好奇，如果市场一直如此，只将少量投资用于发展绿色能源，那么自2018年以来建造的新住宅中，以及今后很多年内会建造的新住宅中，会有多少是自给自足的呢？一时间，我仿佛又回到了因维利的酒吧，听着商人们关于"政策跟随金融"的讨论。

薄雾徐徐上升，西边悬在天上的橙色光球似乎在问世人一个重要的问题：是谁将从海岸上这个怪物的身上得到最大的好处？首先排除布里奇沃特湾的野生动物。渔民们已经反映说鱼类资源减少了，随着鱼类的减少，鸟类的数量也在减少。要知道，此时的电站甚至都还没开始运转。

第二天早晨,雾散了。茂斯已经有力气走路了,所以我们继续前进。

"你确定不想回伯纳姆吗?就在附近了。"

"先不回,我们慢慢走到布里奇沃特吧。从那里搭火车更方便,我可不想花几个小时坐公共汽车。"

我们在高处的步道上沿着深深的潮沟前行,直到加拿大雁的叫声被远处的尖叫声所淹没。

"那是什么声音?"茂斯四处张望,试图确定声音的来源。

"听起来像猪叫。"我小的时候,家里养过猪。它们满足的呼噜声、兴奋的尖叫声,以及现在听到的这种声音,我都再熟悉不过了。这种非常尖锐的高声尖叫,是它们在发出求救信号。

沿着这条路向下走,我们经过了一座巨大的波纹状农业建筑,几乎有足球场那么大。但它只是一组庞大建筑群中的一座。尖叫声是从这里面传出来的。"也许人们正在把猪挪到别的地方去。"猪不喜欢被挪动,当它们从一个地方被运往另一个地方时,就会发出那种声音。但是这种喧嚣久久并没有停止,它们紧接着又发出了郁郁寡欢的叫声。我们走开了,但我的脑海里在不停地回忆童年农场里的大白母猪和它的小猪崽。我越来越觉得,今后我可能再也不会吃培根三明治了。

稍远处是一片又高又厚的树篱,但透过一个小小的缝隙,我看到了一排排的家禽笼:有鸡棚和长长的铁丝围成的跑道。我看不清里面有什么,这激起了我强烈的好奇心。于是我硬挤进树篱,往里面张望。原来这些并不是养鸡笼,笼子里装的是鹧鸪。

一笼接着一笼。人们养它们只有两个原因，要么是食用，要么是先释放再射杀，最后食用。看到这些鸟，我想起正在起草的法规规定禁止人们在保护区 500 米以内释放野鸡和鹧鸪，因为人们认为它们会威胁到本地野生动植物的生存。然而这些美丽的鸟儿在这个国家已经存在了大约 400 年了，难道这还不能将其称为本地动物吗？也许如果我们停止以运动的名义射杀它们，人们就不会大规模地饲养然后释放了。那么这些鸟就可以自由地漫游，它们的数量自然会受到野外环境的自我调节。它们让我想起了苏格兰高地的鹿，当地每个土地庄园都必须达到一定的捕杀数量。我们的野生动物数量的确需要平衡，但如果放任不管，它也会自行平衡的。其他每一个物种都会自行平衡，但是一个物种除外，而这一个物种却不将自己看作自然平衡方程式的一部分，只是不受控制地恣意繁衍生息，无所忌惮。

我们现在正在英格兰海岸小路上，这是一条全新的、少有人完成的史诗般的路径。但似乎没多少人真正知道它在这里，或者也许没人在乎它是否存在。这条路径蜿蜒穿过成堆的垃圾和荨麻丛，经过一个倒塌的锌棚屋，最终带领我们进入了一个工业区，那里看起来像是垃圾箱的葬身之地，也或许是重塑它们的地方，这很难说。这里没人，于是我们坐在一个混凝土斜坡上烧水。柏瑞河蜿蜒流过，形成一个弓形河湾，一群加拿大雁在河边自由地嬉戏，是这宁静景致中的唯一一丝生机。

在炎热天气中艰苦跋涉了一整天后,我们终于到达了布里奇沃特,这个小镇上开了很多家美发店和烤肉店。我们找了一家小咖啡馆坐下,在喝第三杯茶的时候,我们开始复盘思考。目前我们已经走过了三个地区,我们克服了恶劣天气,与伤痛和疾病顽强斗争,还创造了一个医学奇迹。然而此刻,离目标仅一步之遥,我们却萌生了放弃的念头。我和茂斯默默地坐着,情绪十分低落。我们俩都不会宣之于口,虽然我们已经尽力而为,但我们还是感到非常挫败。

茂斯在手指间把玩着一个茶匙,呆呆地盯着一块格纹塑料桌布。"真不敢相信,我们居然在马上接近终点的地方要放弃了。"

"我也不敢相信。我真的很期待沿着海岸线一直走到林顿(Lynton),然后再走一走通往普利茅斯(Plymouth)的双沼泽小径呢。没关系,也许以后还有机会去呢。"

"我现在走不了沼泽地了。我真的很生气我的身体怎么这么不争气。想当初我们在奥法大堤时我那么强壮,就好像可以永远走下去一样。怎么突然就成这样了。"他放下茶匙,又倒了些茶喝。即使他说自己的身体多么不受控制,此时他的手也还是稳稳地握着茶壶。我们俩都不约而同地盯着窗外,看着人们从理发店进进出出。

"不过还有另一种选择。"他往茶里加了一勺糖,脸上露出了一丝微笑。我在等他说完这句话。

"什么选择?"

"我们可以走一条低难度的路线。沿着纤路走到蒂弗顿(Tiverton），然后向西穿过德文郡，从达特穆尔高原（Dartmoor）的一侧绕过去，我们就不要登顶了。"

"可你现在已经累坏了，怎么能继续走下去呢。"

"我必须完成这件事。我必须回到海岸线上去。"他喝了口茶，脸上的笑意更浓了。

36

我不喜欢板球。我对板球的感觉就像我对草莓果酱的感觉一样。不是讨厌，而是我不明白它存在的意义是什么。与其吃草莓酱，我为什么不直接吃草莓呢。同样的道理，为什么我要花时间坐在草地上看别人扔球击球，还不如放空自己看看天空呢。话虽如此，我们在前往陶顿的途中走错了路，经过了一个板球场。当时正在进行一场比赛，还剩下最后两个小时。茂斯想进去看看，于是我跟在后边，想着至少能坐两个小时休息休息。从布里奇沃特算起，我们沿着运河边的人行道已经走了14英里，这一路上遇到了很多骑自行车的人、遛狗的人和野餐的家庭。运河里也很热闹，有鸭子、水鸡和橙色的蜻蜓。我必须得坐下来歇会儿了。

比赛的双方是萨默塞特队和诺丁汉郡队，目前战况胶着，很难说谁会赢。我在塑料椅上打盹。身后坐着两个老人，他们显然是板球比赛的行家。我偶尔能听见一些他们的对话，但坚持不了多久就又打起了瞌睡。

"我问贝蒂，比尔的记性是不是越来越差了，但她说这是没有的事。"

"她今天肯定会说是了,因为今早贝尔没认出来她。"

"是啊,比尔不在,我还真不习惯。"

"看那个击球手,以前是3号上场的,他打得不错。"

"现在打得可不如以前了。"

一阵风吹来,我感觉有点冷,于是穿上了毛衣。

"那个人投了七个回合,其中两个回合都没让对方得分。"

"是啊,但他现在也不行了。"

我又把袜子拉高了些。

"你怎么来得这么晚?"

"我从克鲁肯(Crewkerne)那边来的。"

"为什么走那条路?"

"因为我经常走。"

"为什么?"

"因为我熟悉路。"

"熟悉路还来得这么晚。"

"我迷路了,该右拐的时候我左拐了。"

"我还以为你知道路。"

"我是知道啊,所以我才走那里的。"

我戴上帽子,看着前面的小孩正试图向他爸爸描述一场学校的板球比赛。

"我就这样握住它然后投球。"

"不对,你应该这样握。"

"不对，爸爸，不是那样，是这样。"

"就应该是这样，这样做你会投得更好，我以前就是这么练的。所以最后球飞哪儿去了？"

"穿过了球门，我赢了。"

"厉害啊。"

我跷起二郎腿，至少让我的一条大腿能稍微暖和些。看来连后面的老人们也感到有点冷了。

"风有点冷啊。"

"是啊，现在是秋天了。"

"9月开始才能算秋天呢。"

"还有两天就9月了。"

"没错，所以现在还是夏天不是吗。别管几月了，风有点凉，我得喝一杯咖啡。"

"凉就对了，因为秋天来了。"

耗时一天的比赛终于结束了，我不知道最终比分是多少。但我想我现在能明白人类为什么很少涉足全球大事，为什么会在边界问题上总是纠缠不清，为什么永远不去解决气候危机和世界饥饿问题。就像今天，无论我们如何努力集中注意力观看比赛，我们人类的大脑总是想要细究琐事。比如总是想窥探贝蒂和比尔之间发生了什么，或者看看谁的发球手势是更加专业的。我们根本没有注意到聚集在体育场的边缘想要准备早点飞回家的燕子。因为我们更专注于自己冰凉的双手，只顾着紧紧握住温暖的咖啡杯，以抵御意料之外的冷风。

西边的德文郡展现出一幅丰富多彩的景象，一系列纵横交错的小径将各部分连接起来，玉米地和苹果酒农场点缀其间，沿途蜿蜒的河流和公路更添了一分生动。我们穿过一个小村庄，路过了一棵巨大的老橡树和一座教堂，这时茂斯发现有人在酒吧花园里吃饭。

"我们还剩下多少食物？"

"还有几根谷物棒和一些速溶土豆泥。"

"我们去那边吃点饭吧？"

我们在花园里找了个座位，把背包靠在椅子腿旁，走进去看看这里有什么吃的。屋里挤满了人都在边吃饭边聊天，但当我们进门的时候，房间里顿时鸦雀无声，所有的目光都转向我们。有那么一刻，我觉得自己仿佛置身于克林特·伊斯特伍德的电影片场，下一秒风滚草就要从窗外滚过一样。还是没有人说话，这时，一个坐在窗边的人率先开了口。

"你们迷路了吗？还是说你们是恐怖分子？"

我环顾四周，一开始以为他在开玩笑，但看到人们一张张冷漠的面孔又让我觉得这不像是个玩笑。我不知道该说什么，茂斯接过话茬。

"很有想象力，但我们不是，我们也是来吃饭的。"

"太晚了，我们已经闭餐了。"酒保也加入这场对话，但此时此刻他的同事正在吧台的另一端给其他顾客点餐。

"他们不是还在点餐吗？"

"但你们来得太晚了,已经卖完了。"

我看到茂斯的表情开始变得僵硬,我抓住他的胳膊,退到门外,拿起背包,以最快的速度离开了。

"恐怖分子?"茂斯和我一样困惑。我猜德文郡偏远乡村的人们可能从未见过我们这种打扮的人,我们衣衫褴褛,穿着怪异,看起来好像我们流浪了整个国家一样。而且,茂斯还穿着那条短裤。

"也许是因为这条迷彩短裤?"

他低头看了看自己的腿。"恐怖分子会穿这样的短裤和紧身衣吗?"不止一次被拒之门外都让我们都有点神经质了。但我后来才知道,当时普利茅斯发生了一起大规模枪击事件,就在这附近,所以人们非常警惕。但其实我们走了将近900英里的路,只是需要一碗薯条而已。

日子过得飞快,我们穿过高高的篱笆,走过狭窄的小路和农田的小径,在树篱后的树林中搭起帐篷。之后我们走到德文郡的奥克汉普顿(Okehampton)小镇,这意味着我们终于来到了达特穆尔高原的边缘,这里距离海岸就只有几天的路程了。茂斯的身体也终于恢复了健康,我们在镇上漫步时终于不用四处找公共厕所了。这里轻松惬意,和海伊小镇的氛围差不多,只不过这里没有那么多书籍。我们打算在这里多待上几天。每天都会有很多徒步旅行者经过这里,前往双沼泽小径,硕大的背囊是这里常见的景象,总算是没有人用奇怪的目光打量我们了,茂斯的迷彩短裤甚至都没有人会多看一眼。一支婚礼队伍穿过马路，就像是从树林走出来的精灵家族一样，穿着绿色礼服、戴着花环装饰，在金色阳光的照耀下恣意欢笑，短短几分钟，我们仿佛置身于《仲夏夜之梦》的场景中。

37

　　过了奥克汉普顿，每走一英里风景都在不断变换。德文郡中部连绵起伏的丘陵一直延伸到深绿色沼泽地的西边。我们从达特穆尔高原山脉的侧面绕行，但高处险峻的岩石、灿烂的金雀花和蕨类植物像有魔力一样，总是吸引着我们的目光，将我们的视线不断引向云雾缭绕的山顶。通往莱福德峡谷（Lydford Gorge）的花岗岩大道两侧伫立着古老的橡树和山毛榉树林，空气中充满了潮湿的灌木丛气息，还不时传来阵阵鸟鸣。我们坐在德文郡边缘的一家酒吧里，一边吃着康沃尔馅饼，一边躲雨。然后在树林里搭起帐篷，躺在嘎吱作响的枯枝上，看蝙蝠在树间穿行，时而突然转向，形成完美的直角飞行路径。

　　清晨，天空晴朗，温度宜人，视野可以延伸至遥远的西方地平线。但它总是在那里，我们左侧的那片绿色荒原，它从未放我们离开过它的视线，伴着晨光跟随了我们一早晨。我们坐在一块岩石上，抬头望着高耸的沼泽荒原，我在内心深处寻找那种熟悉的感觉，它告诉我，我需要登上顶峰，感受风的力量，感受生命的极限。我倾听着荒原的呼唤，它低声告诉我山顶并不遥远，荒野会一直等待我们，再走几步，再努力一点儿，广阔的天地就会属于我们。我随时期待着这股登顶的冲动涌上心头，无论茂斯多么疲惫，我想我们都会听从山顶那熟悉的召唤，然后向上攀登，直到被高原上的绿色荒野所包围。茂斯一定是读懂了我的神情，因为他握住我的手，和我看向了同一个地方。

"我从没想过我会这么说……"

他停顿了很久，我本想等他自己说完这句话，但是几分钟过去了。一只红隼盘旋在蓟丛上方，目光锐利地搜索着，但未能发现猎物，便展翅向西飞去，身影逐渐消失在天际线上。

"那就说吧。"

"我们走得比我想象的还要远了。我们一起走了好远了。"他犹豫了一下，这一次我不知道他接下来要说什么，也猜不透他在想什么。"我的感觉就是，我们走着走着，爬上了一座意料之外的山，但现在我已经站在山顶了，我就再也不会下来。"他看着我，仿佛期待我能理解。"你明白吗？我们现在在环山小路上，海拔很低，但其实我的心已经到了最高峰，那里的景色让我头晕目眩，但那里没有下山的路，而且我不也希望有下山的路。"他紧握着我的手，又看向了荒原，好像他已经把一切都解释清楚了似的，但他一定注意到了我脸上的困惑，又试图解释一遍。

"我曾经读过一些哲学方面的书，应该是苏非主义哲学。它认为，长时间的行走会让世界逐渐消失。最终，行者和路径融为一体，到达无道之道。"他喝了口水，然后把瓶子放回背包里。"我很庆幸我们没有坐火车。虽然我们走了这么多英里，但直到最近几天，自从病后感觉如此虚弱以来，我才意识到这一点。"

"什么？你意识到了什么？"

"我并非只有去山顶才能触摸到荒野。它已经刻在了我的心里，和我融为了一体。"

"就像你不再是景色的一部分，而你就是景色本身？"

"是的。那你明白我的意思了吗？"

"明白了。"

我们本来想去莱福德峡谷，但它目前不对游客开放。转眼间花岗岩大道也走到了尽头，紧接着变成了德雷克小径（Drake's Trail），我们避开路上的骑行者，穿行在郁郁葱葱的乡间小路上，继续向前走。我们来到一个酒吧里，咕咚咕咚喝掉了一整壶水，茂斯进去上了个厕所。我这会儿才意识到，酒吧花园里正在举行的不是婚礼，相反，是一场葬礼，人们穿着夏季清凉的服饰，坐在花园的阳光下。一片欢声笑语，此起彼伏，直到有一个人起立，所有人都安静下来。

"我想妈妈会喜欢今天的。这是对生命的庆祝，而不仅仅是对结束的悲伤。"

茂斯从仪式后方绕回到我们的座位。我们背起背囊，穿过树林向南走去。也许我们的这次散步的性质类似于酒吧花园的这场夏日送别，同是对生命的庆祝，而非对死亡的挑衅，死亡的阴影如影随形,但我们依然向前。

直到光线逐渐黯淡,谷底开始升起薄雾,我们才在露营地的边缘扎好帐篷,那里靠近河边,我们在夜晚聆听水声穿过岩石发出悠扬的旋律。水从高处奔流而下,不可阻挡地向大海汇聚,我们也同样如此。

塔维斯托克(Tavistock)正忙着接待9月初的游客和周末的婚礼。教堂外,新娘的蕾丝头纱在风中飘舞,她走进教堂,身后跟着青春明媚的伴娘团。塔维斯托克是艺术家、工匠和梦想家的天堂,来到这里,感觉像是喝了几周超市自有品牌的饮料后,突然有幸喝上了一杯大师酿造的苹果酒。这里汇聚了风格迥异的手艺人和烘焙师,顾客们坚持要在司康上加点奶油。我们舍不得离开这里,我们想一直坐在阳光下,无所事事地看着人们热情地经营自己的生活。但海岸在召唤,我们越来越近了。

终于,在绕荒原步行数日后,我们站在烈日下,云雀在空中翱翔,齐腰的蕨类植物簇拥着我们,终于,一条通向南方的小径出现了。离海岸只有一天的路程了。尽管天空晴朗,但天黑得更早,我们在荒原高处一块干燥的土地上扎营,旁边有一棵歪扭的老山楂树,树枝上结满了红色的浆果。

醒来后,我来到帐篷外沏茶。清晨的潮气逐渐升腾,周围的蕨类植物被淡淡的晨光所笼罩,朝阳反射在无数悬挂在蛛网上的水滴上,每一个微小的光球都在映照这一瞬间的完美。那场板球比赛上的老人是对的,夏天结束了。温暖的阳光迅速晒干了露水,但它在空气中留下了秋天的轻柔的承诺。

沿着一条旧铁路的遗迹，我们从荒原向下行进，一路下行，穿过松鼠密布的茂密森林，小径上铺满了榛子和初秋落叶。季节之间的转换如同切换了开关，夏天已然结束，金黄色的季节正悄然苏醒，在树木繁茂的山坡上点缀上第一抹秋韵。

再茂密的植被也无法掩盖汽车尾气的味道，城市化及其产生的污染侵袭着小径，但我们无法抑制内心的激动，因为在尾气和柏油路面的气味之外，还隐约弥漫着一丝盐味。我们还没有到达目的地。交错纵横的道路引领着我们进入了一个全新的区域，这里堆满了混凝土石墩和各种垃圾。A38高速公路的车流在我们头上呼啸而过，发出隆隆的噪声。桥下却是一片诡异的安静。河流静静流淌，优雅的天鹅游走在翻倒的手推车之间，混凝土桥墩成了涂鸦艺术家的画布，每根柱子上都被涂上了名字、口号或评论。其中两个字格外醒目："适应"。就好像是专门为我们写的一样，在即将结束这段漫长旅程之前，它为我们做了总结发言。这两个字描述了我们的生活。从无家可归，到学会如何野外生存，再到重新适应屋檐下的生活。从一开始学会与疾病共存，到学会如何不被疾病摧毁。过去的几年的主题全部是关于适应。但其实全人类都在走向一个需要适应的世界，以我们现在无法想象的方式，要去适应日新月异的世界以及气候变化。就像杜鹃鸟向北迁移，蠓虫向南迁移，我们都要调整生活方式以应对这种变化所带来的危机。人类适应新生活，适应新生活方式，以谋求生存和发展。

离开了混凝土的束缚，河水奔向光明，前方等待它的是普利茅斯和最终的归宿——大海。我们也如此。进入了一个晴朗的日子，河流上挤满了海鸥、野鹅、天鹅等各种鸟类，它们在水面上熙熙攘攘地栖息。穿过萨尔特拉姆庄园的庭院，穿过树林，沿着河岸，路过人家、自行车、狗和跑步者，我们的步伐越来越快，我们已经如此接近，无法停下，仿佛我们正在不带刹车地飞驰下坡。然后我们抵达了普利茅斯，穿过工业区，来到墙上的巨大的圣克里斯托弗雕像前，到达了宽阔的港口和大海。终于，我看到了一望无际的、蔚蓝的海平面。

|第六部分|

光之舞

黑暗无法驱散黑暗,唯有光明方能照亮前行之路。

——马丁·路德·金,
《希望的见证:马丁·路德·金的重要著作与演讲》

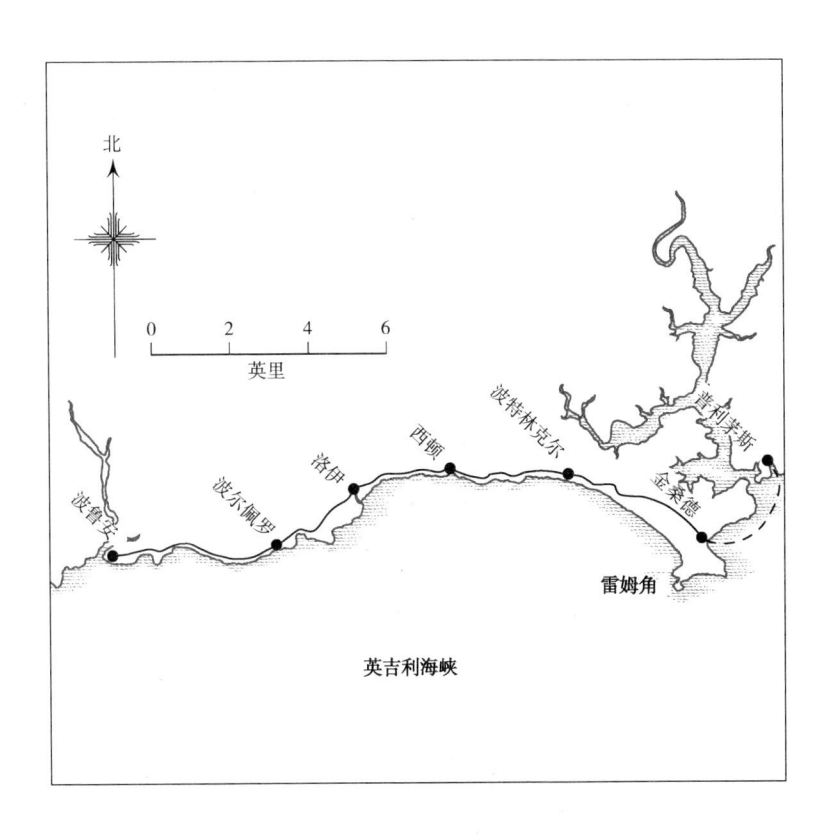

西南海岸小径：
从普利茅斯到波鲁安

38

  光线渐变,绿意褪尽,转眼间我们进入了一个蓝色的世界。碎金似的阳光在水面上跳跃,波光粼粼。我们坐在俯瞰港口的树荫下,眯着眼,享受着阳光和美味的薯条。也许是因为光线的变幻,又或是一种隐约的情愫,我不可置信地发出感慨,这简直是我们吃过的最棒的薯条。

  我们赶上了最后一班渡轮前往港口对面的考桑德村(Cawsand),村子规模很小,有很多石屋。夏末的大海宁静无波,好似黑糖般浓郁,空气中弥漫着一种压抑而不祥的温暖气息。海岬那边的天空又变了颜色,深蓝色的天幕被大块飘来的乌云遮住。傍晚时分,一些人漂浮在稠密的海水中游泳嬉戏,都没注意到头顶上,一场初秋时节的暴风雨正在悄悄酝酿之中。

  我们从渡轮上下来,踏上沙滩时,第一滴雨点便开始落下。于是我们躲进一家酒吧打算避一避。雷声与雨点之间的间隔越来越短,雨势越来越大,汹涌的雨水压塌了酒吧花园的遮阳篷,越过防汛沙袋,涌入了酒吧。得知他们正巧还剩一个空房,于是我们就占了下来，整夜都听着狂风在狭窄的街道上呼啸不止，瓢泼大雨猛烈地拍打着窗框。

我们知道我们已经回到了康沃尔，并不仅仅是商店里的"先涂果酱"[1]小装饰透露出了蛛丝马迹，还有这典型的天气。第二天早晨我们离开了酒吧，蓝天下风平浪静，海鸥的叫声不绝于耳，仿佛暴风雨从未来过。这就是康沃尔。我们走在路上时，茂斯拉着我的手，我可以从他的脸上看出，他和我一样兴奋，我们都越来越期待到达南海岸。但与此同时，另一种意料之外但渴望已久的情感也在慢慢酝酿，在隐忍了这么久之后，它终于要挣脱束缚。

海岬上的小路穿过破碎的大门和倒塌的墙壁，穿过一望无际的绿色田野，经过一个10英尺高的谷仓，里面堆满了数百个空除草剂容器。我很难理解野生动物是如何在这样的袭击中幸存下来的，但我们知道答案，我们现在离它只有几米远了。最后一个田野，零星分布着几间小木屋，我们到了。我低头看着脚下还残留的潮湿尘土，我们到了。在我看到它之前，我的脚就已经自动找到了回到这里的路。一条一英尺宽的小路，一条充满希望和安全感的小路。西南海岸小径又回到了我们的脚下，我们回家了。回到了环绕西南部的狭窄野地，野生动植物聚集在这最后的据点，这最后的陆地与海洋之间的狭窄地带。在那之外，是绵延的

---

[1] 在英国的康沃尔和德文两个地区之间存在着一个有趣的文化差异：在吃司康饼时，康沃尔地区偏好先涂果酱再涂奶油，而德文地区偏好先涂奶油再涂果酱。有关先涂果酱更好吃还是先涂奶油更好吃的争论由来已久，有点类似于我们的粽子甜咸之争。——编者注

怀特桑德湾（Whitsand Bay）和消失在西方的海岸线。千里之旅还剩下最后几英里，我们要回家了。

终于，回家的喜悦之情似泉水一般喷涌而出，感觉自己仿佛要因此而欣喜若狂。这条小径改变了我们的生活，拯救了我们的生命，在我们需要的时候支撑着我们，在一切似乎都失去希望时给了我们希望。然而现在，离开了它这么长时间，走过了这么多其他的路，我担心我们可能会像热情不再的恋人一样，在火焰已经熄灭时试图重燃火花。但当回家的泪水淌过我的脸颊，在风中刺痛我的皮肤时，我终于明白了，我们永远不会失去这个家。无论生活中发生了什么，无论我们走了多远，这片土地都将是我们永远的归宿。我们居住在这条小径上，它也存在我们心中。我们回家了。

我们向西前进，怀着对最后几英里的喜悦，深知生活并不容易，但或许它本就不该容易。坐在海角，望着英吉利海峡，一阵风暴模糊了地平线，我意识到我们并不总是必须寻找最容易的道路，或者接受眼前的选择；有时候，最艰难的道路才蕴含着最宝贵的财富。

我们走进了西顿（Seaton）的一家咖啡馆，在前往洛伊（Looe）的最后几英里途中，我们尽量走慢些，想好好享受脚下的每一步。有一个人似乎认出了我们。我以为他可能读过我的书，但再看一眼，我也认识他，我们站在一个满是陌生人的房间里，拥抱着一个我们多年前只见过一次的男人。但那是一个刻在我们记忆中的时刻。那天是在他的咖啡馆里，在我们无家可归几个月后，有人愿意提供给我们一个住所。幸福来得太突然，让人没有实感。我们开心地跳舞，他也和我们一起跳，但他完全不知道发生了什么。

"你们来了！你们怎么在这里？我还以为你们回哥斯达黎加去养猪了！"茂斯还在拥抱着他。

"是啊是啊。但是那些猪，它们一直看着我的眼睛，就像这样。所以我做不了培根，我下不去手杀它们。但如果我不杀它们，我就没法当专业养猪户。而且我太想念康沃尔了，我喜欢这里，所以我必须得回来。我想我终于到家了。"

"是啊，我们真的回家了。"

黄昏时分，我们穿过洛伊，躲避着在路上玩滑板的孩子，车辆也耐心地等待孩子们先行通过。我们正要离开村子时，一个男人走到我们前面。他一副饱经风霜的样子，晒得黝黑，满脸皱纹，像是长时间进行户外活动的人。

"我看着你们从山上走下来，就觉得你们还有很长的路要走。"

"是吗？是因为看到我们的大背囊了吗？"

"不是指物理上的距离，而是指人生。有时我能透过表象，看到你们的命运。"

我看着他盯着茂斯，看他下一步是不是就要拿出一副塔罗牌或一颗水晶球，然后跟我们要5英镑。

"但现在你们离目的地更近了，我刚才看错了。你们实际上已经走了很远，并且找到了一直追求的东西，你们就快到家了。"他在我们回答之前就转身离开，消失在人群中。我们回家了，回到了占卜者之乡。

我们在最后一个岬角搭起帐篷,打算在这里度过最后一晚。

"我会想念露营的日子的。"茂斯在黑暗中挪动身子,试图在狭小的空间里钻进他的睡袋。

我不确定我是否会想念这种生活。天完全黑了,我看不到任何东西,但我能真切地闻到他的脚臭味,马上就要踩在我的脸上。"如果你实在想念睡在帐篷里的话,回家之后你也可以对着我的脚睡。"

"我不是怀念这个,你这个傻子,我是说怀念每天睡在大自然里,每天步行的日子。我感觉很不一样,每天都脚踏实地的……"

他说到一半就睡着了,但我明白他的意思。自由的道路重新找到了我们,我们再次改变,以我们不知道的方式改变。我努力不要睡着,试图保持清醒,好好享受最后一个夜晚,牢牢记住海浪拍打礁石的声音,海风摇动防水篷布的声音,还有海鸥那长长的夜啼。我想也许我应该在心中刻下一个符文石,记载这段重要旅途中的点点滴滴。但是慢慢地,当一丝淡绿色的光线开始填满帐篷时,我终于意识到我不必这样做。大不列颠土地上纵横交错的无数条小径承载着人类的记忆和能量,将我们与土地以及过去连接起来,形成一种深刻的联系和共鸣。数千年来,成千上万双脚走过了许多我们走过的路,他们把足迹留在景色中,将记忆印在土壤里。这些路径不仅仅是人类的行走轨迹,更是文化、历史和自然环境的交汇点,是我们与大地之间共同故事的一部分。到达陆地的边缘这一刻,我想我们不再只是简单的步行者,而是与时间、地点和能量相融合的存在。我们不必依赖符文石来保存记忆或经历,因为它们早已融入我们的血液,成为身体的一部分。而我们自己,也已经成为大地之歌的一部分。

我不禁思索着是否有一种方法,能够让我们共同感受到那种连接感。是否有一种方法,可以在维护生物多样性、维持人类生存以及和脚下这片大地保持联结这三者之间保持平衡。这并不是一个容易解决的问题。但当海雕在谢格拉的悬崖上翱翔,阿尔斯特的卷羽鹈穿行于空中,空气中弥漫着大量昆虫时,我意识到,或许答案就潜藏在我们露营的玉米地和远处运河野生动物走廊之间的某个角落。

如果我们重新构想这片土地呢?创造一片自然界与人类得以自由共存的土地,一片我们能够养活自己却不破坏环境的土地。如果我们将那些孤立的生物多样性区域彼此连接起来,会怎样?绕过单一作物种植的土地,将我们的野生动物栖息地与其他地区连接起来,创造一条自然丰富的走廊。全国各地的小径如大地之脉彼此相连,使生物多样性通过一张覆盖全国的野生动脉网络自由流动,流向每一个贫瘠的角落。在那里,野生动植物自由生长,树篱、宽广的田野边界和菌根真菌,会将康沃尔与苏格兰的树木连接起来。如果农民减少对化学品的依赖,成为教育者,教导非农民和未来的一代,食物是宝贵的商品,我们的农田很珍贵,生物多样性也同样是无价之宝。也许当我们将土地还原为一幅多彩的画卷,而非只有单调的农田的时候,人们就会深刻理解我们曾经失去了什么,真正的人与自然和谐共处应该是何种景象。也许通过这样做，我们就可以拥有一片广阔无边的土地，一个团结而非分裂的土地。如果我们有一个梦想，并且有勇气将其变成现实呢？

* * *

旅途的最后一个清晨，太阳冉冉升起。我们在晨光中收拾好帐篷，步伐比过去几个月都要缓慢得多。我们沿着蜿蜒的小路上下起伏，脚步仿佛开启了自动导航模式，无须额外注意便能轻易找到正确的路，所以可以任由思绪随风飘荡。我们穿越波尔佩罗（Polperro），经过彭卡罗角（Pencarrow Head），在进入波鲁安（Polruan）前，找到一张长椅坐下。这是我曾见证风暴改变海景、日落将海水染成焦土色的地方，也是我在恐惧与绝望中寻求庇护的地方。但无论何时，我的目光总是不由自主地投向地平线，被云海之间那无限可能的光影所吸引。坐在这里，坐在土地的最南端，我被一股强烈的孤独感所淹没。荒野和山脉绵延千里，一直延伸到苏格兰北海岸，延伸到谢格拉海滩。数月前，我们从那里开始，将自己置于希望之中，然后顺其自然，任由命运带我们去向何方。此刻，距离真正的目的地只有数步之遥，我们踏进波鲁安，那里有家人温暖的拥抱，还有蒙蒂摇着尾巴的热烈欢迎。"谢格拉"这个词在任何语言中似乎都没有实际含义，但我知道它深切的内涵，那就是希望。谢格拉小径，我们的希望之路。

后　记

千里之遥，是否足以化黑暗为光明？运动能否改善那些被认为永不可逆的症状？我们是否能在医院等候室的荧光灯下找到答案？

从科学角度来说，我知道答案是否定的。不可能的，屏幕上DAT扫描结果不可能显示出更多的光亮，只能是保持原样，或者变得更糟。随着时间的流逝，越来越多的光点将会熄灭，只是多与少的问题。不可能的，你不可能轻而易举地摆脱神经退行性症状。无论你走多远，疾病都会伴随着你。神经退行性领域的每位医务人员都会告诉你同样的事情："关键在于'退行性'这个词，病情只会恶化，不会好转。"然而，尽管心里已经知道答案，但我们仍然来到了另一个医院，被紧张的氛围所裹挟。我们坐在塑料椅子上祈祷，当然，我知道所能期待的最好结果就是维持了原状。

但即使在这里，我还是忍不住想起我们走过的路程，我们踏足过的、遍布全国的大地之脉。这些穿越自然世界的漫长路径，使人们相互连接，受到启发和振奋。我开始将这些路径视为一种连接网络，它们对人类生活的影响就像真菌对树根的影响一样，彼此之间形成连接，传递营养物质，将能量传递给最需要的树木。我在想，如果我们所有人都能接触到这个网络，生活会发生怎样的改变？但是，当门打开，医生走出来时，我突然有一种无力感，我觉得树木可能比我们更聪明，至少它们不会浪费时间去期待不可能的事情。

*＊＊

医生在房间里来回走动，窗外的常青郁郁葱葱，冬日暖阳照在他的脸上。他表情丰富，充满活力。

"你感觉怎么样，茂斯？"

"感觉很不错，真的很好，比以前强多了。"

"你觉得这是什么原因？"

茂斯靠在椅子上，比他在会诊室里任何时候都放松。"因为去年夏天我们徒步走了1000英里，从苏格兰北部走回了康沃尔。"

"那的确走了很远。我们拿到你的数据扫描结果了。你想看看吗？你觉得你会看到什么？或者说你期待什么结果？"

茂斯瞥了我一眼，扬起了眉毛。"如果是愿望的话，那我想看到屏幕像圣诞树一样亮起来。"

医生笑了笑，眼睛又转向屏幕。然后，他把屏幕转向我们，就像从魔术帽里变出一只兔子一样。我不想看，我不敢看，我甚至不需要看，我就知道情况不好。这个结果只会告诉我们，无论走了多少路，无论流了多少汗水，无论途中夹杂了多少痛苦和泪水都没用，都无法摆脱病魔的纠缠。我握住茂斯的手，看着他，又看向墙壁，唯独就是不看屏幕。但我听到医生突然开口，他告诉了茂斯结果，期待着他的反应。

"你的愿望实现了，看，你的圣诞树。"

屏幕上亮满了红色和橙色的光点，比谢格拉上空的月亮，巴里斯代尔湾上空的星星，甚至比 M5 公路上的车灯还要明亮。

世界仿佛停止了转动。我事先准备好的每一个问题都不再重要。我能看到的只有那些光芒。医生耐心等待着，给我们足够的时间欣赏这棵圣诞树。透过屏幕，我看到了尼德湖上的光影，抖掉雨水的雄鹿，以及伯内斯荒原上耀眼的闪电。那 1000 英里途中的汗水与希望，终于在屏幕上有了形状。

"我们面前的两组结果，一组是旧的 DAT 扫描，显示数据异常；另一组是新的扫描结果，数据正常。如果把你最近一次 MRI 扫描的脑质量数据与这个正常的 DAT 扫描结果综合起来看的话，那么我们得到的诊断结果就推翻了几年前的结论。但是根据我们对帕金森综合征的了解，这两组数据之间应该是彼此独立的，不应该相互影响。"

我曾在山顶的浓雾中与野马并行，在漆黑无光的夜晚中醒来，但那时的我可以比现在看得更清楚。泪眼蒙眬中，我似乎看到房间幻化成了一片绚烂夺目的自然风光。我不用再缠着医生去询问一些他无法提供的答案，温暖的灯光静静舒缓着我多年来笼罩心头的恐惧和悲伤。一瞬间，我仿佛回到了格洛马赫瀑布上方的帐篷中，茂斯在煤气炉上煮茶，我注视着茫茫夜空，希望在温柔的夜色中升腾，一切是那么安静祥和。

茂斯静静地坐在塑料椅上，一动不动，难以置信地盯着电脑屏幕。那个曾躺在果园的泥地上，离死亡只有一步之遥的男人。那个曾行走千里，攀登山坳，穿越巨石场，睡在星空下塑料袋里的男人。现有的科学知识好像无法解释这一现象，他们都会说这绝不是一个人，神经退化疾病绝无好转的可能。尽管我们对它了解不多，但我们也得承认，大脑中的一些区域的确会因运动而有所改变，而且神经是有可塑性的。好比曾经人类也曾认为地球是平的，人类也曾笃定我们所在的宇宙是唯一的。

终有一日，未曾问及的问题也将有答案。在那个时刻之前，我会一直紧握着他的手，那只在我十几岁时第一次牵过的手。当时他21岁，头发编成辫子在风中飘扬，眼中闪烁着对生命的热情。我能感受到我们之间流淌的情感，如同多年前一样真切而坚定。

……找一处无碍于人的地方,尽你所能,面向阳光。

——《看得见风景的房间》,E. M. 福斯特

致　谢

我们坐在海岸小径的一块岩石上，喝着保温瓶里的茶水。在海上冬季风暴的驱使下，巨大的大西洋浪潮拍打着悬崖。在那肆意的海风和盐雾中，我开始接受这样一个事实：我们可能永远不会得到所有的答案，但没有它们，我们也可以继续生活。我收起保温瓶，我们从岬角上走下来，脚步本能地跟随着小径，茂斯的脚步平稳而笔直。我想我终于开始理解信仰是什么了，信仰意味着，即使在没有证据证明真实性的情况下，也坚信某件事情是正确的。尽管目前还没有科学证据表明异常数据和正常数据之间存在何种联系，但我相信它存在于千里之外的某个地方，就蕴藏在我们尚未探索的领域中。

花了4个月的时间走完那1000英里路程，我又花了同样长的时间将它们记录在纸页上。然而，要将这些文字变成一本书，则需要许多人的共同努力。所以，我要向费内拉·贝茨表达衷心的感谢，感谢她始终如一地坚信我的写作能力；感谢奥利维娅·托马斯鼓励其他人也要相信我；感谢葆拉·弗拉纳根、索菲·肖、露西·贝里斯福德-诺克斯以及所有在企鹅迈克尔·约瑟夫出版社辛勤工作的人，正因他们的努力我的书籍才得以问世。感谢格雷厄姆·莫·克里斯蒂公司（Graham Maw Christie）的詹妮弗·克里斯蒂一直支持着我。感谢丽琴达·托德，她对细节的打磨令人十分敬佩；

感谢安吉拉·哈丁创作出精美的封面；感谢汉娜·贝利绘制了出色的地图。

感谢戴夫和朱莉给予我们的友谊和温暖，感谢我们曾一起走过的路和尚未探索的道路，感谢所有慷慨的人，在路上给予我们善意、食物和庇护。

但最重要的是，我要感谢我们的家人。感谢汤姆和罗恩对我们无尽的耐心、鼓励和爱，同时感谢他们无微不至地照顾狗狗。当然还有茂斯，感谢你鼓起勇气，去寻找生命的真相。